二哈和他的白猫師尊

바보 허스키와 그의 흰 고양이 사존

二哈和他的白猫師尊

바보 허스키와 그의 흰 고양이 사촌 ✦ 육포부흘육 장편소설

5권

BLab

목차

114장 사촌과 용구가 만나다

　귀왕의 손에 빛이 응집되는 것을 본 초만녕은 묵연을 밀치며
소리쳤다.

　"도망쳐!"

　묵연은 이 말을 듣자마자 초만녕의 팔을 잡고 행궁의 궐문을
향해 냅다 뛰었다.

　묵연이 불만스럽게 투덜거렸다.

　"회죄대사님도 참, 주술을 좀 꼼꼼하게 걸어 줄 것이지 이리
들통나게 내 그림자는 왜 놔두신 거야?"

　묵연이 제 스승에게 원망을 퍼붓고 있었지만, 초만녕은 어쩐
일인지 힐끗 보기만 할 뿐 크게 반응하지 않았다. 그에게 할 말
이 있는 듯 보였지만, 결국 아무 말도 하지 않았다.

　"도망가?"

　뒤에서 사왕이 콧방귀를 꼈다.

"그리 쉽게는 안 되지!"

경공술이 뛰어난 묵연과 초만녕은 궐문이 곧 닫힐 것처럼 보이자 담벼락을 밟고 뛰어올랐다. 동시에 사왕이 소환한 번개가 그의 손을 떠나 천공을 가르며 궐문 위에 떨어졌다. 수십 척에 달했던 궁궐의 벽이 하늘과 맞닿을 만큼 순식간에 위로 솟아올랐다.

이어서 궐문도 쿵 하고 닫혀 사방이 다 막혀 버렸다.

묵연은 속으로 욕을 뱉으며 초만녕을 끌어당겨 다른 방향으로 뛰었다. 궐문을 나갈 수 없다면 우선 포기하는 것이 나았다. 지금으로서는 사왕 손에 잡히지 않는 게 상책이었다.

이는 우연히도 딱 들어맞는 전략이었다. 귀계의 왕들은 각기 특기와 약점이 있었다. 사왕의 경우 법술은 대단하지만, 수천 년 동안 주색에 빠져 방탕한 생활을 해 온 터라 체력이 다른 왕들에 비해 크게 떨어졌다. 1리를 뛰는 건 말할 것도 없고 50보만 뛰어도 가쁜 숨을 몰아쉬기 바빴다.

'누워 있을 수 있으면 누워만 있고, 앉아 있을 수 있으면 앉아만 있는 것'이 그의 철칙이었다. 이렇게 수천 년을 보냈으니 경공 쪽으로는 폐물에 가까웠다.

초만녕과 묵연이 멀어지는 모습을 보며 사왕은 화가 치밀어 올랐다. 걸핏하면 다른 왕의 영지에서 미인을 잡아들여 나머지 여덟 왕과 사이가 좋지 않았던 터라, 이런 일이 발생했음에도 사왕은 다른 왕들에게 협조를 구하려고 하지 않았다.

"빨리 달리는 게 뭐 그리 대단하다고. 본왕이 풍만해서 빨리는 못 뛰지만 너흰 내 손아귀에서 못 벗어나!"

자기 배를 매만지던 사왕이 문득 억울한 마음에 고개를 돌려 가마를 짊어진 채 요지부동인 여덟 장정을 바라보았다. 그의 기분은 더 언짢아졌다.

"멍청하게 서서 뭐 하느냐? 본왕의 고귀한 다리로 쫓아가는 게 여의치 않으면 너희라도 쫓아가야지!"

"……."

사왕은 날씬했을 때 꽤 미남이었다고 한다. 그는 오랫동안 인간의 음식을 맛보지 못하다가 수련을 통해 육신이 생긴 후 온종일 폭음과 폭식을 이어 갔다. 앉아서도 먹고 누워서도 먹고, 길을 가면서도 먹고 웅크리고 앉아서도 먹었다. 저승이 가장 바쁜 시기에 상주문을 쓸 시간이 없을 때도 변함이 없었다. 그는 양옆에 하인을 세워 두고 한 명에게는 먹을 갈고 종이를 깔게 시켰고, 다른 한 명에게는 신선한 과일과 과자를 제 입에 넣게 시켰다.

그 결과, 당대 제일의 미남자는 어느새 뚱보가 되어 있었다. 다행히 체질이 좋아서 아무리 먹어도 말도 안 되게 살이 찌진 않았지만, 예전 모습은 이미 어디에서도 찾아볼 수 없었다. 이후 사왕은 행궁 안에 있는 모든 거울을 내다 버렸고, 평소에도 '반'[#1]이나 '비'[#2]와 같은 글자를 제일 싫어했다. 한 번은 아름다운 시첩 하나가 그에게 노래를 들려줬는데, 그 첫 소절이 이러했다.

― 월반만,[#3] 월반만, 월반……

#1 반 胖, 뚱뚱하다
#2 비 肥, 살찌다
#3 월반만 月半彎, 반월

그녀가 마지막 '만'을 채 부르기도 전에 사왕이 크게 화를 내며 그녀의 가슴을 발로 찼다.

　– 반반반! 내가 두 번은 참으려고 했는데 '반'이 세 번이나 나와? '반(胖)'을 '월(月)'과 '반(半)'으로 나눠 부르면 내가 못 알아들을 줄 알았느냐? 감히 빙빙 돌려서 날 비꼬다니! 겁대가리 없는 것!

　이렇듯 사왕이 뚱뚱한 것에 민감하게 반응했던 터라 가마를 짊어진 장정들은 용맹스럽기는 해도 굳이 나서서 초만녕과 묵연을 뒤쫓지 않았다. 하나같이 고개를 떨군 채 사왕의 불평을 듣던 중, 마침내 눈치 빠른 자 하나가 나섰다.

　"옥체가 강건하시고 힘이 넘치는 왕야께서도 쫓지 못한 자를 저희가 무슨 수로 잡겠습니까?"

　사왕은 그제야 심호흡을 하며 아예 쫓아가지 않기로 마음먹었다. 그가 고개를 돌려 말했다.

　"음, 네 말도 일리가 있군……. 주제 파악을 잘하고 있구나. 됐다. 그럼 너희들은 행궁 전체에 본왕의 훈령을 전해라. 행궁의 모든 대문을 닫고, 궁의 벽에는 봉쇄 주문을 걸어 개미 새끼 한 마리 빠져나가지 못하게 하라!"

　퉤! 그가 방금 제 입에 넣었던 포도 씨를 뱉으며 음산하게 말했다.

　"그 두 놈이 어디까지 도망갈 수 있을지 지켜보겠다!"

몸놀림이 가볍고 민첩한 묵연과 초만녕은 행궁 내부의 구불구불한 길을 지나 뒤쫓아 오는 귀신들을 솜씨 좋게 따돌린 다음 후미지고 으슥한 골목 안에 몸을 숨겼다. 초만녕은 귀신이라 아무리 뛰어도 힘들지 않았지만, 묵연은 평범한 인간이었기에 숨이 차오르는 것은 어쩔 수 없었다. 그가 벽에 기대어 천천히 숨을 골랐다.

초만녕이 가라앉은 눈으로 바깥을 힐끗 보고는 말했다.

"사왕이 행궁을 봉쇄했다."

묵연은 호흡을 가다듬고 손을 흔들었다.

"괜찮아요, 사존. 사존이 초혼등에 들어가시면 우린 곧장 이승으로 갈 수 있어요. 그럼 사왕도 우릴 막을 수 없을 거예요."

초만녕은 고개를 끄덕였지만 어째서인지 미간에 근심이 서려 있었다.

묵연은 그의 표정을 미처 보지 못한 채 초혼등을 꺼내 주문을 외웠다. 그러나 아무리 외워도 금빛이 몇 번 깜박이다가 금세 꺼질 뿐, 초만녕의 지혼은 여전히 묵연 앞에 그대로 서 있었다.

"왜 이러지?"

묵연은 깜짝 놀랐다.

"어째서 아무 반응이 없는 거야?"

초만녕의 미간에 서린 근심이 더 짙어졌다. 그가 한숨을 흘리며 말했다.

"역시 내가 우려한 대로였군. 이곳에서는 전송술이 아무 쓸모가 없다. 우리가 행궁을 나가야만 이승으로 돌아갈 수 있을 거다."

"……."

입술을 꽉 깨문 묵연의 눈빛이 단호하고 고집스럽게 빛났다. 그가 한참 뒤에 잠긴 목소리로 말했다.

"어쨌든 전 반드시 사존을 모시고 이곳을 나갈 거예요."

초만녕이 그를 보며 말했다.

"서둘러야 한다. 행궁은 무척 넓어서 우릴 찾는 건 쉽지 않을 게다. 하지만 이곳에는 물도 없고 먹을 음식도 없어. 난 괜찮지만 네가 오래 버티지 못할 것이다."

묵연이 웃었다.

"배고픈 건 어릴 때부터 많이 참아 봐서 괜찮아요."

주변이 완전히 잠잠해진 후 골목을 빠져나온 두 사람은 청석이 길게 깔린 황량한 거리를 걸었다. 호수처럼 시린 달빛 아래에서 그림자가 있는 한 사람과 그림자가 없는 한 사람이 어깨를 나란히 한 채 걷고 또 걸었다.

묵연이 말했다.

"사존."

"……."

"아까 궐문 앞에서 제가 무례를 범했어요. 죄송해요."

초만녕은 순간 멍해졌다가 곧 눈을 내리깔았다. 그의 눈빛이 서늘하게 식었다.

"괜찮다."

"워낙 긴급한 상황이라서 제가 말로도…… 무례를 범했어요. 그것도 죄송해요."

"……."

"사존이 혼인했다고 한 거, 그건 더 잘못했어요. 죄송해요."

초만녕이 돌연 걸음을 멈추고 그에게 쏘아붙였다.

"언제까지 사과할 셈이냐? 다른 말은 할 줄 모르느냐?"

"다른 거요?"

묵연이 얼떨떨한 표정으로 제법 진지하게 생각한 후에 조심스럽게 '다른 말'을 꺼냈다.

"그…… 그럼, 정말 사죄드립니다?"

"……."

초만녕이 소매를 펄럭이며 걸어갔다.

불쌍한 묵연은 어떤 말이 그의 심기를 건드렸는지 전혀 눈치채지 못했다. 하지만 혹여 그를 귀찮게 할까 봐, 더 말을 붙였다가 초만녕을 더 화나게 할까 봐, 그저 머리를 긁적이고는 말없이 그의 뒤를 따라갔다.

"사존."

"무엇이냐."

한참 걷고 있던 묵연이 물었다.

"예전에…… 혹시 인연을 만난 적이 있으세요?"

초만녕이 멈칫하고는 고개를 돌려 되물었다.

"그건 왜 묻느냐?"

"여기 귀계에서 사존의 또 다른 지혼을 찾았거든요. 그러니까 사존은 평범한 사람보다 혼백이 하나 더 있는 거예요……. 제가 전에 순풍루에서 초순을 만났는데, 그가 말하길 이런 잉여 혼백은 대개 원래부터 있던 것이 아니래요."

묵연이 잠시 망설였다.

"하지만 인간계에 있는 식혼까지 합치면, 저는 사존을 네 번

봤거든요. 그래서…… 혹시 예전에 인연을 맺은 사람이 있으신가 하는 생각이 들어서요……."

잠시 말이 없던 초만녕은 뭔가 떠올랐는지 눈빛이 미세하게 일렁였다. 그가 눈을 감고 말했다.

"그럴 리 없다."

그가 말을 멈췄다가 조금 의아한 듯 머뭇거리며 물었다.

"정말 나한테 혼이 네 개가 있더냐?"

"네."

"……."

초만녕도 이유를 알 수 없어 한참 생각하다가 결국 한숨만 토했다.

"그건 나도 잘 모르겠다. 어차피 별 상관없으니 너도 신경 쓰지 말거라."

두 사람은 외진 골목을 조심스럽고 신중하게 걸으면서, 사왕이 행궁 전체를 봉쇄하는 데 사용한 법술의 영력을 살폈다.

"모든 결계에는 반드시 약한 부분이 있다."

한 거각 앞에 이르자 초만녕이 손으로 꺼칠꺼칠한 담장을 쓰다듬었다. 담장 위로 자잘한 푸른빛이 일렁거리고 있었다. 그가 청석 아래에 약동하는 역류를 포착하려고 눈을 감았지만, 현재로선 법력이 없기 때문에 여간 힘든 게 아니었다. 한참 뒤에 초만녕은 낙담한 듯 손을 아래로 축 늘어뜨리고 고개를 저었다.

"지금 내 혼령이 완전하지 않아 힘이 부족하다. 어찌해야 할지 생각할 시간이 필요해."

묵연이 말했다.

"그럼 제게 알려 주세요. 제가 해 볼게요."

"안 된다. 결계술은 무척 복잡하여 하루 이틀 사이에 터득할 수 있는 게 아니야."

묵연이 물었다.

"그럼 일반적으로 결계의 약점은 뭔가요? 차라리 일일이 시험해 보는 게 낫겠어요."

"……결계마다 약점이 다 달라. 일반적이고 말고가 없지. 어느 세월에 일일이 다 시험해 보겠느냐?"

"해 보지 않고 어찌 알겠어요."

묵연이 웃었다.

"제가 운이 엄청 좋을지도 모르잖아요?"

초만녕이 대답하려고 입을 여는 순간, 길모퉁이에 흔들리는 하얀 그림자가 보였다. 미간을 찌푸리며 습관적으로 천문을 소환하려 손을 뻗었으나 아무것도 나타나지 않자 초만녕의 안색이 더 어둡게 변했다. 그가 엄한 목소리로 을렀다.

"누구냐?"

하얀 그림자가 달아나려고 했다.

달아날 기회를 줄 리 없는 묵연이 얼른 쫓아 그를 사로잡았다. 소리 내지 못하도록 그의 입과 코를 틀어막고 양손을 뒤로 당겨 그대로 무릎을 꿇렸다. 묵연은 그의 정체를 확인한 순간 분노에 휩싸였다.

"용구……!"

바닥에 무릎을 꿇은 소년은 뽀얗고, 바람에 흔들리는 부드러운 버들잎처럼 가냘팠다. 용구는 못마땅한 눈빛으로 고개를 돌린 채 입을 닫았다.

묵연이 화를 냈다.

"또 밀고하러 가는 거냐? 내가 널 죽이지 못할 것 같아?"

초만녕이 다가왔다. 그는 용구를 본 적이 없었기에 묵연에게 물었다.

"아는 사람이냐?"

묵연은 할 말을 찾지 못했다. 과거에 묵연은 용구 때문에 도둑질과 음탕한 짓이라는 두 가지 죄로 초만녕에 의해 선악대에 올라가 공개 처벌을 받았다. 당시에는 초만녕이 모질고 악랄하다는 생각에 원망만 깊었는데, 지금 그때를 떠올리니 부끄러워서 견딜 수가 없었다.

둘 사이의 이상한 기류를 알아채지 못한 초만녕은 용구가 묵연의 지인이라 여기고 이렇게 말했다.

"이왕 따라왔으니 나갈 방도를 찾은 다음에 데리고 나가자꾸나."

그러면서 용구를 자세히 살피며 말했다.

"좋은 사람은 얼른 윤회하는 것이 이치에 맞다."

묵연은 입을 열지 않았다.

"……."

생각지도 못한 상황에 당황한 용구는 잠시 얼떨떨하다 금세 생글거렸다. 그가 매력적인 눈으로 곁눈질을 하며 묵연에게 물었다.

"이분이 사존이세요?"

"사존은 무슨. 사존이 네놈 사존이냐? 내 사존이지!"

묵연이 버럭 성을 냈다.

용구는 배알이 꼴렸지만, 묵연을 약 올릴 생각에 태연하게 말했다.

"아, 내 사촌이었군요."

"너!"

둘이 주고받는 대화를 듣자니 초만녕은 차츰 이상하다는 생각이 들었다.

"묵연, 둘 사이에 앙금이라도 있는 것이냐?"

"저는……."

용구가 미소를 지으며 말했다.

"사촌, 묵 공자님을 나무라지 마세요. 저희 둘 사이에 앙금이랄 것도 없어요. 그저 옛정이 좀 있을 뿐이죠."

두루뭉술하게 표현했으나 말투가 야릇했다. 초만녕은 말없이 눈을 가늘게 뜨며 입을 다물었다. 그를 보는 눈빛은 담담했지만, 미간 사이에 드리워진 그늘은 어떻게 해도 감출 수 없었다. 용구는 환락가에서 잔뼈가 굵었고, 사람의 안색과 말투를 살피는 것은 그가 가장 잘하는 일이기도 했다. 초만녕처럼 순수한 사람의 눈빛에 담긴 감정을 용구가 보지 못할 리가 없었다.

그는 내심 놀랐다. 원래는 풍류랑인 묵연이 대담하게도 제 사촌을 탐내고 있다고만 생각했다. 하지만 당사자를 보자 묵연 혼자만의 가슴앓이는 아닌 듯했다.

……사생지전도 참 더럽네.

위급한 상황에서도 용구는 저도 모르게 감탄이 나왔다. 혐오스럽기도 했고 놀랍기도 했다. 수진계에서 남자끼리 관계를 갖는 것은 그리 신기한 일이 아니었다. 하지만 확실히 격을 떨어뜨리는 일이긴 했다. 묵미우는 사생지전의 공자다. 그런데 자신을 가르친 은사와 그렇고 그런 사이라니, 이것이 소문이라도 나면 장문인 설정용은 얼굴을 들고 다닐 수 없을 것이다.

용구는 어여쁜 눈을 요염하게 뜨고 초만녕을 위아래로 훑어보았다. 불 난 집에 기름 부을 준비를 하는데, 상대가 먼저 선수를 쳤다.

"이미 죽었는데 끄집어내 이야기할 옛정이 뭐가 있느냐."

"선군께서 물어보신 거잖습니까."

용구가 웃었다.

"전 있는 그대로 대답했을 뿐입니다."

"누가 너에게 물었다는 것이냐?"

초만녕이 차갑게 말했다.

"난 처음부터 이 녀석한테 물었다."

'이 녀석'이 누굴 가리키는 말인지는 말할 필요도 없었다. 말투가 뾰족한 것이 용구와 선을 그으려는 의도가 분명해 보였다. 묵연은 초만녕이 제 편을 들어 주자 마음이 너그러워지고 가슴이 뜨거워졌다. 그래서 몇 마디 하려고 다가가려는데, 초만녕이 화난 얼굴로 고개를 홱 돌렸다.

"어떻게 처리할지는 네놈이 알아서 해라."

그러나 묵연은 알아서 잘할 자신이 없었다. 용구를 풀어 주자니 나중에 걸림돌이 되거나 밀고할 것이 두려웠다. 그렇다고 데리고 다니자니 화약통을 달고 다니는 것이나 다름없었다. 만에하나 해서는 안 될 말을 한다면 초만녕이 뒷목 잡고 쓰러질 수도 있었다. 내적 갈등 중에 초만녕이 사왕의 결계를 살펴보기 위해 옆으로 가자, 묵연이 용구의 옷섶을 틀어쥐며 낮은 목소리로 말했다.

"무슨 속셈이야?"

"영 마음이 답답하고 거북해서요."

용구가 속눈썹을 팔락거리며 눈을 반짝였다.

"당신처럼 악랄한 사람이 새로 시작한다는 게 눈꼴사납달까."

묵연은 용구에 대해 잘 알고 있었다. 그는 절대 '너 죽고 나 죽자' 식으로 행동할 위인이 아니었다. 남을 해치는 한이 있어도 자신에게 이로운 일만 하고 아무리 원망이 사무쳐도 제 몸 하나 편하게 사는 것이 가장 중요한 놈이, 제 혼백이 사라질 위험을 감수하면서까지 자신들을 따라올 이유가 없었다.

그의 시선이 용구를 훑다가 그의 발치에 떨어졌다.

심하다 싶을 정도로 가느다랗고 하얀 발. 한쪽만 신발이 신겨져 있었고, 다른 한쪽은 신발 없이 흙투성이였다. 다급하게 도망 나온 것이 분명했다.

묵연이 눈을 가늘게 뜨고 말했다.

"사실대로 말해."

"말했잖아요. 당신처럼 악랄한 사람이……."

"또 날 속이고 협박했다간 바로 네놈의 눈을 가리고 입을 틀어막아 우물에 던져 버릴 테다. 넌 혼백이니 안에서 배고파도 죽지 않을 거고, 도망치고 싶어도 도망칠 수 없어. 운이 좋으면 사나흘 뒤에 순찰병이 널 발견할 테고, 운이 나쁘면 우물 안에서 팔 년이든 십 년이든 지내야겠지."

묵연이 잠깐 말을 멈췄다가 목소리를 낮춰 다시 말했다.

"잘 생각하고 말해."

과연 용구의 낯빛이 변했다.

한참 뒤에 그가 입을 열었다.

"생각이 바뀌었어요. 저도 이곳을 나가고 싶어요. 저도 데리고 가 줘요."

"왜? 귀신 상공은 어쩌고?"

"……."

용구가 입술을 꽉 깨물더니 고개를 들어 버럭 화를 냈다.

"저도 정상적인 삶을 살고 싶어요. 저도 다시 시작할 수 있다고요."

그가 한숨을 깊게 내쉬며 말했다.

"윤회할래요."

"좋아. 그럼 하나만 더 묻자. 네놈이 우릴 밀고한 거냐?"

"……."

"말 안 해? 네놈의 입을 여는 방법은 얼마든지 있어."

묵연의 손 안에서 붉은빛이 일렁였다.

"말해."

"맞아요. 제가 밀고했어요. 근데 그게 뭐 어쨌다고요?"

용구가 아래턱을 치켜들었다. 눈빛에는 원한과 증오가 서려 있었다.

"밀고하지 않았다면 제가 어찌 도망칠 수 있었겠어요?"

묵연은 그의 옷섶을 확 놓았다. 화가 극에 달하니 오히려 웃음이 났다.

"우물에 빠진 사람한테 돌을 던지다니 대단하네, 빌어먹은 놈!"

"전 없는 사실도 만들어서 남을 모함할 수도 있어요."

용구는 천천히 옷섶을 정리하면서 저편에 있는 초만녕을 힐끔 쳐다보았다.

"묵 선군, 저 사람이 무척 신경 쓰이죠? 당신이 예전에 나를 어떻게 대하고 예뻐했는지 저분께 말해 줄까요? 과장이나 날조 없이 그대로만 얘기해도…… 저 사람은 어떤 반응을 보일까요?"

115장 사존이 나보고 꺼지란다

용구의 말에는 초만녕이 슬퍼하고 질투하고 참지 못할 것이라는 뜻이 내포되어 있었다.

하지만 묵연은 자신에 대한 초만녕의 감정이 사랑임을 알지 못했기에 용구가 과거 자신이 저지른 추태와 황당한 일들을 초만녕에게 낱낱이 일러바치겠다는 소리로만 들렸다. 그럼 사존은 얼마나 창피해하실까? 기가 막혀 쓰러지시지 않을까?

묵연이 으르렁거렸다.

"저 사람 건들지 마!"

용구가 요염하게 웃어 보였다. 분명 남자인데도 부드러운 귀밑머리에 꽃 같은 얼굴이 무척이나 아름다웠다.

"그럼 저도 같이 보호해 주세요. 이 행궁에서 절 데리고 나가 주세요. 착하게 굴고 성가시게 하지 않겠다고 약속할게요."

묵연은 어찌할 방도가 없자 속으로 욕 한 사발을 퍼붓고는 몸을 돌렸다. 용구는 이것이 무언의 허락임을 알고 희희낙락한 얼굴로 그를 좇아갔다. 묵연이 몇 걸음 가다 갑자기 고개를 홱 돌리더니 용구에게 손가락질하며 나지막이 말했다.

"용구, 너 허튼수작 부리면 윤회 근처에도 못 가고 혼이 사라지게 만들어 줄 테다."

용구는 눈을 가늘게 뜨고 다소곳한 자세로 말했다.

"절 건들지만 않으면 제가 공자를 건들 일은 없어요. 절 괴롭히지만 않는다면 얌전히 있을 거고요. 묵 선군, 제가 어떤 사람인지 아직도 몰라요? 어쨌든 저의 오랜 고객이었잖아요."

"……."

전생에 묵연이 이런 간사한 말에 얼마나 당했는지 생각하면 속이 뒤집혔다. 하지만 상황이 상황인지라 용구가 초만녕 곁으로 사뿐사뿐 걸어가는 모습을 빤히 지켜볼 수밖에 없었다. 정말 이해할 수 없었다.

그때 내가 바보였나?

송추동, 용구…… 이런 잡것들을 나는 한때 무슨 마음으로 좋아했을까?

만약 전생의 자신에게 갈 수 있다면, 답선군의 모가지를 잡아 머리통을 깨부수고 그 안에 대체 뭐가 들었는지 보고 싶었다. 한 짓거리마다 어찌 이리 형편없을 수 있을까?

다행히 아까 용구가 한 말은 거짓이 아니었다. 초만녕이 감정 문제에서는 백지 같은 사람이라 그런지 용구가 해사한 미소를 지으며 노련한 말솜씨로 해명하자 초만녕의 좁아진 미간도 조금씩 펴지기 시작했다.

심지어 초만녕은 제 마음이 순수하지 못해 이 소년이 말한 '옛정'을 오해했다고 자책했다. 그의 표정은 아무 변화가 없었지만, 내심 무척 민망해하고 있었다.

용구가 이들에 합류한 이상 아무 일도 하지 않을 수는 없었다. 다행히 그는 행궁에 대해 잘 알고 있었다.

"여긴 인적이 드물긴 하지만 아예 없는 곳도 아니에요. 안심하고 결계를 깰 방법을 찾고 싶다면 제가 다른 곳으로 안내할게요."

그가 말한 다른 곳은 귀계의 의복과 옷감을 보관하는 창고였다. 하얀 삼베와 포목이 높다랗게 쌓여 있어, 몸을 숨기기에 제격이었다.

세 사람은 가장 구석진 곳으로 갔다. 초만녕이 환자의 맥을 짚듯 벽을 더듬으며 행궁에 깔린 결계에 대해 알아내려고 애썼다.

하지만 한참이 지나도 여전히 오리무중인 데다 초만녕의 혼백이 갈수록 약해지는 것이 아닌가. 묵연이 그의 손등을 붙잡고 벽에서 떼어 내며 말했다.

"좀 쉬세요."

답답함과 무기력함을 동시에 느낀 초만녕은 애꿎은 제 손바닥만 들여다보며 화를 삼켰다.

"왜 내 혼백엔 영력이 이리 없는 거지?"

"제가 나눠 드리면 어때요?"

"소용없다."

초만녕은 용구가 멀리 있는 것을 확인하고, 목소리를 낮춰 말했다.

"너는 사람이고, 나는 귀신이야. 음과 양 사이의 통로는 가로

막혀 있다."

그 자리에서 잠시 휴식을 취한 후에 초만녕이 다시 움직이기 시작했다. 그의 삼혼이 온전히 갖춰져 법술을 할 수 있는 몸이었다면, 강력한 영류를 결계에 흘려 보는 것으로 사왕이 건 주술의 허점을 찾을 수 있었을 것이다. 하지만 지금은 영력이 워낙 미비한지라 어찌어찌 결계에 흘려 봐도 망망대해에 떠도는 나뭇잎 하나 찾는 것처럼 허점 찾기가 무척이나 어려웠다.

한 시진이 지난 후 용구는 초조해지기 시작했다.

그가 뛰어와 묵연을 잡아당기며 물었다.

"나갈 수는 있는 거예요?"

묵연이 말했다.

"정신 사납게 하지 말고 얌전히 앉아 있어."

"초조해 죽겠다고요. 정확히 말해 줘요. 나갈 수 있는 거예요?"

"조바심 내 봐야 소용없다. 조용히 기다려."

용구가 말했다.

"당신 사존 실력이 그저 그런 거 아니에요? 한참 살폈는데, 어쩜 이렇게 아무 성과도 없냐고요."

"그의 삼혼이 아직 합쳐지지 않았고, 게다가 저 혼백은 법술을 잃었다. 그러니까 좀 조용히 있어."

용구는 실망한 듯하다가 눈을 반짝이며 하얀 삼베 더미 위로 다시 돌아가 앉았다.

또 한 시진 넘게 지나고, 이번에 용구는 초만녕에게 다가갔다.

"선군, 혹여 다른 방도가 있으신가요?"

초만녕은 계속 눈을 감고 손끝을 벽에 댄 채 답했다.

"없다."

"그, 그럼 선군이 조금이라도 법술을 회복할 방법은요?"

초만녕이 잠시 멈칫하더니 반문했다.

"혹시 영력이 있느냐?"

"아뇨……."

용구가 살짝 멍한 얼굴로 물었다.

"그건 어찌 물어보시는지……?"

"너한테 영력이 있다면 내가 나눠서 쓸 수 있단다."

용구가 반색하며 말했다.

"그렇게 쉬운 거였어요? 그럼 바로 묵 선군을 데려올……."

초만녕이 그를 저지했다.

"그 녀석의 영력은 소용없다."

묵연이 산 사람임을 알지 못하는 용구는 이 말에 당장 미소를 굳혔다.

"어째서요?"

"뭐가 어째서냐. 속성이 다르니까 그렇지."

초만녕이 거짓말에 서툴다는 것을 잘 아는 묵연은 자신이 망자가 아니라는 사실을 용구가 모르는 편이 나았기에 얼른 그의 말을 가로챘다.

"부탁인데, 밖으로 가서 보초 좀 서 줘. 누가 오면 바로 알려 주고."

용구는 화딱지가 나서 그를 쏘아봤지만, 셋이 같은 배를 탄 이상 어쩔 수 없었다. 그는 창고 문으로 가서 떨떠름한 얼굴로 문 옆에 기대고는 손톱을 만지작거리며 안개비 같은 고운 눈을 들어 밖을 살폈다.

묵연은 용구를 힐끗 보고는 초만녕 옆에 앉았다.

그는 초만녕을 기만하고 싶지 않았기에 잠시 망설이다가 입을 뗐다.

"사존, 저…… 저 잘못한 게 있어요."

"무슨 잘못이냐?"

"그게…… 사존, 제가 선악대로 압송돼서 벌받았던 날 기억하세요? 제가 그때…… 죄를 저질러서."

묵연이 말을 멈췄다. 차마 제 입으로 '음탕한 짓'이란 말을 내뱉을 수가 없었다. 사람의 낯짝은 참으로 희한하다. 상관이 없을 때는 만리장성처럼 두껍기 그지없다가도, 일단 신경 쓰기 시작하면 마치 종이쪽처럼 손가락만 대도 찢어질 듯이 얇아진다.

묵연은 고개를 숙였다. 부끄러움에 목소리까지 작아졌다.

"제가 그때 4조, 9조, 15조 계율을 어겼잖아요."

제4조, 도둑질.

제9조, 음탕한 짓.

제15조, 거짓말.

초만녕이 그때 일을 기억 못 할 리 없었다. 그가 눈을 떴다. 하지만 묵연을 보지 않은 채 말했다.

"그래."

청아하고 금욕적인 얼굴을 마주하자, 묵연은 더욱더 부끄러워 쥐구멍에라도 들어가고 싶었다. 묵연이 한참 뒤에 눈을 내리깔고 기어가는 목소리로 말했다.

"사존, 죄송해요."

초만녕은 묵연이 무슨 말을 하려는지 어렴풋하게 짐작하고 있었다. 속에서는 화가 치밀었지만, 큰일을 앞두고 일의 경중을 늘 구분해 온 초만녕이었다. 하물며 묵연이 했던 그 망나니짓을 지금에 와서야 안 것도 아니지 않은가. 그가 냉담하게 대답했다.

"이미 벌을 받지 않았느냐? 게다가 이후에 같은 잘못을 저지르지도 않았고. 지금 이 얘기를 다시 꺼내는 이유가 무엇이냐."

"그게, 저기 밖에 있는 용구가…… 사실…….""

묵연은 말을 이어 갈 수 없었고 초만녕 역시 한참 동안 입을 열지 않았다.

한참 후 초만녕이 피식 냉소를 지었다.

"그때 그 애가 용구냐?"

"네."

묵연은 이제 아예 고개도 들 수 없었다. 물론 사생지전은 지금껏 제자들의 음욕을 금기시한 적이 없었기에 젊은 수사들끼리 관계를 맺거나 바깥에 따로 연인을 두는 것은 무척 정상적인 일이었다. 하지만 초만녕은 달랐다. 그가 수련한 것은 마음을 정결하게 하는 청심도(淸心道)였기에 줄곧 남녀의 애정이나 치정 같은 문제를 제일 경멸했다.

하물며 당시 묵연은 평범한 방식으로 연인을 만난 게 아니라 와자를 서성이지 않았던가…….

설정옹은 조카를 무척 아끼기에 상관없다고 생각할 수도 있다. 어쨌든 묵연은 관례를 치를 나이에 이르렀고 청심도를 수련하는 것도 아닌 터라, 욕망을 마냥 참고만 있는 것이 좋지 않을 수도 있었다. 그러니 설정옹이라면 알고도 눈감아 줄 터였다.

하지만 초만녕에겐 참을 수 없는 일이었다.

그는 혐오감을 느낄 것이다. 그해 선악대에서 처벌받을 때, 묵연은 초만녕의 눈빛에서 혐오와 경멸, 증오를 똑똑히 보았다.

비록 꽤 많은 시간이 흘렀고 자신이 그때와 같은 실수를 또 저지르진 않았으나, 귀계에서 용구와 이렇게 마주쳤으니 초만녕의 마음이 편하겠는가? 묵연은 문득 이 상황에 딱 들어맞는 말이 떠올랐다.

업보는 사라지지 않는다. 다만 치를 때를 기다릴 뿐이다.

초만녕에게 꾸중을 듣는 건 두렵지 않았다. 심지어 천문을 다시 소환해 매질한다고 해도 상관없었다. 다만 다른 변수가 생기거나 과거의 업보로 인해 가까스로 찾은 초만녕의 지혼이 화가 나 떠나 버릴까 봐 그게 무서웠다. 초만녕이 정말 화를 못 이겨 떠난다면 묵연은 저 스스로 목매달지도 몰랐다.

생각할수록 초조하고 불안했던 묵연은 용구처럼 걸어 다니는 화약통을 남겨 두느니 차라리 초만녕에게 솔직하게 다 털어놓고 다시금 잘못을 비는 것이 나을 것 같았다.

결심하고 나서 이 말을 했을 때, 묵연이 자리 잡은 위치는 출입문과 가까웠다. 초만녕이 제 말을 듣고 곧장 떠나려 한다면 무례를 범해서라도 그를 꽁꽁 묶어 둘 참이었다. 나중에 그가 얼마나 화를 내든 상관없었다. 누가 뭐라든 지금 제일 중요한 것은 초만녕을 제 옆에 단단히 붙들어 두는 일이었다.

묵연은 초만녕의 퇴로를 막을 갖가지 방법을 머릿속으로 시연하고 있었다. 이때, 초만녕의 금홍색 비단 옷자락이 살짝 흔들리며 어슴푸레한 빛 속에서 은은하게 빛났다.

묵연은 내심 바들바들 떨면서 모기만 한 소리로 말했다.

"사존……."

초만녕이 말했다.

"넌 그때 벌을 다 받았다. 게다가 이미 오래전 일이고. 어째서 그 얘기를 꺼내는 것이냐?"

그가 차가운 눈빛으로 묵연을 흘겨보았다. 그의 얇은 입술이 달싹이다가 이내 비아냥 섞인 말을 뱉었다.

"나와 무슨 상관이라고?"

맙소사! 그의 입에서 '나와 무슨 상관이냐'라는 말이 나오다니…….

묵연은 그대로 굳어 버렸다.

초만녕은 온몸으로 질투의 감정을 발산하고 있었지만, 묵연은 이를 알아채지 못했다. 그는 완전히 공황 상태가 되어 초만녕이 자기한테 철저히 실망해 더는 상관하지 않겠다는 뜻으로 알아들었다. 순간 다급해진 그가 말했다.

"사존, 예전에는 제가 다 잘못했어요. 화내지 마세요……."

"내가 왜 화를 내겠느냐. 화낼 게 뭐가 있다고."

말은 이렇게 했으나 속으로는 갈수록 거슬리고 부아가 치밀었다.

"너희 둘이 그리 깨끗한 관계가 아닐 거라고 생각했다. 옛정은 무슨, 날 속이려고? ……나가거라."

"……."

"나가래도!"

입 밖으로 내뱉는 순간 질투 섞인 말이 되리라는 것도 알고, 다 지나간 일이라는 것도 알지만, 초만녕은 저도 모르게 낮은 소리로 꾸짖었다.

"수치도 모르는 놈!"

묵연은 나가지 않고 그의 옆에 가만히 앉아 흑백이 또렷한 맑은 눈동자로 초만녕을 곧고 뚫어지게 쳐다보았다.

그가 한참 뒤에 말했다.

"안 나가요."

초만녕은 발끈했다.

"나가라! 지금은 네 얼굴을 보고 싶지 않다!"

"전 안 가요."

묵연이 꽁알거렸다. 그는 깨진 바위처럼 제자리에 박혀 버렸다. 분명 그렇게 미웠던 사람인데, 초만녕을 보는 묵연의 눈시울은 발갛게 달아올라 있었다. 그 미움 속에 까닭 없는 연민과 집요함이 흐릿하게 서렸다.

"제가 가면 도망가실 거잖아요……. 사존, 저 버리지 마세요."

"……."

초만녕은 묵연이 그런 생각을 할 줄 몰랐다.

그 일은 꺼낼 때마다 속이 뒤집어질 만큼 짜증 났지만, 방금 알게 된 사실도 아니었고 수진계의 분위기를 모르는 바도 아니었다. 관례를 치른 이후에 청심도를 수련하지 않는 사람은 남자든 여자든 거의 풍류에 빠지므로 딱히 이상한 일도 아니었다.

묵연은 설몽이 아니었다. 설몽은 어릴 때부터 최고의 환경에서 자랐고, 마땅한 보호를 받았으며, 양친 모두 점잖고 가정교육도 엄격했다. 그래서 설몽은 다른 세도가의 자제처럼 함부로 행동하지 않았다. 하지만 묵연은?

성격이 제멋대로다.

어릴 때부터 환락가에서 성장했다.

아버지는 없었고, 어머니는 악방의 배우였다.

그는 아무도 관심을 두지 않는 새끼 강아지였다. 열다섯까지 밤낮을 가리지 않고 나쁜 짓만 일삼다가 백부가 그를 시궁창에서 건져 내 온몸에 뒤집어쓴 흙탕물을 닦아 주었다.

그러니 그가 백옥처럼 깨끗한 사람이라고 말해도, 초만녕이 바보가 아닌 이상 믿을 리 없었다.

그러나 아는 건 그냥 아는 것일 뿐, 실제로 묵연과 난잡한 관계를 맺은 아름다운 용모의 용구를 보자 초만녕은 불편하고 언짢았다.

묵연이 기어코 옆에 붙어 있자, 그는 아예 고개를 돌리고는 눈을 감은 채 결계 조사에 집중했다.

하지만 저도 모르게 용구의 뽀얗고 부드러운 계란형 얼굴이 생각났다. 만지면 보들보들하겠지? 사근사근 말하는 연분홍빛 작은 입술에 묵연 이놈이 입 맞췄을 게 분명하다. 그리고 그 허리와 몸에……. 마침내 묵연이 침상에서 여자처럼 속살댈 저놈과 끈적하게 뒹굴었을 장면까지 떠올리자 초만녕은 그만 속이 뒤집힐 것 같았다!

어떤 일은 들었을 때와 직접 봤을 때 완전히 다르게 다가온다. 직접 보면 계속 생각하게 되고, 생각할수록 참을 수 없게 되는 법이다. 초만녕은 번쩍 눈을 뜨고 노기등등한 얼굴로 일어나 묵연을 힘껏 밀치며 말했다.

"꺼지라니까!"

"사존……."

"꺼져."

묵연은 하는 수 없이 고개를 숙인 채 천천히 창고 밖으로 걸어 갔다.

용구가 그를 보며 의아한 마음에 물었다.

"어? 묵 선군, 왜 그래요? 사존과 싸웠어요?"

묵연은 용구를 상대하고 싶지 않았다. 지금 그를 봐 봐야 머리 만 지끈거릴 터였다. 전생에 저놈을 좋아한 이유는 사매와 닮은 구석이 있기 때문이었다. 하지만 다시 태어난 후 그와 엮이며 생 긴 감정은 순전히 원한과 증오뿐이라 그를 괴롭히고 싶었다.

하지만 어쨌든 이미 지나온 길은 말뚝이 박힌 흔적처럼 아무 리 해도 되돌릴 수 없었다.

묵연이 말했다.

"나 혼자 보초 설 테니까 넌 딴 데 가 있어."

창고의 입구가 가장 위험했기에 용구는 옳다구나 싶어 얼른 자리를 떴다.

하지만 몇 걸음 떼다가 불쑥 일어난 호기심에 묵연을 돌아보 았다. 그는 어떻게 죽었을까? 지난 몇 년 동안 성격은 왜 이렇 게 많이 변했을까? 갑자기 엄청난 자극이라도 받은 걸까? 정말 이상한 일이었다.

용구는 긴 속눈썹을 연신 깜빡이며 묵연의 뒷모습을 위에서 아래로 훑어 내렸다. 문득 뭔가 이상하다는 생각이 들었다. 다 시금 꼼꼼히 살피던 그때, 용구의 시선이 묵연 발치에 있는 흐 릿한 그림자에서 멈췄다.

용구는 순간 온몸이 얼어붙었다.

116장 사존도 가끔 속는다

묵연에게 그림자가 있었다.

죽은 사람이…… 아니었어?

여러 사소한 장면들이 번개처럼 머릿속을 스쳤다. 만약 지금 육신을 가졌더라면 용구는 아마 이 사실에 너무 놀란 나머지 온몸이 오싹하고, 뜨거운 피가 머리에 쏠려 어지러웠을 것이다.

용구는 온몸이 마비되어 한참을 뻣뻣하게 서 있었다. 큰일을 겪을 때의 반응은 보통 그 사람이 평소에 처한 환경과 깊이 관련 있다. 어떤 사람은 평소에도 화살에 놀란 새처럼 굴며 의외의 사고에 부딪히면 몹시 놀라 어쩔 줄 모르지만, 설몽과 같은 기린아는 늘 태연자약하며 웬만한 일에는 놀라는 일이 없었다.

용구처럼 평생을 진흙탕에서 구른 사람들은 이제껏 고난을 겪어 왔기에 큰일이 벌어졌을 때 가장 먼저 드는 생각은 그것이 나에게 해를 끼치지는 않는지, 만약 아니라면 내가 무슨 이득을 취할 수 있는지 뿐이었다.

곧 용구는 묵연이 귀계에 숨어들어 온 산 사람이라는 사실이 자신에게 엄청난 이득을 가져오리라는 생각이 들었다.

묵연의 정체를 폭로하기만 해도 큰 공을 세운 것이니 한자리 얻을 수 있을 것이다. 그렇게 되면 여기서도 활개치며 의기양양 하게 살 수 있을 텐데. 생전에 몸을 팔아 수발을 들었으면 어때, 기회만 잘 잡으면 죽어서도 단번에 출세해 사내로 태어난 보람 을 느낄 수 있었다.

이건 그야말로 굴러들어 온 호박인 셈이었다.

윤회 따위가 무슨 소용이 있겠는가? 즉시 판을 뒤집어 전생의 치욕을 씻고 다시 태어나 편안한 삶을 살 수 있는데.

가늘게 뜬 용구의 색기 넘치는 두 눈이 반짝였다. 용구는 관 직에 올라, 귀계의 관리들처럼 푸른 비단을 드리운 수레에 앉아 위풍당당하게 잡귀신들 사이를 지나가는 자신의 모습이 보이는 것만 같았다.

용구는 생각할수록 뿌듯하고 기뻤지만, 바꿔 생각해 보니 유 약한 몸뚱이로 묵연의 눈앞에서 도망쳐 고자질하는 건 불가능 에 가까웠다. 묵연이 남에게 신경 쓸 겨를이 없도록 만들 방도 가 필요했다…….

무슨 좋은 생각이라도 떠올랐는지 그는 금홍색 길복을 입고 있는 초만녕 쪽으로 눈길을 돌렸다.

"초 선군."

용구는 초만녕 옆에 앉아 턱을 괴고 말을 걸었다.

초만녕은 결계 탐색에 열중하며 아무런 대꾸도 하지 않았다.

싸늘하게 감겨 있는 두 눈은 차가운 기운이 감돌다 못해 서리가 내려앉은 것만 같았다.

"아직 알아내지 못하신 거예요?"

용구가 눈치를 살피며 물었다.

한참을 기다렸으나 초만녕은 여전히 들은 체도 하지 않았고, 그렇다고 그를 쫓아내지도 않았다. 용구는 혼자 주절주절 이런 저런 얘기를 하더니 소리를 낮추며 말했다.

"초 선군, 사실 아까 제대로 말하지 않은 게 있어요. 얘기했다가 절 무시하고 불쌍히 여기지 않고 저 혼자 이곳에 버려두고 가실까 봐서요."

초만녕은 미간을 더욱 세게 찌푸렸다. 아무 말도 하지 않았지만, 양미간에 화가 잔뜩 서려 있었다. 다만 아직까지는 화를 누르고 터뜨리지 않으려 애를 쓸 뿐이었다.

그럼에도 용구의 눈을 피해 갈 순 없었다.

용구는 섬세하고 부드러운 목소리로 나긋나긋하게 말했다.

"밖에서 생각을 좀 해 봤는데 선군께 거짓말한 게 마음에 걸렸어요. 그래서 사과를 드릴까 해서……."

그는 공교롭게도 묵연과 같은 말로 서두를 뗐다. 두 사람 모두 '사죄하고 싶다'고 했다.

초만녕은 원래 그렇게까지 역겹게 느끼지 않았는데 용구의 그 말을 들으니 혐오감이 확 몰려왔다. 그는 침울한 표정으로 눈을 뜨곤 용구를 거들떠보지도 않고 쌀쌀하게 말했다.

"생전에 어느 기루에 있었지?"

용구가 흠칫하더니 물었다.

"선군…… 알고 계셨네요?"

그는 무의식적으로 묵연을 힐끔 보며 상황이 심상치 않음을 직감했다. 묵 공자가 초만녕에게 감추지 않고 자기보다 한발 앞서 모두 털어놓았을 줄이야. 이 판국에 화를 보태는 게 과연 잘하는 짓일까?

"저와 묵 선군은……."

말을 마치기도 전에 초만녕은 그의 말을 잘랐다.

"생전에 어느 기루에 있었냐고 물었다."

용구가 입술을 잘근잘근 깨물며 대답했다.

"자죽진의 선도루요."

"선도루."

초만녕이 되풀이해 읊으며 냉소를 짓더니 다시 입을 굳게 닫았다. 소름 돋을 정도로 싸늘한 표정이었다.

용구가 그를 힐끔거리며 입술을 달싹이더니 떠보듯이 물었다.

"초 선군, 그것 때문에 저를 무시하는 건 아니시겠죠?"

초만녕은 대답이 없었다.

"저는 팔자가 사나운 데다 몸도 약해서 어린 나이에 기루에 팔려 갔어요. 선택할 수만 있다면 저라고 왜 선군처럼 늠름하고 용맹한 사람이 되고 싶지 않았겠어요."

용구는 한숨을 내쉬며 슬픔에 젖은 목소리로 웅얼거렸다.

"선군처럼 걸출한 인물로 환생하면 얼마나 좋을까요?"

"영혼의 성격은 환생한다고 달라지지 않는다."

초만녕이 담담하게 말했다.

"미안하지만 우리는 같은 부류의 사람이 아니구나."

초만녕의 따끔한 반박에 용구는 말문이 막혔지만, 미소를 잃지 않고 고개를 떨구며 말했다.

"저도 알아요. 제가 선군에 비할 바가 못 된다는걸요. 지나친 욕심일 뿐이죠. 저희 같은 사람들은 이런 희망과 기대라도 품지 않으면 기루에서 반년도 못 버티고 죽어 버릴 거예요."

초만녕이 전혀 개의치 않자 용구는 곁눈질로 묵연을 힐끔 보았다. 묵연이 자신과 초만녕의 대화를 듣지 못할 거라 짐작한 그가 조그맣게 속삭였다.

"기루를 찾는 손님들은 하나같이 상스럽고 흉악해서 저희 같은 건 사람 취급도 하지 않아요. 그러니 묵 선군 같은 은객을 받는 건 모두가 선망하는 일이었죠."

초만녕은 여전히 아무 말도 하지 않았지만, 벽을 짚은 그의 손등에는 힘줄이 불끈불끈 튀어나왔다. 영력이 있었더라면 벽면에 구멍 다섯 개라도 거뜬히 뚫을 기세였다.

그는 잠시 참는 듯싶었으나, 결국은 참지 못하고 나지막한 소리로 말했다.

"선망할 게 뭐 있겠느냐."

용구는 부드럽고 아름다운 얼굴에 넘치지도 부족하지도 않은 딱 적절한 사랑스러움을 띠며 말했다.

"묵 선군은 좋은 사람이잖아요. 물론 나중에 제 푼돈을 가져가는 어리석은 실수를 범하기는 했지만, 그건 제가 전에 제대로 모시지 못해서 그런 거예요. 예전에는 이치에도 밝고 호감을 얻는 성격이었거든요."

초만녕은 냉담한 표정으로 듣기만 했다.

"저희 기루에서 묵 공자를 모셨던 사람들은 모두 그를 기억했어요. 나중에는 그를 기다리는 사환도 있을 정도였고요."

"……기루를 자주 찾았다고?"

용구는 쓴웃음을 짓는 체하며 말했다.

"자주의 기준은 뭔가요? 선군의 질문에 어떻게 대답해야 할지 모르겠네요."

"그럼 며칠에 한 번씩 갔는지, 가서 누구를 찾았는지, 마지막으로 간 게 언제인지 말하거라."

초만녕의 얄팍한 입술이 칼처럼 부딪치며 질문을 쏟아 낼 때마다 묵연의 목숨을 앗아 갈 것 같은 섬뜩한 기운을 뿜어냈다.

용구는 초만녕의 눈에 서린 오싹한 기운을 못 본 척하며 불 난 집에 부채질을 해 댔다.

"며칠마다 오는지 따져 보진 않았지만 한 달에 열흘 정도는 봤던 것 같아요. 누구를 찾느냐면…… 고정적으로 찾는 사람은 없었어요……. 아이참, 모두 지난 일이니 너무 나무라지 마세요."

"마지막으로 간 게 언제인지 물었다."

초만녕은 험하게 굳은 얼굴로 윽박질렀다.

"말해."

사실 묵연은 환생한 후로 한 번도 용구를 만난 적도 없고 기루를 찾은 적도 없었다.

초만녕의 얼굴을 본 용구는 사실대로 얘기하면 안 되겠다는 생각에 모른 척 계속해서 기름을 들이부었다.

"그건 저도…… 글쎄요, 제가 죽기 전까지는 종종 모습을 비쳤어요……. 그러니 얼마 되지 않았겠죠."

말을 마치기도 전에 초만녕이 벌떡 일어나 가늘고 긴 손가락을 거두고 길고 너른 소매를 내렸다.

으스름한 불빛 아래, 그의 몸은 바르르 떨리고 눈에는 불꽃이 이글이글 일었다.

용구는 이 단순한 선존을 속이기가 너무 쉬워서 남몰래 기뻐했다. 풍류장에서 뒹굴며 사람 마음 주무르는 일에는 도가 튼 그는, 자신이 입만 열면 초만녕같이 올곧은 사람을 쉽게 낚을 수 있다는 생각에 뿌듯했다.

그러면서도 용구는 미리 준비한 당황스러운 표정으로 황급히 말했다.

"초 선군, 왜 그러세요? 제가 무슨 말을 잘못 했나요? 그, 그저 전생의 원한일 뿐이니 제발 묵 선군을 질책하지 말아 주세요……. 그…… 그분은 나쁜 사람이 아니에요……."

"저놈이 나쁜 놈인지 아닌지는 내가 판단한다."

초만녕은 화가 난 나머지 부르르 떨며 사납게 쏘아붙였다.

"내가 내 제자를 혼내겠다는데 네놈이 무슨 상관이냐?"

"초 선군……."

초만녕은 용구를 거들떠보지도 않았다. 싸늘한 기운으로 가득 찬 눈에 노기가 치솟았다. 그는 자기 앞을 막아선 용구를 확 물리치고 성큼성큼 문어귀로 다가가 묵연의 옷깃을 홱 움켜쥐고 그를 일으켜 세웠다.

묵연이 화들짝 놀라며 고개를 돌렸다.

"사존?"

초만녕은 그의 옷깃을 만지는 것조차 역겹다는 듯이 손을 놓고 으르렁거리며, 먹이를 덮칠 기회를 노리는 표범처럼 묵연의 얼굴을 한참이나 노려보았다. 분노에 말문이 막혀 아무 말도 나오지 않았다.

무슨 말을 더 하겠는가?

선악대에서 그렇게 벌을 받고도 각성하지 못하다니, 앞에서는 잘못을 뉘우치며 꼴값을 떨더니…….

뒤로는 기루를 기웃거리며 남창들과 어울리다니!

묵연은 용구가 자신을 함정에 빠뜨린 줄은 꿈에도 모른 채 초만녕을 바라보았다. 그의 얼굴은 분노와 혐오로 일그러졌다. 잘못 본 것인지는 모르겠지만 슬프고 분한 감정을 억누르는 얼굴이었다.

"묵미우, 네가 했던 말 중에 참말이 몇 마디나 있지?"

초만녕은 잔뜩 가라앉은 목소리로 촘촘한 속눈썹을 떨구며 의기소침하게 말했다.

"너…… 넌 정말 저급하고 구제 불능이군……!"

이 한마디는 바다에 떨어진 바위처럼 묵연의 마음속에 수없이 많은 물보라를 일으켰다.

묵연은 흠칫하며 뒷걸음질쳤다. 그는 고개를 가로저으며 망연한 얼굴로 초만녕을 바라보았다.

아니야…….

아니야…….

저 말은 초만녕이 전생에 자신에게 극도로 실망했을 때 한 말이었다.

그런데 까닭 없이 왜 저런 말을 다시 하는 걸까?

무슨 일이 일어났는지 모르는 묵연은 조급한 마음에 뭔가를 말하려고 했지만, 초만녕이 그의 말을 단숨에 끊어 버렸다. 초만녕의 눈에는 당장에라도 그를 삼켜 버릴 듯한 들불 같은 노기가 어려 있었다.

초만녕이 처절하게 울부짖었다.

"언제까지 나를 속일 셈이냐!"

묵연은 당혹스러움에 머리가 어지러웠다.

속이다니? 초만녕이 뭘 알게 된 걸까?

세상에 드러낼 수 없는 더러운 일을 너무 많이 저질렀던 묵연은 초만녕의 무서운 눈빛을 보며 용구가 음모를 꾸몄을 거라고는 미처 생각하지 못했다. 초만녕은 한 걸음 한 걸음 다가오며 호되게 압박했고, 묵미우는 더는 물러설 곳이 없어 등을 벽에 완전히 밀착했다.

초만녕은 발걸음을 멈추고 묵연의 얼굴을 물끄러미 바라보았다. 그렇게 잠시 죽음 같은 침묵이 흐른 뒤, 묵연은 흐느끼는 듯한 사존의 목소리를 듣게 되었다.

"돌아가자고? 계속 네놈에게 속고 화내고 아무것도 모른 채 네놈의 입장단에 놀아나라고? ……나는 네가 개과천선한 줄 알았다, 묵연. 나는 네가 지난날의 허물을 고치고 올바르고 착하게 변한 줄 알았어! 나는 너를 잘 가르칠 수 있다고 믿었다고……."

그는 서서히 눈을 감고 한참을 침묵하다가 낮은 소리로 말했다.

"썩은 나무는 조각할 수 없는 법."

"사존."

"꺼져."

묵연은 아무 말도 할 수 없었다.

"꺼지란 말 못 들었어?"

초만녕은 눈을 번쩍 뜨고 매서운 눈초리를 하며 소리쳤다.

"묵미우, 너는 나를 철저하게 실망시켰다. 내가 어떻게 아무 것도 모르는 척 너와 함께 이승으로 돌아갈 수 있지?"

묵연의 마음이 쪼그라들었다. 초만녕의 분노와 원망에도 아랑곳하지 않고, 묵연은 넓은 옷소매 밑에 가려진 그의 손목을 꼭 붙잡고 고개를 힘껏 가로저으며 그렁그렁한 눈으로 사정했다.

"사존, 화내지 마세요. 말해 주세요. 잘못한 게 있으면 고칠게요, 고치면 되잖아요. 제발 저를 쫓아내지 마세요……."

고친다고……? 그때도 묵연은 고친다고 했었다. 그런데 고쳤는가? 용구를 만나지 않았더라면 이런 구질구질한 진실을 알 수 있었을까?

애정이 클수록 상처도 깊다고, 초만녕은 원래 앉은 자리에 풀도 안 나는 사람이었다. 성질이 불꽃 같고 감정이 쉬이 흔들리는 편이었다. 더군다나 과거 용구와 묵연은 확실히 부적절한 관계였기 때문에 용구의 감쪽같은 연기에 그만 속아 넘어간 것이다.

묵연이 꼭 붙잡고 있는 바람에 초만녕은 꼼짝달싹할 수 없었다. 격노한 그는 손을 들어 천문을 꺼내려고 했지만 그럴 수도 없는 노릇이었다.

너무나도 화가 난 그는 휘청휘청하며 당장에라도 쓰러질 것 같았다. 산 사람이었다면 피라도 토할 지경이었다.

그때 갑자기 눈부신 붉은빛이 번쩍했다. 묵연이 견귀를 꺼내 초만녕의 손에 쥐어 주며 무릎을 꿇었다. 그러면서도 초만녕이 떠날까 봐 한 손은 여전히 그의 손목을 꽉 잡고 놓지 않았다.

"사존, 제가 사존을 많이 화나게 하고 슬프게 했다는 거 알아요……. 하지만 귀계에 온 이후로 제가 한 말은 모두 진심이었어요."

그는 고개를 들어 눈물을 참으며 초만녕을 바라보았다.

"전부 진심이었어요, 속인 적 없어요……."

견귀를 손에 쥔 초만녕은 속에서 분노의 불길이 타오르면서도, 한편으로는 견디기 힘들 정도로 괴로웠다. 절망에 빠져 자신을 필사적으로 붙잡고 있는 묵연은 후들후들 떨면서도 결코 손을 놓지 않았다. 그 고통이 그대로 자신의 영혼 깊은 곳을 파고드는데 어찌 느끼지 못할 수 있겠는가?

묵연이 계속해서 애원했다.

"사존, 그렇게 기분이 나쁘시면, 절 용서하지 못할 것 같으시면, 때리든 욕하든 분이 풀릴 때까지 하세요. 정말로 다시는 제가 보고 싶지 않으시거든…… 제 악한 본성을 고칠 수 없을 것 같으시거든……."

그는 별안간 흐느끼기 시작했다.

묵연은 고개를 떨군 채 초만녕 앞에 꿇어앉았다.

"사존이 정말…… 제가 싫어지셨다면……."

묵연은 우는 모습을 초만녕에게 들키고 싶지 않았지만, 저도 모르게 어깨를 들썩였고 눈물이 후두두 떨어지며 바닥을 적셨다.

"제가…… 사생지전을 떠날게요……. 다시는…… 사존 앞에 나타나지 않을게요……. 그러니 제발…… 이렇게 빌게요, 제발……."

그는 바닥에 꿇어앉아 이마가 땅바닥에 닿을 정도로 머리를 숙였다. 그러나 초만녕의 손목을 잡은 손은 여전히 고집스러웠고, 죽어도 놓지 않을 기세였다.

"제발, 가지 마세요. 사존······."

초만녕은 조용히 눈을 감았다.

"함께 돌아가겠다고 저와 약속하셨잖아요. 제발, 가지 마세요······."

초만녕은 가슴 한편이 시리고 아팠다. 분명 한 줌의 잔혼에 불과한데 어째서 이렇게 칼로 도려내듯이 아픈지.

초만녕이 눈을 번쩍 뜨며 울분에 찬 목소리로 말했다.

"약속? 그럼 네가 한 약속은? 분명 선악대에서 잘못했다고 했다. 청천전에서도 무릎을 꿇으며 다시는 잘못을 저지르지 않겠다고 맹세했다! 왜 약속을 지키지 못해! 묵미우, 정말 내가 영원히 모를 거라고 생각했느냐?"

묵연은 화들짝 놀라 그렁그렁한 눈을 들었다. 그는 어찌 된 영문인지 알 수 없어 반문했다.

"뭐가요?"

말이 떨어지기 바쁘게 견귀가 번쩍하며 휙 하고 묵연의 뺨을 매섭게 내리쳤다. 눈 깜짝할 사이에 불꽃이 타닥타닥 사방으로 튀고 핏방울이 벽에 흩뿌려졌다.

초만녕은 정말로, 숨을 쉬지 못할 정도로 화가 났다.

그는 있는 힘을 모두 끌어모아 채찍을 후려갈겼다.

묵연의 뺨이 확 찢어지며 핏방울이 뚝뚝 떨어졌다.

그는 아픔을 생각할 겨를도 없이 초만녕의 손을 잡고 눈이 휘둥그레져서 물었다.

"선악대라니요? 청천전은 또 뭐고요? ……제가 ……뭘 숨기고 뭘 속였다는 거예요?"

재차 묻는 묵연의 모습에 초만녕은 현기증이 날 정도로 화가 치밀어 그를 밀쳐 내려고 했지만, 그는 도저히 떨어지려고 하지 않았다.

어딘가 잘못됐다는 생각이 든 묵연은 고개를 홱 돌려 창고 안쪽을 노려보았다.

용구 그 자식이 두 사람이 싸우느라 정신 팔린 틈을 타 도망가 버리고 없었다!

순간 어떻게 된 영문인지 깨달은 묵연의 안색이 확 변했다.

"……사존, 그놈이 파 놓은 함정에 빠지신 거예요! 어서 저를 따라서 오세요! 여기는 위험해요! 어서요!"

묵연이 다급하게 초만녕을 끌고 문을 박차고 나갔다. 얼마 못 가서 그들은 저승 병사를 이끌고 쫓아오는 용구와 맞닥뜨렸다.

"이쪽입니다, 저기 살아 있는 사람! 저자가 잔혼을 데리고……."

묵연이 노기등등해서 울부짖었다.

"내가 왜 네놈을 살려 뒀을까!"

더 설명할 겨를도 없이, 묵연은 초만녕의 손을 꼭 잡고 궁궐 골목골목을 누비며 도망갔다.

추격해 오는 병사들이 점점 더 많아지고 궁 안에는 딱따기와 휘파람 소리가 날카롭게 울려 퍼졌다. 초만녕이 뒤를 돌아보니, 네다섯 개의 등불이 한 곳으로 모여 쉿쉿 소리를 내며 혀를 날름거리는 뱀처럼 구불구불 그들을 향해 덮쳐 왔다.

용구는 기쁨에 찬 표정으로, 지난 세월 괴롭힘을 당할 대로 당해 허약해진 몸으로 있는 힘을 다해 초만녕과 묵연을 쫓았다. 마치 사냥감을 쫓는 굶주린 늑대 같았다. 그들을 잡아 공을 세울 생각에 흐뭇해진 그에게선 제법 자유분방한 호걸의 기상마저 풍겼다.

"저들을 잡아요. 귀계에 난입한 저 산 사람을 잡아요!"

그런데 얼마 못 가 누군가 그의 팔을 비틀어 돌렸다. 화를 벌컥 내며 고개를 홱 돌린 용구는 상대가 전에 자신을 잡아 가뒀던 호위대장임을 확인하고 기세가 한풀 꺾였다.

"왜 저를 잡으세요! 앞에 있는 저놈들을 잡지 않고?"

"저놈들이 함부로 도망간 건 맞지만, 네놈도 지금 도망갈 궁리를 하고 있지 않느냐?"

호위대장이 눈을 가늘게 뜨고 웃음 속에 칼을 품은 채 그를 바라보았다.

용구가 크게 놀라며 변명했다.

"저, 저는 그저 사왕을 도와 저놈들을 잡으려던 거예요. 산 사람을 발견한 건 저라고요! 묵미우가 귀신이 아니라는 걸 알아낸 게 저예요! 저를 잡아다가 사왕 앞에서 공을 뺏을 궁리는 하지도 마세요!"

호위대장이 잠시 얼떨떨해하더니 이내 뭔가를 깨닫고는 웃음을 터뜨렸다.

"네가 먼저 발견했다? 공을 세웠다? 하하하, 내가 네 공을 빼앗는다고?"

그가 갑자기 박장대소를 멈추더니 비아냥거렸다.

"출세에 환장했구나! 저 산 사람은 사왕께서 직접 간파하신 거다! 일개 잡귀 나부랭이나 잡자고 사왕께서 결계로 행궁 전체를 봉쇄하셨겠느냐? 허, 공을 빼앗다니, 내가 보기엔 네놈이 눈깔이 멀어서 사왕의 공을 뺏으려 드는 것 같은데?"

충격을 받은 용구는 크게 휘청하며 그대로 털썩 주저앉았다.

그는 묵연과 초만녕을 우르르 쫓아가는 맹렬한 저승 병사들의 뒷모습에 시선을 고정한 채 몸을 바르르 떨며 웅얼거렸다.

"벌써 알아차렸다고? 귀왕이 진작…… 알고 있었다고? 내가…… 내가 처음이 아니야? 공을 세운 게 아니라고? 내가……."

자신이 꿈꿨던 위풍당당하고 부귀한 모습이 허망하게 바닥에 추락했다. 이윽고 쫓아오는 저승 병사들에게 짓밟혀 산산조각이 나 버렸다.

용구는 잠시 멍하니 있다가 갑자기 미쳐 날뛰며 앞으로 달려들려고 발버둥 쳤다. 그 몸짓은 운명을 인정하지 않는 하루살이처럼, 불빛에 덮쳐드는 불나방처럼 작고 미약했다.

그의 삶은 늘 고됐다. 그에게 주어진 것이라고는 침상과 남자, 부잣집 마님과 오고 가는 은객들뿐이었다.

해가 보이지 않는 손바닥만 한 방에서 용뇌향으로 시름을 달래고 밤낮을 구분할 수 없는 날들이 이어졌다.

너무 깜깜해서 끝이 보이지 않았다. 그는 미래를 그렸고 그 미래를 위해, 그 한 가닥의 희망을 위해 존엄, 육체, 체면, 호의, 양심…… 그가 가지고 있는 모든 것들을 내걸었다.

파리 목숨을 건지기 위해 그는 불구덩이에 뛰어들었다.

"잠깐만요! 기다려요! 초 선군, 저 좀 구해 주세요!"

"놈을 잡아라! 감히 몰래 도망치다니, 사왕께 압송하여 친히 심문할 것이다!"

"아…… 안 돼!"

용구는 창백하고 핏기 없는 손가락으로 바닥을 힘껏 붙잡았다. 몸부림치는 통에 머리카락은 헝클어지고, 꽃처럼 아름다운 얼굴은 처량한 달빛 아래 무서우리만치 음산했다. 그는 두 눈을 부릅뜨고 두서없이 마구 소리를 질러 댔다.

"안 돼! 초 선군, 저 좀 구해 주세요!"

그러고는 다시 필사적으로 울부짖었다.

"제가 먼저 발견했어요! 제가 먼저 산 사람을 발견했다고요! 제가요! 당신들 나한테 이러면 안 되지! 내가 아니었다면 당신들은 절대 저놈들을 찾지 못했을 거야! 내 이득을 뺏으려고 이러는 거잖아, 내 공을 가로채려고!"

그는 점점 더 멀리 끌려갔고, 실성한 듯 내지르는 비명도 이내 쿵쾅거리는 발소리에 묻혀 버렸다…….

117장 사존의 혼이 모두 모였다

초만녕은 용구가 뒤에서 뭐라고 외쳤는지는 못 들었지만 이번 싸움의 자초지종을 파악할 수 있었다. 아까 창고에서 용구는 일부러 그를 자극해 화나게 만들고, 그 틈을 타서 밀고하러 도망친 것이다.

매사에 지나칠 정도로 신중한 자신이, 묵연과 관련된 일 앞에서는 이성을 잃고 그 속물 같은 놈의 몇 마디 말에 홀랑 속아 넘어간 것을 생각하니 초만녕은 기가 막혔다.

자신의 앞을 달려가는 묵연의 뒷모습을 보며 그는 궁금증을 참지 못하고 물었다.

"너…… 그 후에도 선도루에 간 적 있느냐?"

기억에서 거의 지워진 그 이름이 갑작스럽게 등장하자, 묵연은 휘청거리며 버럭 화를 냈다.

"용구 이 짐승 같은 새끼! 그놈이 제가 또 선도루에 갔대요?

그럴 리가요! 사존, 그것 때문에 제가 사존을 속였다고 화내신 거예요?"

초만녕은 아무 말도 하지 못했다.

"선악대에서 맹세한 뒤에는 한 번도 그런…… 그런 곳에 간 적 없어요. 사존을 기만한 적 없다고요. 못 믿겠으면 견귀로 저를 묶어 놓고 심문하세요."

"……됐다."

초만녕은 고개를 숙이고 여전히 손에 꼭 쥐고 있는 견귀를 바라보며 생각에 잠겼다. 자신이 무턱대고 영력이 주입된 채찍을 휘갈겨 묵연에게 상처를 입힌 것을 생각하니…….

잠깐, 신무?

견귀의 불빛을 받아 초만녕의 눈이 어둠 속에서 환하게 빛났다. 견귀를 물끄러미 바라보는 그의 마음속에 거칠고 사나운 파도가 일었다. 시험 삼아 견귀의 영력을 손바닥 한가운데로 끌어들여 몸속으로 주입하니, 순식간에 사납고 왕성한 기운이 끊임없이 몰려오는 게 느껴졌다.

초만녕은 어디에서 영력의 원천을 얻어야 하는지를 홀연히 깨달았다.

산 사람과 죽은 사람은 영력의 흐름을 공유할 수 없지만, 신무의 영력은 사람과 귀신을 가리지 않는다. 무기 자체가 거부하지 않으면 서로 통하는 것이다!

초만녕이 갑자기 발걸음을 멈추자 묵연은 곧장 고개를 돌려 초조하고 불안하게 물었다.

"사존, 왜 그러세요?"

얼굴에 난 상처에서 여전히 피가 뚝뚝 흐르고 있었다. 그 때문인지 새까맣게 빛나는 눈동자가 더욱 도드라지며 애처롭게 보였다.

초만녕은 입을 꾹 다물었다. 민망하기도 하고 가슴 아프기도 했다. 하지만 뼛속까지 자존심이 강하고 거만한 그는, 자신이 묵연을 오해하기는 했어도 그가 용구 같은 부류와 얽힌 것도 사실이니 맞을 만하다고 생각했다.

그는 어떤 말투와 표정으로 묵연을 대해야 할지 알 수 없었다. 그래서 그냥 계속해서 아무런 어투와 표정 없이 말했다.

"묵연, 저쪽 벽 옆으로 물러서거라."

"……뭐 하시려고요?"

초만녕이 담담하게 대답했다.

"마술을 보여 주지."

그 말이 무슨 뜻인지 미처 반응할 새도 없이, 견귀의 붉은빛이 초만녕의 잔혼 속으로 끊임없이 흘러 들어가며 영혼 전체를 뜨거운 불길로 덮었다. 묵연은 눈을 커다랗게 뜨고 초만녕과 견귀가 이같이 호응하는 모습을 잠시 지켜봤다. 불꽃은 이내 사라지고, 금홍색 장포를 걸친 그 사내는 은은하게 불꽃을 뿜어내는 채찍을 손에 든 채 고개를 돌려 묵연에게 말했다.

"묵연, 견귀에게 명령을 내려라."

묵연은 그가 뭘 하려는 것인지 어렴풋이 깨달았다. 믿기지는 않았지만 그래도 냉큼 외쳤다.

"견귀, 사존이 곧 나일지니 사존의 명령을 따라라."

채찍이 초만녕의 손에서 치지지직 소리를 내며 갈라 터지더니 투명하고 반짝이는 붉은 불꽃을 뿜어냈다. 버들가지에 붙은 이파리가 반짝반짝 찬연하게 빛났다.

초만녕이 다른 한 손을 들어 손가락으로 채찍을 조금씩 훑자, 그의 손이 지나간 곳마다 광채가 흘러나왔다. 수천 명의 저승 병사들이 어느새 바짝 쫓아와 있었다. 뒤쪽은 구름 속에 높이 솟아 결계에 봉인된 궁궐 담장인지라 물러날 곳이 없었다.

초만녕은 애초에 물러날 생각이 없었다.

그의 눈에서 한 줄기 찬란한 빛이 뿜어 나오며 수천 겹의 파동을 일으켰고, 거센 강풍#4이 불어 옷자락이 힘차게 펄럭였다. 그가 채찍을 쥐고 하늘 높이 솟구쳐 힘껏 휘두르니, 견귀가 꿈틀대는 거대한 용처럼 금빛으로 하늘을 쩍쩍 가르며 어둠을 밝혔다.

견귀는 묵연의 명령을 받들어 더는 초만녕을 배척하지 않고, 자신의 사납고 용맹스러운 영력을 모조리 그의 지혼에 주입했다.

초만녕의 눈은 눈부신 광채를 내뿜고 있었다. 그가 낮고 침착한 목소리로 말했다.

"견귀, 만인관!"

쾅!

순식간에 수많은 금홍색 버들가지가 땅을 뚫고 나오더니 웅대한 전당을 부수었고, 굵고 튼튼한 덩굴이 저승 병사들을 하나씩 바짝 죄어 채찍 중앙으로 끌어다가 단단히 가둬 버렸다.

묵연은 눈앞에 펼쳐진 광경에 경악을 금치 못하며 신무와 잔혼이 서로 호응하고 융합하는 모습을 지켜봤다.

초만녕의 옷자락이 펄럭이고 검은 머리카락이 연기처럼 흩날

#4 **강풍** 罡風. 도가에서 말하는 하늘 가장 높은 곳에서 부는 바람

렸다.

살아 있을 때는 물론, 죽어서도 천하를 뒤흔드는 그의 영웅다운 기개는 정말 당할 자가 없었다.

그 기회를 틈타, 초만녕은 돌연 뒤로 물러나 손으로 궁궐 담장을 짚더니 눈 깜짝할 사이에 결계의 취약점을 알아냈다.

"위로 아홉 척, 오른쪽으로 네 치, 불로 공격해!"

묵연은 즉시 그의 말대로 펄쩍 뛰어올라 행궁 안의 귀신들이 미처 반응하기도 전에 손바닥에 불의 주술을 끌어모아 초만녕이 가리키는 곳을 있는 힘껏 내리쳤다.

순간 지축이 흔들리고 하늘 높이 우뚝 솟은 성벽이 순식간에 힘없이 무너지며 원래의 높이와 모양으로 돌아갔다. 사방을 지키던 봉인 결계도 순간 여러 갈래로 찢어지며 가루가 되었다.

"나가요!"

묵연은 지체하지 않고 담장 위로 올라가 뒤따라오는 초만녕을 끌어당겨 사왕의 행궁에서 재빨리 도망쳤다. 그러고는 이내 어둠 속으로 사라졌다…….

좁은 골목 안, 초만녕과 묵연은 각자 벽에 기대어 말없이 서로를 바라보았다. 묵연이 참지 못하고 먼저 웃음을 터뜨렸다.

"그 늙다리 귀신이 화가 나서 펄펄 뛸 거예…… 쓰읍!"

입을 벌리자마자 볼에 난 상처가 찢어지면서 통증이 느껴졌다.

"……웃지 마라."

초만녕이 말했다.

묵연은 웃음을 멈추고, 깜깜한 골목에서 속눈썹을 깜빡이며 새까맣고 온화한 눈동자로 상대를 지그시 바라보았다.

"사존, 아직 화가 안 풀리셨어요?"

'사존, 절 오해하셨죠'라고 했으면 초만녕은 마음이 불편했을 것이다. 그런데 묵연은 아직 화가 안 풀렸냐고 물었다. 초만녕은 잠깐 주저하다 슬쩍 화제를 돌렸다.

"……얼른 법술을 써라. 행궁에서 도망쳐 나왔으니 사왕이 당장은 창피해서 다른 귀왕들에게 알리지 못한다고 쳐도, 오래 끌면 장담 못 해."

그 말에 묵연은 초만녕이 떠나지 않으리라는 것을 깨닫고 내내 졸였던 마음을 드디어 내려놓았다.

묵연은 새어 나오는 미소를 감추지 못하며 대답했다.

"네."

그러나 웃으니 상처가 다시 아파져서 저도 모르게 손으로 뺨을 움켜잡았다.

묵연은 초혼등을 꺼내 손으로 받쳐 들고 고개를 숙여 묵묵히 주문을 세 차례 반복해서 외웠다. 이윽고 초혼등에서 도저히 눈을 뜰 수 없을 정도로 강렬한 빛이 뿜어져 나왔다.

회죄대사의 음송 소리가 굽이치는 황천의 소리를 뚫고 고요한 망천의 갈대숲을 지나 들려오는 것 같았다.

– 언제 돌아오려나…… 언제 돌아오려나…….

까마득한 곳에서 들려오는 그 소리는 또렷하지 않았다. 그런데 잠시 후, '언제 돌아오려나'라는 소리가 점점 가까워지더니 회죄대사의 목소리가 묵연의 귓속에 울려 퍼졌다.

– 어찌하여 지혼이 두 개인 것이오?

회죄대사의 어렴풋한 목소리에 의혹이 서려 있었다.

묵연은 눈을 감고 머릿속으로 회죄대사에게 자초지종을 설명했다.

그 미약한 목소리가 잠시 조용해지더니 다시 말했다.

— 순풍루의 초순을 만난 것이오?

"네."

회죄대사는 아무 말도 하지 않았다.

"대사님?"

— 아무것도 아니오. 초 공자가 두 개의 지혼이 있는 것도 정상이라 했다면 그런 거겠지.

회죄대사가 이어서 말했다.

— 다만 빈승이 아직 귀계에서 두 개의 지혼을 동시에 소환해 본 적이 없으니 시간이 더 필요할 것 같소. 미안하지만 묵 시주께서는 조금 더 기다려 주시오.

묵연이 사왕 행궁을 힐끔 보며 물었다.

"얼마나 걸립니까? 지금 막 넷째 귀왕의 행궁에서 도망쳐 나왔는데, 언제 쫓아올지도 모르고요……."

— 오래 걸리지 않을 거요. 묵 시주, 맘을 편하게 가지시오.

회죄대사의 목소리가 점점 더 작아지더니 조금 뒤에는 '언제 돌아오려나'라는 음송 소리에 묻혀 버렸다.

초만녕은 회죄대사의 목소리를 들을 수 없는 터라 미간을 살짝 찌푸리며 물었다.

"왜 그러느냐?"

"사존의 혼백이 특별해서 시간이 조금 더 걸린대요."

묵연이 대답했다.

"여기는 행궁과 너무 가까우니 우리 저쪽으로 좀 가요."

초만녕이 고개를 끄덕였다. 모퉁이를 돌자 이미 날이 밝아 오고 있었다. 앞서 묵연에게 초만녕의 행방을 알려 준 노인이 좌판을 거두어들이다가 묵연을 보고 '어이쿠' 하며 놀라움을 표했다.

"사람은 찾았나?"

그와 다시 마주칠 줄 몰랐던 묵연도 흠칫 놀랐다.

"찾았어요, 찾았어요. 고맙습니다, 어르신."

"고마울 게 뭐가 있어. 다 선군의 운이 좋아서인걸. 아이고……얼굴은 어쩌다가 다쳤나?"

"아, 저승 병사의 혼령 채찍에 맞았어요."

묵연은 생각나는 대로 아무렇게나 둘러댔다.

"어쩐지, 보통 물건으로는 귀신을 다치게 할 수 없는데 말이야. 에휴…… 얼마나 아플꼬."

노인은 잠시 생각하더니 찜통을 다시 내려놓고 훈툰 두 그릇을 만들어 그들에게 건넸다.

"어차피 남은 것들이라 오늘 팔긴 글렀으니 먹고 가게."

묵연은 감사 인사를 하고 노인이 다시 짐을 메고 멀어지는 모습을 끝까지 지켜본 후에야 그릇을 옆에 있는 작은 돌의자에 올려놓았다.

초만녕은 파와 부추를 싫어하는데 노인의 훈툰탕에는 잘게 다진 파가 뿌려져 있었다. 묵연은 자기 앞에 있는 그릇의 파를 모조리 건져 낸 후 초만녕 앞에 있는 그릇과 바꿔 주며 말했다.

"사존, 이거 드세요."

초만녕은 그를 힐끔 보고는 사양하지 않고 수저를 들어 천천히 맛보았다.

묵연은 그가 먹는 모습을 지켜보았다. 귀계의 차디찬 국물이 초만녕의 창백한 입술에 닿았다. 만두와 탕이 모두 넉넉한 것이 정통 귀신 요리였다.

"맛있어요?"

"괜찮다."

"사존이 만들어 준 물만두가 더 맛있네요."

"캑!"

초만녕은 갑작스러운 말에 사레가 들리고 말았다. 고개를 홱 들고 묵연이 턱을 괴고 히죽히죽 웃는 모습을 보는 그의 눈빛엔 당황스러운 기색이 역력했다. 그는 자신이 마치 따가운 햇볕 아래 강제로 껍데기가 쪼개져 속살을 드러낸 민물조개처럼 한 치의 비밀도 없는 것처럼 느껴졌다.

"……물만두라니?"

옥형 장로는 미간을 찌푸리고 엄숙한 표정을 지었다. 그는 시침을 뚝 떼며 바닥으로 떨어진 스승의 위엄을 다시 세우려고 했다.

"모르는 척하지 마세요."

그러나 떨어진 위엄을 미처 세우기도 전에, 자신의 머리카락을 부드럽게 쓰다듬는 묵연의 손길에 완전히 무너져 버렸다.

초만녕은 화가 나면서도 의기소침해졌다.

"저 다 알아요."

"……."

묵연이 건곤낭에서 혼을 담은 등롱을 꺼내 돌의자 옆에 내려놓으며 말했다.

"사존은 살아 계실 때도 까칠하시더니 저승에 와서도 인혼만 정직하시네요."

"내가 물만두를 만들어 준 건 단지……."

묵연은 눈썹을 추켜세우며 웃는 듯 마는 듯 한 표정으로 그를 바라보았다.

단지 뭐?

양심의 가책을 느껴서? 배를 곯을까 봐? 어지간히 후회돼서?

이런 말들은 차마 입 밖으로 뱉을 수 없었다.

초만녕은 자신이 아무에게도 말 못 할 마음의 병에 걸린 것 같았다. 너무나도 자존심이 강한 탓에 그는 '남들에게 잘해 주는 일', '누구를 좋아하는 일', '누구를 그리워하는 일'을 수치스럽게 생각했다. 지난 세월 모진 시련을 겪으며 혼자인 게 익숙해져서, 하늘을 찌를 듯 우뚝 솟은 거목이 되어 버렸다.

거목은 꽃송이처럼 가지 끝에서 하늘거리며 사람의 마음을 훔치거나 민들레 홀씨처럼 바람 따라 흩날리며 사람의 마음을 간지럽히는 법이 없었다.

그는 그저 엄숙하고 경건하게 굳건히 제자리를 지키며 묵묵히 오가는 행인을 위해 비바람을 막아 주고 그늘을 만들어 주었다.

너무 높고 무성해서였을까, 사람들은 일부러 고개를 들어서 봐야 그 쾌적한 그늘을 누가 만들어 줬는지 알 수 있었다.

그런데 아쉽게도 왔다 갔다 하는 길손들은 아무도 고개를 들지 않았고, 아무도 그를 발견하지 못했다.

사람들은 자신보다 낮은 곳을 보는 데 익숙했고 기껏해야 자기와 같은 눈높이에 머물렀다. 그리하여 그는 점차 그런 사람들의 반응에 익숙해지고, 자연스럽게 느껴졌다.

기대는 역할과 기댈 수 있게 어깨를 내어 주는 역할은 태어날 때부터 정해지는 게 아니다.

다만 강자에게 빌붙어 살면서 점점 더 요염하고 유약하게 변하고, 흐느적거리는 허리를 한껏 숙여 보는 사람마다 아첨하며 사탕발림으로 천하를 얻으려는 자들이 있을 뿐이다. 또 다른 부류로는 속세로 돌아온 이래 줄곧 어깨를 내어 주었던 초만녕 같은 자가 있다. 이들은 점점 강인해져, 나중에는 얼굴이 강철처럼 굳어 버리고 마음도 정련된 철같이 단단해진다. 사람들의 연약한 모습과 비굴하게 굽실거리며 아첨하는 모습을 너무 많이 본 터라 절대 약한 모습을 보이려 하지 않는다.

이들은 검을 잡는 사람들이기에 언제나 중무장을 하고 경계를 늦추지 않는다.

약점을 노출할 수 없으니 다정한 위로가 무엇인지도 모른다.

시간이 지나며 잊은 것 같다, 사실 사람에게는 다양한 감정이 있고 강한 면도 약한 면도 있다는 것을. 어릴 때는 웃기도 하고 울기도 하며 넘어지면 혼자 툭툭 털고 일어나기도 하지만, 때로는 누가 일으켜 주기를 기대한다는 것을. 아마 그도 누군가 일으켜 주기를 기대한 적이 있었을 것이다. 많은 기다림 끝에 결국 아무도 손을 내밀지 않았고 한 번, 또 한 번 밀려드는 실망과 함께 그는 점점 익숙해졌다. 그러다 정말로 누군가 다가왔을 땐 그 손길이 불필요하게 느껴졌고, 오히려 수치스럽게 여겨졌다.

그냥 넘어진 것뿐이잖아.

다리가 부러진 것도 아닌데 투정 부려서 뭐 해.

그러다가 다리가 부러지면 이렇게 생각한다.

아, 그냥 다리가 부러진 것뿐이잖아. 죽은 것도 아니고, 엄살 부릴 필요 있나.

그러다가 죽으면.

귀신이 돼서도 이런 생각을 하다니. 아, 어차피 죽은 거 아무리 말해 봤자 엄살이야.

이들은 약해지지 않으려고 모진 애를 쓰지만, 저도 모르는 사이에 또 다른 함정에 빠진다. 약도 없다는 자존심 병에 걸리는 것이다.

묵연은 약도 없고 답도 없는 이 사람이 무슨 말을 하는지 지켜보았다.

초만녕은 결국 입을 꾹 다물고 아무 말도 하지 않은 채, 딱딱한 표정으로 숟가락을 내려놓았다.

그는 기분이 매우 좋지 않아 보였다.

그렇게 한참이 지난 후, 그가 벌떡 일어섰다.

"다시 법술을 써라. 초혼등 안으로 들어갈 거다."

"아……."

묵연은 어리둥절해하다가 웃으며 말했다.

"초혼등이 무슨 쥐구멍이에요? 부끄러우면 들어가서 숨게?"

초만녕이 엄숙한 표정으로 옷소매를 털었다.

"부끄럽다고? 어디 들어나 보자, 내가 부끄러울 게 뭐가 있지?"

"그거야 당연히……."

이 낯짝 두꺼운 놈이 정말로 이유를 지껄일 줄 몰랐던 초만녕은 바늘에 찔린 것처럼 화들짝 놀라 버럭 했다.

"입 닥쳐."

"저한테 잘해 주시니까요."

"……."

묵연도 자리에서 일어났다. 귀계의 불그스름한 구름이 쓸고 지나간 자리, 뒤에 숨어 있던 조각달이 머리를 빼꼼 내밀며 묵연의 얼굴을 환하게 비췄다.

히죽거리던 얼굴은 온데간데없이 사라지고 묵연은 엄숙하고 진지한 표정으로 입을 열었다.

"사존, 제게 잘해 주시는 거 알아요. 지금 제가 하는 이 말을 혼백이 돌아간 후에도 기억하실지는 모르겠지만…… 어쨌거나 말하고 싶어요. 지금부터 저한테 사존은 이 세상에서 가장 소중한 사람이에요. 이 제자가 참 허황한 짓을 많이도 했죠. 천하에서 제일 훌륭한 사존에게 불만을 품었으니까요. 지금 돌이켜 보니 너무 후회스러워요."

초만녕은 그를 지그시 바라보았다.

묵연이 이어서 말했다.

"사존은 최고의 사존인데 저는 최악의 제자였어요."

내심 불안했던 초만녕은 알고 있는 몇 안 되는 미사여구를 써 가며 서툴지만 애써 마음을 표현하는 묵연을 바라보았다.

참아 보려 했지만 결국 참지 못했다. 초만녕은 결국 희미하게 미소를 지었다.

"음."

초만녕은 고개를 끄덕였다.

"'사존은 최고의 사존인데 저는 최악의 제자였어요' 네가 드디어 네 주제를 파악했구나."

초만녕은 욕심이 많은 사람이 아니기에 남들에게 베풀면서도 바라는 건 없었다. 비록 묵연의 마음을 얻지는 못했지만, 그가 가장 소중한 사람으로, 최고의 사존으로 생각한다는 것만으로도 좋았다.

초만녕은 감정이 쩍쩍 갈라질 정도로 메말랐지만, 결코 구걸하려 하지 않았다.

누군가 갓 구운 기름떡 한 조각만 준다면,

그는 기쁜 마음으로 한 입 한 입 베어 먹으며 만족해하리라.

묵연 이 멍청한 놈은 앞에 있는 혼백이 자신의 말을 들으며 웃자 가슴속에 봄기운이 차오르는 것처럼 기뻐 어쩔 줄을 몰랐다.

"사존, 많이 웃으세요. 웃으시는 게 훨씬 보기 좋아요."

그 말을 들은 초만녕은 되레 웃음을 거뒀다.

그놈의 자존심 병. '보기 좋다'는 표현은 용구와 같은 족속의 기생들이 아양 떨 때나 어울리는 찬사이며 자신에게는 절대 어울리지 않는다는 생각에서였다.

그런데 눈치 없는 묵연은 훌륭한 사존을 찬양할 말을 생각하느라 머리를 쥐어짜고 있었다.

"사존 그거 아세요? 사존이 웃으실 때…… 음…… 딱 맞는 단어가……."

그는 조금 전에 본 그 아름다운 모습을 표현할 말을 고르느라 애를 썼다.

웃는 모습과 관련된 말…….

저승의 딱따기 소리가 다시 세 번 울렸다.

묵연은 기분이 좋으니 생각도 똑똑해졌는지, 대뜸 외쳤다.

"맞다! '저승에서도 환히 웃는다'가 좋겠네요."

이번엔 정말 화가 머리끝까지 난 초만녕이 아무런 대꾸도 하지 않고 초혼등을 들어 올려 엄한 목소리로 말했다.

"묵미우, 주절주절 무슨 말이 그렇게 많으냐? 헛소리 그만하고 얼른 법술이나 펼쳐라. 한마디만 더 하면 내 발로 사왕 행궁으로 돌아갈 테니까. 그러는 편이 인간 세상으로 돌아가 네놈의 귀신 씻나락 까먹는 소리 듣는 것보단 낫겠지!"

묵연은 그만 멍해졌다.

저승에서도 환히 웃는다……. 단어 선택이 잘못됐나?

저승까지 와서도 그렇게나 보기 좋은 웃음을 짓는다는 건, 틀, 틀린 말이 아닌데…….

길목에서 논쟁을 벌이면 이목을 끄는 데다, 자신이 무슨 말을 잘못했는지도 몰랐기에 묵연은 일단 시키는 대로 입을 다무는 것이 좋겠다고 생각했다. 그는 머리를 긁적거리며 초만녕을 구석진 곳으로 데려갔다. 그때 머릿속의 음송 소리가 점점 또렷해졌다. 묵연이 회죄대사에게 물었다.

"대사님, 거의 끝나 갑니까?"

회죄대사는 침묵했다. 잠시 후 목탁 소리와 함께 그의 목소리가 바로 옆에 있는 것처럼 또렷하게 들려왔다.

– 곧 끝난다오.

회죄대사의 말이 끝나기가 무섭게 초만녕의 두 번째 지혼에서 금빛이 조금씩 흘러나왔다. 앞에 서 있던 혼백은 금빛이 흩어짐에 따라 점점 희미해지더니, 결국에는 수만 마리의 반딧불이로 변해 마치 은하수처럼 초혼등 속으로 흘러 들어갔다.

포효하는 황천의 소리를 뚫고 고요한 망천의 갈대숲을 지나 회죄대사의 음송 소리가 또다시 들려왔다.

– 언제 돌아오려나…… 언제 돌아오려나…….

모든 고난이 탄식에 가까운 염불 속에서 서서히 깨끗하게 씻겨 나가는 것 같았다. 초혼등을 고이 안은 묵연은 몸이 점점 가볍고 공허해지는 느낌이 들었다.

통!

순간, 청아한 목탁 소리가 울렸다.

마치 날카로운 칼처럼, 돌연 아득한 염불 소리를 깨뜨렸다.

묵연은 깜짝 놀라 눈을 번쩍 떴다!

얼마 전에 꾼 꿈처럼 귀계의 모든 것이 홀연히 사라진 뒤였다. 그는 대나무 뗏목 위에서 깨어났다. 뗏목은 사생지전의 내하교 옆에 정박해 있었고, 뗏목 밑으로 잔잔한 물결이 넘실거렸다.

푸르스름한 하늘은 엷은 붉은빛으로 물들었고, 강 양쪽 기슭에는 싱싱하고 야들야들한 대나무 이파리가 촤르륵 흩날렸다.

곧 아침이 밝아 오려는 듯했다.

묵연은 얼떨떨해서 눈만 깜빡거렸다.

그러다 가슴에 품고 있던 초혼등이 없어진 것을 발견하곤 몹시 놀라 벌떡 일어나 앉았다.

"사존!"

"그만 부르시오."

누군가의 담담한 목소리가 들려왔다.

묵연이 거친 숨을 내쉬며 악몽을 꾼 사람처럼 창백한 얼굴로 고개를 돌려 보니, 회죄대사가 강가에 꿇어앉아 청석 위에 둔 목탁을 두드리며 눈을 들었다.

"지금은 불러도 듣지 못하오."

휘황찬란한 금빛 물결이 감도는 초혼등이 목탁 옆에 고이 놓여 있었다. 초만녕의 혼백은 말로 형용할 수 없이 아름다웠다.

회죄대사가 초혼등을 들고 암석에서 일어나 묵연을 향해 고개를 끄덕였다.

"묵 시주, 아주 잘하셨소."

묵연이 데구루루 굴러 강가로 펄쩍 뛰어 넘어가 회죄대사를 붙잡고 다급히 물었다.

"대사님, 어서 사존의 몸을 찾으러 상천전으로 가요. 빨리요, 얼른요. 늦으면 혼백이 다시 흩어질지도 모르잖습니까."

회죄대사가 웃음을 참으며 말했다.

"그렇게 쉽게 흩어지지 않으니 걱정할 것 없소이다. 빈승이 설 시주와 장문께 말씀드렸으니 초만녕의 몸은 지금쯤 홍련수사로 옮겨졌을 것이오. 빈승은 거기서 폐관 법술을 펼쳐 그의 혼백을 다시 몸속으로 들여보낼 생각이오."

"그럼 어서 가요, 우리 얼른 가요!"

묵연은 웃는 듯 마는 듯 한 회죄대사의 표정을 보며 황급히 말을 바꾸었다.

"대사님, 천천히 하십시오. 급할 거 없습니다, 급할 거 없어요."

그러나 딱 봐도 미간을 찌푸리고 발걸음을 재촉하며 당장에라도 손을 뻗어 회죄대사의 옷소매를 끌어당기고 싶어 안달하고 있었다. 침착한 구석은 조금도 없었다.

회죄대사가 고개를 가로젓더니 한숨을 내쉬고는 웃으며 타일렀다.

"그렇게 조급하게 굴어도 아무 소용 없소이다."

묵연이 손사래를 치며 아닌 척했다.

"안 급합니다, 안 급해요. 확실하게 하는 게 중요하죠."

"그렇소, 확실하게 하는 게 중요하다오. 한번 떠난 혼백은 곧바로 육신으로 돌아올 수 없는 법. 천명을 거스르고 억지로 들여보내면 혼백이 뿔뿔이 흩어질 수 있으니 빈승은 천천히 진행할 수밖에 없소."

"맞아요, 맞아요, 좋습니다, 천천히 하세요."

묵연은 거듭 맞장구치다가, 망설인 끝에 결국 조심스럽게 물었다.

"그럼 사존은 언제쯤 다시 살아나실까요?"

회죄대사가 평온하게 대답했다.

"오 년 후."

"그렇군요, 오 년이면 어떻…… 네? 오 년이라고요?"

묵연은 화들짝 놀라 말문이 턱 막혔다.

"빨라야 오 년이라오."

118장 사존의 폐관

막 떠오른 아침 해가 하늘을 온통 붉게 물들였다. 이른 시간
이었지만 홍련수사 앞에 제자들이 구름같이 모여들었다. 그들
은 모두 하얀 옷을 입고 길 양쪽에 늘어서서 고개를 숙이고 바
닥을 보고 있었다.

둥- 둥- 둥-.

통천탑에서 아침을 알리는 종소리가 울리고, 멀리서 사람들
이 관을 들고 천천히 걸어왔다. 설정옹, 탐랑 장로가 앞장서고
묵연과 설몽이 뒤를 따랐다. 사매와 허름한 가사를 걸친 승려가
양옆에 섰다. 그들은 미끄러운 청석 길을 밟으며 옅은 안개 속
에서 서서히 걸어왔다.

승려의 손에는 등롱이 들려 있었는데, 날이 완전히 밝았는데
도 희미하기는커녕 오히려 더 밝게 빛났다. 찬란한 금빛은 여름
에 흐드러지게 핀 꽃처럼 눈이 부셨다.

제자들은 일제히 고개를 숙이고 숨을 죽였다. 무비사의 회죄대사가 옥형 장로를 위해 친히 오셨다는 소문을 들었기에, 다들 용모가 별 볼 일 없는 저 승려가 바로 회죄대사이겠거니, 생각했다. 전설 속 인물에 대한 호기심은 경외심에 압도당했다. 구불구불한 산길을 가득 채운 제자들은 감히 그를 자세히 쳐다볼 엄두조차 내지 못하고, 볏짚을 엮어 만든 신발이 옆을 스쳐 가는 모습을 곁눈으로 지켜볼 뿐이었다. 망장을 땅에 짚는 소리와 함께 회죄대사는 엄숙하게 서 있는 사람들 곁을 천천히 지나갔다.

　관은 미동 없이 들려 옮겨졌다. 안장이 아닌 환생이라 눈물을 흘리는 사람은 없었다. 홍련수사 앞을 쭉 둘러보던 회죄대사가 말했다.

　"연못 옆에 내려놓으시오. 영기가 충만하여 법술을 시행하기 좋은 곳이외다."

　"네, 대사님 분부에 따르겠습니다!"

　설정옹이 사람들을 거느리고 시키면 얼음 관을 그쪽에 내려놓았다.

　"대사님, 필요한 것이 있으시면 주저 없이 말씀해 주십시오. 옥형을 구하는 건 저 설 아무개를 구하는 것과 마찬가지니 힘닿는 대로 협조하겠습니다!"

　"설 장문의 호의는 고맙게 받겠소이다."

　회죄대사가 말했다.

　"당장은 없소. 추후에 필요한 게 생기면 빈승이 다시 장문께 요청하겠소."

　"네, 대사님. 주저 말고 말씀해 주십시오."

회죄대사는 옅은 미소를 지으며 설정옹에게 합장을 하고 돌아서서 사람들에게 말했다.

"빈승의 능력이 부족하여 초 장로의 혼을 불러오는 데 오 년 정도 걸릴 것 같소이다. 그리하여 안정을 위해 내일부터 홍련수사를 폐관하고 방문을 사절하겠소. 오 년 뒤, 초 장로가 살아나면 관문을 다시 열겠소이다."

설몽은 미리 들어서 알고 있었지만, 회죄대사의 입을 통해 사존이 오 년 후에야 깨어날 수 있다는 말을 직접 들으니 저도 모르게 눈시울이 붉어져 묵묵히 고개를 숙였다.

"초 장로와 작별 인사를 하고 싶은 분은 관 옆으로 가시오. 오늘이 지나면 천 일은 넘게 지나야 다시 만날 수 있소이다."

그 말을 들은 사람들이 관 옆으로 우르르 모여들었다.

설정옹과 여러 장로들이 먼저 관 앞에서 돌아가며 인사를 했다. 설정옹이 말했다.

"하루빨리 다시 만나세."

탐랑 장로가 말했다.

"얼른 일어나게."

선기 장로가 말했다.

"모든 일이 순조롭기를 바라네."

녹존 장로는 한숨을 내쉬더니 이렇게 말했다.

"이거 참 부럽네요. 오 년이나 얼어 있으면 그만큼 젊어 보일 테니까요."

다른 장로들도 많든 적든 한마디씩 하고 이내 설몽 차례가 왔다. 설몽은 참으려고 했지만, 평소에도 늘 감정적으로 일을 대하는 그는 결국 초만녕의 관 앞에서 눈물을 흘렸다.

그는 눈물을 닦으며 흐느꼈다.

"사존, 곁에 안 계셔도 도법 연마를 게을리하지 않을게요. 영산논검에서 절대로 사존의 얼굴에 먹칠하지 않을게요. 깨어나시면 꼭 좋은 소식 들려 드릴게요. 사존 문하에 무능한 제자는 결코 없을 거예요."

설정옹이 다가가 그의 어깨를 다독였다. 설몽은 평소처럼 아버지를 끌어안지 않고, 코를 훌쩍이며 고집스레 몸을 돌렸다. 사존 앞에서 아버지에게 의지하는 소년의 모습을 보이고 싶지 않아서였다.

사매 차례가 되었다. 사매도 눈시울을 붉히며 말없이 고개를 숙여 초만녕을 잠시 바라보고는 옆으로 물러섰다.

사매가 물러난 뒤, 연분홍색 해당화 한 송이가 관 속에 놓였다. 꽃을 넣은 그 손은 아직 소년티를 벗지 못했지만, 꽤 길고 가늘었다.

달콤한 연꽃 향기를 싣고 호수 너머로부터 불어오는 바람을 맞으며 묵연은 관 옆에 묵묵히 서 있었다. 관자놀이의 잔머리가 바람에 날려 조금 헝클어졌지만, 그는 머리카락을 정리하는 대신 손을 뻗어 초만녕의 얼굴을 어루만졌다.

묵연은 하고 싶은 말이 많은지 입술을 달싹이다가 결국 먹먹한 목소리로 담담하게 말했다.

"기다릴게요."

뭘 기다린다는 말인가?

그는 말하지 않았다. 깨어나길 기다린다고 하고 싶었지만, 그

말로는 부족하다고 생각했던 것 같다. 어떤 말도 마음 가득 비집고 들어앉은 감정들을 표현하기에는 부족했다. 그의 마음속 깊은 곳에 뜨거운 용암이 들끓고 있는 것 같았다. 용암은 출구를 찾지 못하고 마음속에 갇혀 제멋대로 날뛰며 그를 아프고 조마조마하게 했다.

언젠가는 그 뜨거운 용암이 가슴을 뚫고 와르르 쏟아져 나와 그를 통째로 삼켜 버릴 것 같았다. 들끓는 용암에 녹아내려 재가 될 것 같았다.

그런데 그는 그 뜨거운 감정이 도대체 무엇인지 아직 확신할 수 없었다.

그래서 그냥 '기다릴게요'라고만 했다.

홍련수사는 결국 폐관되었다.

거대한 결계가 내려와 삶과 죽음을 가르는 문처럼 사람들을 들어오지 못하도록 단절시켰다.

이제 장장 오 년 동안 아무도 홍련수사의 싱그러운 여름 연꽃도, 적막한 겨울 눈밭도 감상할 수 없게 되었다.

대나무 잎이 음산하게 흔들리고 해당화 꽃잎이 쓸쓸하게 떨어졌다. 제자들은 홍련수사 밖에서 산문 앞까지 가득 꿇어앉았고 묵연, 설몽, 사매 세 사람이 긴 대열의 맨 앞을 지켰다.

설정옹의 목소리가 쩌렁쩌렁 사방에 울려 퍼졌다.

"옥형 장로에게 폐관 인사를 올려라."

제자들이 고개를 숙이고 가라앉은 목소리로 외쳤다.

"삼가 옥형 장로님께 폐관 인사를 올립니다."

수천 명의 들쭉날쭉한 목소리가 하나로 모여 연기와 운무가 감도는 사생지전에 울려 퍼지자, 사방에서 놀란 까마귀 떼가 나뭇가지를 맴돌며 감히 내려앉지 못했다. 그 외침은 천둥처럼 겹겹이 쌓인 구름층을 뚫고 하늘로 퍼져 나갔다.

"삼가 옥형 장로님께 폐관 인사를 올립니다."

묵연이 나지막이 말했다.

그리고 이마를 땅에 대고 오랫동안 절을 올렸다.

오 년의 기다림이 시작되었다.

옥형 장로의 폐관으로 수제자 세 명은 다른 장로의 가르침을 받지 않고 각자 수행하기로 했다.

자질과 심법을 고려해 사매와 설몽은 사생지전에 남기로 하고 묵연은 출행을 택했다.

그런 선택을 한 것은 경험을 쌓기 위함도 있었지만, 그보다는 새로운 생을 살게 되면서 많은 것이 전과 달라졌기 때문이었다. 초만녕의 변화는 둘째 치고, 그가 가장 걱정스러웠던 건 바로 가짜 구진이었다.

묵연은 줄곧 배후에 숨어 정체를 드러내지 않는 그 사람도 어쩌면 환생한 사람이지 않을까 짐작했다. 그자는 진롱기국에 능했는데, 전생에 자신이 자살해 죽기 전까지 금지 술법을 그 경지까지 다룰 수 있었던 사람은 자신뿐이었으니 말이다.

그자의 신분을 조사하는 건 그가 잘하는 일이 아니었다. 채접진의 일로 수진계 전체가 그자를 주목하고 있으니 어둠 속에 숨어 있는 놈이 꼬리를 드러내기만을 기다리면 될 터, 이 일에는 많이 간섭하지 않아도 되었다.

묵연은 자신이 총명하진 않아도 영기가 충만하고 수행에 천부적인 자질을 타고났다는 것을 잘 알았다. 앞으로의 싸움을 피할 수 없다면 하루빨리 환생 전의 막강한 실력을 회복하는 것이 지금 그가 할 수 있는 일이었다.

전생에 그는 파괴자였다.

이번 생에서는 보호자가 되어야 했다.

초만녕의 폐관 후 얼마 지나지 않아, 묵연이 사생지전의 산문 앞에 섰다.

그는 행낭을 메고 멀리 떠날 준비를 했다.

배웅하러 나온 사람은 설정옹, 왕 부인, 사매뿐이었다.

설정옹이 그의 어깨를 톡톡 두드리며 난감해했다.

"몽이는 안 온다는구나……."

묵연이 웃으며 말했다.

"숲에 숨어 도법을 연마하느라 배웅 나올 겨를이 없대요?"

무안해진 설정옹이 설몽의 흉을 보았다.

"그 녀석은 참 철이 없어!"

묵연이 웃으며 말했다.

"지금은 영산논검에서 우승할 생각밖에 없으니 꾸준히 연습하는 게 당연해요. 사존 체면도 세워 주고 좋죠, 뭐."

설정옹이 묵연을 흘끔거리며 주저하다가 말했다.

"영산논검은 정통 선술을 겨루는 최고의 대회다. 연이 네가 이번에 사방을 유람한다면 어떻게든 실력이야 늘겠지만, 아마 대회에서는 잡기술을 인정해 주지 않을 거야. 네가 이런 좋은 기회를 놓치는 게 너무 아쉽구나."

"사촌 동생이 있잖아요."

"순위에 대한 욕심은 없어?"

묵연이 이번에는 진심으로 활짝 웃었다.

순위라······.

전생에는 잘못을 저질러 감금 처분을 받는 바람에 영산논검에 참가하지 못해 무척 아쉬웠다. 그런데 지금 생각해 보니 그런 사소한 일이 무슨 대수일까? 셀 수도 없이 많은 생사이별을 겪은 그가 아닌가. 위협과 재난의 홍수 속에서 미련이 갈망으로, 갈망이 원한으로, 그러다 해탈로, 나중에는 자책으로 바뀌었다.

지금의 묵연은 더 이상 좋은 술과 미색, 권력 따위를 바라지 않게 되었다. 복수와 원망, 전투와 자극은 더더욱 바라지 않았다.

구름 위의 호화롭고 사치스러운 삶을 그는 이미 맛보았고 지겨울 만큼 살아도 봤기에 다시는 돌아가고 싶지 않았다. 그곳은 너무 춥고 곁에는 아무도 없었다.

한때는 답선제군이었던 몸이다. 태산 꼭대기에서 막강한 권력을 손에 쥐고 속세의 천태만상을 지켜본 그였다. 그러니 영산의 박수와 환호 따위는 하나도 중요하지 않았다.

그리고 순위는······.

원하는 사람이 차지하면 그만이었다.

"전 다른 걸 해 보고 싶어요."

묵연이 웃으며 말했다.

"설몽은 공자잖아요. 공자는 공자만의 살아가는 방식이 있는 법이죠. 그런데 저는 망나니잖아요. 망나니는 망나니의 삶을 살아야죠."

왕 부인은 그런 그가 가여워 감정을 억누르지 못하고 다독였다.

"바보 같은 소리 하지 말아라. 너도 몽이도 다 똑같지. 공자고 망나니고 그런 게 어디 있니."

묵연은 말없이 헤헤 웃어 보였지만 살짝 씁쓸해졌다.

존귀한 몸으로 태어난 설몽과 비천한 몸으로 태어난 자신이 어떻게 같겠는가? 운이 좋아 사생지전에 오기는 했지만 지난 십여 년 동안 무지몽매한 삶을 살지 않았는가?

그런데 백모님의 다정하고 부드러운 얼굴 앞에서 뭐라고 할 수도 없어 묵연은 그저 고개를 끄덕였다.

"백모님 말씀이 옳습니다. 제가 말을 잘못했어요."

왕 부인이 온화한 미소를 지으며 고개를 설레설레 젓고는 두 약꽃이 수놓아진 작은 비단 주머니 하나를 내밀었다.

"밖에서 보살펴 줄 사람도 없는데 이거라도 챙겨 가거라. 이런저런 약을 넣었단다. 다 내가 직접 키운 약초로 만든 거라 웬만한 곳에서 파는 것보다는 나을 거야. 잘 간수하거라, 잃어버리지 말고."

묵연은 크게 감격하며 인사했다.

"백모님, 고맙습니다."

사매도 뭔가를 내밀었다.

"마땅히 줄 건 없고 달랑 이 옥패 하나야. 이거 차고 다녀. 영핵을 따스하게 보양하는 데 효과가 좋아."

묵연이 받아 보니 과연 티 없이 깨끗하고 살갗처럼 보드라우며 은은한 열기까지 감도는 게, 보기 드문 특상품이었다. 그는 재빨리 옥패를 다시 사매에게 쥐어 주며 사양했다.

"이런 건 받을 수 없어. 이렇게 귀중한 걸 내가 어떻게 받겠어. 더군다나 내 영핵은 가뜩이나 불에 속하는데 그걸 더 따뜻하게 보양까지 하면 …… 주화입마 할 수도 있잖아."

사매가 웃음을 터뜨리며 말했다.

"뭐라는 거야. 어떻게 주화입마를 해."

"어쨌든 받을 수 없어."

묵연은 단호하게 말했다.

"사매는 몸이 허약하니 이건 사매가 걸고 있어."

"일부러 부탁까지 해서 헌원회에서 구한 건데……."

묵연은 그 말을 들으니 마음이 훈훈해졌지만, 한편으론 아려 왔다.

"헌원회 물건이면 가격이 어마어마할 텐데. 이 옥패는 나보다는 사매한테 훨씬 유용할 거야. 사매, 마음만 받을게. 이건 사매가 가져. 평소에 늘 걸고 다니면서 영기를 보양해."

사매가 무슨 말을 하려 했지만, 묵연이 어느새 옥패의 끈 매듭을 풀어 그의 가슴팍에 걸어 주었다.

"예쁘다."

묵연이 웃으며 팔을 뻗어 사매의 어깨를 톡톡 두드렸다.

"내가 한 것보다 훨씬 보기 좋은걸. 나처럼 거친 사람이 했다가는 이틀도 못 가서 긁히고 깨질 거야."

"연이 말이 맞다. 이 옥패는 누가 해도 무방하지만, 영핵 속성이 물인 사람이 하는 게 제일 좋아. 사매, 네가 지니고 있으렴."

왕 부인까지 그렇게 말하자 사매는 어쩔 수 없이 고개를 끄덕이며 묵연에게 말했다.

"그럼 몸조심해."

"걱정하지 마. 자주 서신 보낼게."

이별 앞에서 슬픔에 빠져 있던 사매는 묵연의 말에 저도 모르게 피식 웃음이 나왔다.

"네가 쓴 글씨는 사존밖에 알아보지 못하잖아."

초만녕 얘기에 묵연은 기분이 씁쓸해졌다.

뼛속까지 파고들었던 증오는 사라지고 이제는 죄책감만 남아 상처에 딱지가 앉은 것처럼 마음이 욱신거렸다.

그는 그런 마음을 안고 홀로 하산했다.

"하나, 둘, 셋……."

그는 고개를 숙이고 내려가며 속으로 묵묵히 세었다.

"백하나, 백둘, 백셋……."

산 밑까지 내려온 그는 끝내 운무가 자욱한 사생지전을 돌아보았다. 끝도 없이 아득히 펼쳐진 돌계단을 보며 그는 나지막이 중얼거렸다.

"삼천칠백구십구."

그는 내려오는 내내 계단을 세었다.

산문으로 올라가는 계단 수를, 그날 초만녕이 그를 등에 업고 올랐던 계단의 수를.

그는 얼음처럼 차갑고 피범벅이 된 초만녕의 두 손을 평생 잊지 못할 것 같았다.

천성이 착해서 선행을 베풀고 천성이 악해서 악행을 저지르는 게 아니다. 사람은 마치 논밭 같아서, 누구는 운이 좋게도 밭고랑에 벼와 보리의 씨앗이 뿌려져 가을이 되면 풍년이 들어 이삭이 물결치고 모두의 칭송을 받는다.

그러나 어떤 논밭은 그렇게 운이 좋지 않다. 양귀비 꽃씨가 뿌려져 봄바람이 불면 극락의 죄악이 피어나 온 천지가 검붉은 피로 뒤덮인다. 사람들은 그것을 증오하고 경멸하며 두려움에 떨고, 그 논밭은 피비린내 속에 취해 살아가며 썩어 문드러진다.

그러다 결국에는 의롭고 어진 사람들이 나서서 불을 질러 버린다. 활활 타오르는 불꽃을 지켜보면서 사람들은 그것을 죄악의 온상이자 악마라고 부르며, 이루 말할 수 없이 잔혹하고 탐욕스러우니 죽어 마땅하다고 한탄한다.

그는 화염 속에서 고통스럽게 꿈틀거리며 신음한다. 양귀비꽃은 속절없이 스러지며 메케한 흙더미로 변한다.

하지만 그 역시 한때는 단비와 햇빛을 갈망하는 기름진 논밭이었다.

누가 어둠의 종자를 뿌려 걷잡을 수 없는 죄악과 재난을 키운 것일까.

비옥하고 찬란했던 논밭에 불씨가 떨어져 잿더미가 되었다.

그리고 아무도 다시 경작하지 않았다.

그렇게 영영 버려진 땅이 되었다.

그래서 그는 누군가 그의 인생에 들어와 밭을 갈아엎고 다시 시작할 기회를 주리라곤 생각하지 않았다.

초만녕.

그와는 오 년 뒤에야 다시 만날 수 있고 오늘이 그 오 년의 첫 번째 날이다.

그는 문득 자신이 초만녕을 그리워한다는 것을 깨달았다. 엄숙한 얼굴, 화가 난 얼굴, 부드러운 얼굴, 정중한 얼굴, 그리고 정직한 얼굴…….

묵연은 천천히 눈을 감았다.

전생과 이번 생을 곰곰이 곱씹어 보았다. 지나간 일들이 눈앞에 펼쳐졌다. 그는 서서히 귀계의 천열 사건이 그의 인생에서 가장 큰 분수령이었다는 것을 깨달았다.

전생에 그는 한 사람을 깊이 사랑했다.

그 사람은 목숨을 바쳤고, 그는 지옥에 떨어졌다.

이번 생에는 다른 사람이 그를 지켜 주었다.

그 사람은 목숨을 바쳐 그를 속세로 환생시켰다.

119장 사존이야말로 진정한 종사다

묵연이 떠난 지 팔 일째 되던 날, 설정옹은 그에게서 서신 한 통을 받았다.

폭이 좁은 종이에 쓰인 글씨는 최선을 다해 단정하게 쓰려고 한 것처럼 보였지만, 그런데도 삐뚤빼뚤했다.

[백부님, 염려 마세요. 저는 잘 지내고 있어요. 지금은 번화한 나루터에 있어요. 얼마 전에 여기서 귀신 소동이 벌어졌는데 다행히 다친 사람은 없어요. 제가 소동을 벌인 물귀신을 처단했거든요. 지금은 나루터에 배들이 오가고 모든 게 평화로워요. 배 몰이꾼에게 사례금으로 받은 500은표를 서신과 함께 보냅니다. 백모님과 사존께도 안부 전해 주세요.]

백이십 일째 되던 날, 스물두 번째 서신이 왔다.

[백부님, 염려 마세요. 최근 저는 우연한 기회에 최상급 영석 하나를 얻었어요. 설몽의 용성완도에 박아 넣으면 불세출의 보도(寶刀)가 될 거예요. 물론 신무와 견줄 바는 아니지만 나름 구하기 어려운 거예요. 백모님과 사존께도 안부 전해 주세요.]

백삼십 일째 되던 날, 스물네 번째 서신이 왔다.

[백부님, 염려 마세요. 저는 요즘 눈 쌓인 골짜기에서 수련하고 있어요. 날씨가 추운 이곳에는 희귀한 식물이 많이 나는데 그중에서 제일 귀한 게 상화설연화예요. 그런데 아쉽게도 꽃밭에 천 년 묵은 원숭이 요괴가 지키고 있어요. 이곳에 처음 왔을 때는 제 영력이 보잘것없고 내공도 부족해서 꽃을 얻기 힘들었지만, 열심히 정진한 끝에 경계를 뚫고 최근엔 열 송이 넘게 손에 넣었어요. 서신과 함께 보냅니다. 백모님과 사존께도 안부 전해 주세요.]

묵연은 서신과 함께 희귀한 물건이나 영초 같은 것들을 종종 보내왔다.

설정웅 외에 사매에게도 몰래 서신을 보냈다. 돌아다니면서 보고 들은 것들이나 추우니까 옷을 단단히 챙겨 입으라는 간단한 안부 인사였다.

처음에는 잘못 쓴 글자도 많더니, 나중에는 글씨체가 정갈하다고까지는 할 수 없어도 나름 가지런하고 성숙해졌고 오탈자도 점점 줄어들었다.

어느덧 일 년이라는 시간이 흘렀다.

이날도 설정옹은 봄에 갓 딴 찻잎을 우린 차를 마시며 묵연이
보내온 서신을 읽었다.

그는 웃으며 다 읽은 서신을 부인에게 건넸다. 왕 부인은 서
신을 받아 읽으며 미소를 지었다.

"이 녀석, 글씨가 점점 예뻐지네요."

"누구 글씨체와 좀 닮지 않았소?"

"누구요?"

설정옹은 찻잎을 후후 불더니 책상머리에서 《상고결계집주》
라는 서책을 한 권 꺼내서 보여 주며 물었다.

"옥형 글씨체와 좀 비슷하지 않소?"

왕 부인이 서책을 펼쳐 보더니 놀라며 감탄했다.

"정말 비슷하네요."

"처음 사생지전에 온 날부터 묵연은 옥형의 제자로 들어갔지.
옥형이 그 녀석더러 먼저 책을 좀 보고 있으라고 했더니, 글쎄
흰 것은 종이요 검은 것은 글씨라 아는 글자가 몇 개 없다는 거
요. 그래서 옥형이 꽤 오랫동안 가르쳤소. 우선 그 녀석의 이름
을 가르치고 그 후 점점 난이도를 높여 갔지."

설정옹이 고개를 설레설레 저으며 말했다.

"그때 녀석은 어영부영 그림 그리듯이 따라 하기만 하더니 이
제는 제법 그럴듯한 것 같소."

왕 부인이 웃으며 말했다.

"연이는 밖에서 좀 견문을 높일 필요가 있어요. 나가더니 정

말 많이 듬직해진 것 같아요."

설정옹도 웃으며 말했다.

"오 년 동안 각지를 돌아다니며 견문을 넓히면 어떤 모습이 될지 기대되는구려. 그때가 되면 몇 살이지? 스물둘인가?"

"스물둘이요."

"휴."

설정옹이 감개무량한 듯 긴 숨을 내쉬었다.

"그 녀석들이 스무 살이 될 때까지 옥형이 쭉 데리고 있을 줄 알았는데, 하늘의 뜻을 정말 예측할 수 없구려."

묵연도 하늘의 뜻을 사람이 헤아릴 수 없다고 생각했다.

안개비가 흩날리는 강남에서 북방 변경지대 관문까지, 그는 전국 방방곡곡을 돌아다녔다. 여름에는 강기슭에서 술을 마시고 겨울에는 모닥불을 피워 놓고 악기 연주를 들었다.

전생에는 왕위에 올라 천하가 모두 그의 것이었지만, 한 번도 천하의 산천을 둘러보지 않았다. 동쪽의 고기잡이배와 서쪽의 관개 시설을 살펴보지 않았고 석판 길을 맨발로 다니는 짐꾼의 얼룩지고 갈라 터진, 강철처럼 단단한 발바닥을 자세히 본 적도 없었다. 갈대 연못 옆 배 밭에서 꼬마가 옹알옹알 부르는 가늘고 낮은 노랫소리를 귀 기울여 들은 적도 없었다.

"아름다운 꽃은 모두 허물어진 담과 끊어진 절벽에 피는구나……."

그는 더 이상 답선군이 아니었다. 이번 생에는 결코 답선군이 되지 않을 것이다. 그는…….

"형."

아이의 맑고 야들야들한 목소리가 들려왔다.

"형, 이 가엾은 새를 좀 구해 주면 안 돼요? 날개가 부러졌는데 어떻게 해야 할지 모르겠어요."

"선군."

촌장 어르신이 쉰 목소리로 말했다.

"고맙소이다, 고마워. 우리 마을에는 노인과 아이들이 많아서 요괴들이 쳐들어오면 꼼짝없이 당하고 고향을 떠나야 했다오. 선군이 아니었다면 우리는……. 선군의 은혜는 이 늙은이가 평생 잊지 않겠소."

"선군."

길가의 걸인이 떨리는 목소리로 애원했다.

"선군, 우리 두 모자는 오랫동안 배를 굶주렸어요. 소인을 불쌍히 여기시고 선심을 베푸시어……."

묵연은 눈을 감았다.

다시 천천히 눈을 떴다.

그를 부르는 소리가 들려왔기 때문이다.

"묵 종사."

묵연은 그 호칭에 어딘가 마음이 아팠다. 그는 고개를 들어 자신을 부른 까무잡잡한 사내를 보며 허망한 표정을 지었다.

"제 사촌이 종사이지, 저는 종사가 아닙니다. 그렇게 부르지 마세요."

사내는 어리숙하게 머리를 긁적이며 말했다.

"죄송합니다. 마을 사람들이 그렇게 부르니 싫어하시는 줄 알면서도 입에 배서 그만."

　요 며칠 묵연은 하수진계 변경에 있는 마을에 잠시 머물고 있었다. 마을에서 수 리 떨어진 곳에 높고 험준한 설산 하나가 있는데 그곳에서 설귀가 내려와 소란을 부리는 일이 잦았다. 모두 영력이 미미한 잡귀들이라 사존이 남긴 야유신 기갑으로도 충분히 대응할 수 있었지만, 안타깝게도 이 마을은 너무 외딴곳에 있어서 야유신이 보급되지 않았다. 그리하여 그는 어쩔 수 없이 사존이 남긴 도감을 참조하여 야유신을 직접 만들어야 했다.

　여러 번의 실패를 거쳐 겨우 하나를 만들어 냈다. 그가 만든 야유신은 사존이 만든 것처럼 보기 좋지도 않고 민첩하지도 않았지만, 삐거덕삐거덕하기는 해도 그런대로 쓸 만했다.

　그 신기한 물건은 이 두메산골 사람들을 매우 기쁘게 했다. 마을 사람들이 '묵 종사, 묵 종사'라고 부르는 바람에 묵연은 낯 간지러워 혼났다.

　더 난감한 일은 따로 있었다.

　노을이 반쪽 하늘을 불그레하게 물들인 어느 오후였다. 태산 서원에서 강의를 듣고 돌아오며 북적거리는 살구나무 숲길을 걷고 있는데 갑자기 누군가 외쳤다.

　"초 종사!"

　묵연은 미처 생각할 겨를도 없이 냉큼 고개를 홱 돌렸다. 그리고 이내 자신의 그런 행동이 얼마나 우스운지 깨달았다. 세상에 초씨 성을 가진 도사가 얼마나 많은데, 왜 나는 앞뒤 생각도 않고 사존이 예상보다 일찍 깨어났을 거라고 이리도 쉽게 착각하고 마는지.

그럴 리가 없지 않은가.

웃으며 고개를 설레설레 젓고 돌아서려는 순간, 다시 한번 그 소리가 들려왔다.

"초 종사!"

묵연은 서책 꾸러미를 가슴에 품은 채 실눈을 뜨고 사람들을 하나하나 훑어보았다. 그때 멀리서 그를 향해 손짓하는 누군가가 보였다. 너무 멀리 떨어져 있는 탓에 얼굴이 제대로 보이지 않았지만, 옷차림이나 체형은 어렴풋이 알아볼 수 있었다. 짙은 청색 장포를 입은 젊은이가 활을 등에 메고 늑대개 한 마리를 거느리고 있었다.

이윽고 상대가 가까이 다가왔다. 서로의 얼굴을 알아볼 수 있는 거리까지 다가왔을 때, 두 사람은 서로 어리둥절하지 않을 수 없었다.

"당신은……."

"묵연입니다."

묵연은 상대보다 먼저 알아봤지만, 책을 안고 있는지라 예를 갖추지는 못하고 고개만 까딱했다. 그러고는 의아하다는 듯이 청년의 얼굴을 한참이나 바라보았다.

"여기서 남궁 공자를 만날 줄은 몰랐군요. 이런 우연이."

알고 보니 그를 '초 종사'라고 부른 사람은 유풍문의 적자 남궁사였다.

전생에선 이놈이 일찍 죽는 바람에 묵연은 그를 만나 보지도 못했다. 그런데 초만녕은 달랐다. 초만녕은 한때 유풍문의 객경이었기에 남궁사와 잘 아는 사이였다. 묵연의 시선은 남궁사를 아래위로 훑어보다가 그가 들고 있는 전갑에서 멈췄다.

천으로 만든 낡은 전갑에는 동백꽃이 수놓여 있었는데 하도 오래되어서 색이 바랬다. 산뜻하고 아름다웠을 꽃잎은 마치 곧 시들 것처럼 누렇게 변해 생기와 향기를 잃었다.

남궁사는 머리끝부터 발끝까지 화려한 차림이었지만 유독 전갑만 몹시 낡아 보였고, 심지어 바느질로 수선한 자국까지 선명하게 보일 정도였다. 묵연은 그 전갑이 그에게 더없이 소중한 물건일 것이라고 짐작했다. 이 세상에 보물처럼 소중한 물건 한두 개 없는 사람이 어디 있으랴. 아무리 한때 잘나갔던 사람도 가슴속에 오랫동안 고이 숨겨 둔 추억은 있는 법이었다.

겉으로 보기엔 단순하고 아무 생각이 없어 보여도 정말 그런 사람은 세상에 아무도 없다.

남궁사가 미간을 찌푸리며 말했다.

"묵연…… 기억나요. 초 종사의 제자 맞죠?"

"네."

남궁사의 태도가 다소 누그러졌다.

"미안합니다. 조금 전에는 너무 멀리 떨어져 있어서. 옷차림만 보고 초 종사가 예정보다 일찍 관문을 나온 걸 제가 모르고 있는 줄 알았어요."

묵연은 전갑에서 눈을 떼고는 주제넘게 일일이 물어보지 않고 담담하게 대답했다.

"아까 그렇게 부르셔서 저도 사존이 예정보다 일찍 관문을 나온 걸 제가 모르고 있는 줄 알았어요."

남궁사가 활짝 웃었다. 태생이 존귀해서 그런지 크게 웃을 때도 준수한 얼굴에 약간의 오만방자함이 묻어 있었다. 설몽의 오만방자함과는 결이 달랐다. 설몽은 재주를 믿고 설치는 교만함이지만, 남궁사는 어딘가 모르게 잔혹한 기운을 풍기고 오만불손하며 난폭하게 느껴졌다.

그러나 용모가 뛰어난 그는 잔혹한 기운을 풍겨도 전혀 사나워 보이지 않았으며, 오히려 야성미로 느껴졌다.

묵연은 저도 모르게 속으로 그런 남궁사가 자유분방한 야생마 같다는 생각을 했다.

그가 한창 생각에 잠겨 있는데 남궁사가 말했다.

"전에 귀계에 균열이 생겨 초 종사가 희생되었을 때 한동안 너무 슬펐는데 대사님께서 환생시켜 주셨다니 정말 다행입니다. 나중에 깨어나시면 꼭 사생지전으로 찾아뵐게요."

"공자님의 행차를 기다리겠습니다."

남궁사는 손사래를 치더니 묵연이 안고 있는 책을 보고 의아해하며 물었다.

"묵 공자는 여기서 뭘 하시는 거죠?"

"공부합니다."

남궁사는 그가 말한 공부가 고리타분하고 난해한 서책들을 읽는 거겠지 싶었는데, 자세히 보니 《소요유》, 《예기》와 같은 고전이어서 잠시 어리둥절했다. 그가 물었다.

"이 서책들은…… 가장 기본적인 경전 아닌가요? 저는 어릴 때 벌써 다 외웠는데, 왜 이런 걸?"

묵연은 별로 부끄러워하지 않고 담담하게 설명했다.

"전 어렸을 때 이름도 쓸 줄 몰랐거든요."

“아⋯⋯.”

남궁사가 조금 난감해하며 물었다.

“그래서 서원을 다니며 공부하는 건가요?”

“네. 마침 요 며칠 태산에서 수행에 쓸 영석을 캐고 있는데 행림서원에서 새로운 강의를 개설했다길래요. 딱히 할 일도 없고 해서 들으러 왔지요.”

남궁사가 고개를 끄덕이더니, 시간이 꽤 늦어진 것 같아 물었다.

“보아하니 묵 형은 아직 저녁 식사 전이죠? 여긴 유풍문 관내이기도 하고, 묵 공자가 초 종사의 제자이기도 하니 당연히 제가 주인의 도리를 다해 대접해야겠지요. 마침 제 일행이 근처 주루에서 기다리고 있는데, 같이 가서 한잔하시죠?”

묵연은 잠깐 침묵하다 어차피 할 일도 없다는 생각에 대답했다.

“거절하는 것도 결례인 것 같으니 따르겠습니다.”

“무우루라고, 임기 관내에서 가장 유명한 주루예요. 구전비장[#5]이 예술이죠. 혹시 들어 봤어요?”

남궁사가 걸어가며 물었다.

“모를 리가 있나요.”

묵연이 웃으며 말했다.

“상수진계에서 1, 2등을 다투는 요릿집이잖아요. 남궁 공자, 정말 안목이 뛰어나군요.”

“제가 고른 장소가 아닙니다.”

“아, 그럼요?”

남궁사가 대답했다.

#5 구전비장 九轉肥腸, 돼지 대창을 자른 것에 갖가지 양념을 함께 넣고 볶아 낸 요리

"제 일행이 고른 거죠."

한평생을 살아 본 사람으로서 묵연은 유풍문의 복잡하게 뒤얽힌 관계에 대해 어느 정도 알고 있었다. 그는 말은 안 했지만 속으로는 의아해하며 가만히 생각했다. 그럼 엽망석도 온 건가?

남궁사를 따라 주루에 올라가 곁채의 주렴을 걷고 들어서는 순간, 그는 너무 놀란 나머지 사레들릴 뻔했다.

송추동이 얇은 명주로 만든 흰옷을 입고 복숭아꽃이 흐드러지게 핀 창가에 꼿꼿하게 서 있었다. 그녀가 인기척을 듣고 고개를 돌렸다. 머리에 꽂은 황금 떨잠이 반짝반짝 빛나며 희고 고운 피부와 앵두 같은 입술을 더욱 돋보이게 해 주었고, 그 아름다움은 이루 말로 표현하기 어려웠다.

묵연은 들여놓았던 발을 저도 모르게 도로 뺐다.

그는 인제 와서 남궁사에게 사실 산동 지역 요리를 별로 좋아하지 않고 특히 구전비장은 질색한다고 말해도 될지, 진지하게 생각했다.

120장 사촌의 그림자

"자, 묵 형, 소개하죠. 이쪽은 제 사매 송추동입니다."

결국 묵연은 눈을 딱 감고 자리에 앉아 잔뜩 신이 나서 소개하는 남궁사를 지켜볼 수밖에 없었다. 송추동, 송추동. 사실 묵연은 그녀의 등에 검은 점이 있고 허벅지에 반점이 있는 것까지 낱낱이 알고 있어 남궁사가 설명할 필요조차 없었다.

그래도 묵연은 잔뜩 정색하고 애써 감정을 억누르며 고개를 까딱했다.

"송 낭자."

"이분은 초 종사의 수제자, 사생지전의 묵미우다. 전에 채접진에서 너도 본 적 있을 테지만 그때는 사람이 워낙 많아서 아마 기억은 안 나겠지."

송추동이 부드럽게 웃으며 일어서서, 옷섶을 여미고 인사를 올렸다.

"소녀 추동, 묵 선군에게 인사 올립니다."

묵연은 일어서지도 않고 그녀를 한참 유심히 살펴본 후 말했다.

"별말씀을요."

전생에 본처였던 이 여인을 묵연은 사실 깊이 혐오하고 있었다. 이런 혐오는 환생 후에 생긴 것이 아니라 전생부터 이미 지울 수 없을 만큼 뼛속 깊이 박혀 있었다.

이 여인과는 전에도 몇 번 마주치긴 했지만, 직접 얼굴을 마주하지 않았던 터라 혐오스럽긴 해도 오늘처럼 불쾌하지는 않았다.

송추동은 나긋나긋한 여인이라 늘 조신하게 행동하고 작은 소리로 말했다. 그녀는 마치 초가을 나무에 막 열린 설익은 과일처럼 언제나 무성한 나뭇잎 뒤에 숨어 있었다. 향기가 꽃보다 싱그럽지 않고 색깔도 매혹적이지 않아도, 나름 호감 가는 구석이 있는 사람이었다. 여리여리하면서도 옹골진 몸에는 풋풋함과 유순함이 꽉 차 있어, 가볍게 한 입 베어 물기만 하면 달콤새콤한 과즙을 맛볼 수 있을 것 같았다.

그런데 속까지 물어 뜯어보면 썩어서 구린내가 나는 벌레가 들어 있었다. 진물이 흐르고 곰팡이로 얼룩진 씨 속에 벌레가 드러누워 있었다.

물론 자신에 비하면, 전생의 송추동은 도저히 용서할 수 없는 죄를 지은 것은 아니었다. 단지 목숨을 구해 준 유풍문을 배신했을 뿐이다. 묵연이 쳐들어와 마구 도살할 때, 스스로를 지키기 위해 엽망석의 행방을 불었을 뿐이다. 임기에 시체가 산을 이루고 피바다가 됐을 때, 묵연이 하사한 상을 받고 기뻐서 어쩔 줄을 모르며 금과 은으로 화려하게 치장하고 조심스럽게 새 주인의 시중을 들었을 뿐이다.

도살이 끝난 뒤에 그녀는 충성심을 보여 주기 위해 더 이상 아무 말도 할 수 없는 엽망석의 시체 앞에서 통곡하며 엽망석이 하루도 마음 편히 지내지 못하게 난폭하게 굴었다고 증언하고, 묵연이 오지 않았더라면 평생 엽 아무개에게 압박과 착취를 당했을 것이라 말했을 뿐이다.

그리고?

묵연은 아무 말도 하지 않고 생각에 잠겼다.

또 뭐가 있지?

성질이 급한 남궁사는 요리가 나오지 않자 재촉하러 가 버리고 곁채에는 전생에 부부였던 두 사람만 남았다.

"묵 공자, 한잔 받으세요."

그녀는 날렵하고 아름다운 자태로 술을 따랐다. 덧소매 밖으로 반쯤 드러난 손목에는 새빨간 주사(朱砂)가 묻어 있었다.

묵연은 귀신에 홀린 것처럼 손을 뻗어 그녀의 손목을 잡았다.

그녀는 가볍게 비명을 지르더니 한껏 당황해하며 부드러운 눈빛으로 그를 올려다보았다.

"묵 공자, 지금 뭐 하시는……."

묵연은 그녀의 얼굴을 잠시 바라보다, 시선을 가늘고 긴 손가락에 떨궜다.

"정말 아름다운 손이네요."

한참 후에야 그는 냉담하고 준엄한 얼굴로 나지막이 물었다.

"송 낭자는 혹시 바둑을 둘 줄 아시나요?"

"조, 조금밖에 몰라요."

"손이 이렇게 예쁜데 당연히 바둑도 잘 두시겠죠."

묵연이 담담하게 말했다. 남궁사의 발걸음 소리가 들려오고 그가 키우는 늑대개가 문어귀에서 왈왈 짖었다.

"실례했습니다."

묵연은 송추동의 가느다란 손목을 놓고는 손수건으로 자신의 손가락을 꼼꼼하게 닦았다.

밖에는 노을빛이 드리웠고, 봄밤의 주루에는 화려한 연회가 한창이었다.

묵연은 아무 일도 없었던 것처럼 여느 때와 같은 표정이었다. 송추동은 아무 이유 없이 희롱을 당했지만, 인내심이 많은 그녀는 식사 도중에 친히 일어나 묵연의 술잔을 한 번 채워 주었다.

그런데 묵연은 그녀가 따라 준 술을 마시지 않았고 술잔에 손도 대지 않았다.

남궁사가 물었다.

"묵 형, 곧 영산논검 아닙니까. 어쨌거나 초 종사의 제자로서 사존의 체면을 깎을 수는 없겠죠? 준비는 다 했어요?"

"저는 안 갑니다."

"……설마 진심은 아니겠죠?"

"정말이에요."

묵연이 웃으며 설명했다.

"사촌 동생이 참가하는 것으로 충분해요. 천하의 파벌이란 파벌은 모두 영산에 모일 텐데, 나까지 보탤 거 뭐 있겠습니까. 소란스러운 것도 싫으니 안 가려고요."

남궁사는 못 믿겠다는 듯 갈색 눈을 가늘게 뜨고 먹이를 노리는 매처럼 그를 쳐다봤다.

반면 묵연은 전혀 숨김없이 떳떳하다는 표정으로 맞받아쳤다.

매는 암석을 한참이나 지켜봤지만 암석은 그저 암석일 뿐 교활한 토끼도 뱀도 숨기지 않았다.

남궁사는 다시 의자 등받이에 몸을 기대어 젓가락을 휘휘 돌리더니 별안간 웃음을 터뜨렸다.

"흥미롭네요. 그럼 영산논검에서 당신을 볼 수 없는 건가요?"

"그렇죠."

남궁사는 이마에 손을 대고 품, 하고 웃었다.

"초 종사의 제자, 과연 대단하네요. 이렇게 성대한 대회도 시시해하다니."

묵연은 어떻게 설명해야 할지 몰라 난감했다. 어떻게 설명하지? 사실 자신은 죽었다 되살아난 서른 살 넘은 늙다리 귀신이라고 남궁사에게 말이라도 해야 할까. 지금 답선군더러 이마에 피도 안 마른 풋내기들과 싸우고, 전생에 그에게 죽임을 당하거나 매를 맞은 장문들이 심판대에 빙 둘러앉아 작은 팻말을 들어 점수를 매기는 꼴을 보라는 말인가.

……터무니없는 소리.

묵연은 헛기침을 하고는 다시 입을 열었다.

"시시해서 참가하지 않는 게 아닙니다. 그저 정통 법술에 능하지 않을뿐더러 착실하게 배우지도 않아서 괜히 사존의 얼굴에 먹칠을 할까 봐서요. 남궁 공자처럼 재주가 뛰어나면 당연히 자부심을 가질 만하죠. 비웃지 마세요."

설몽처럼 천진난만한 하룻강아지가 이 말을 들으면 좋아서 어쩔 줄 몰라 할 테지만, 남궁사처럼 여러 파벌이 복잡하게 얽힌 유풍문에 몸담고 있으면서 어린 나이에 어머니를 여읜 사람은 달랐다. 결코 단순하지 않은 삶을 살아온 그는 묵연의 치켜세우는 말을 듣고도 그저 웃을 뿐, 자기 주제를 모른 채 황홀한 감정에 취하지 않았다.

그는 술을 꿀꺽꿀꺽 몇 모금 마시곤 소매로 입을 쓱 닦으며 말했다.

"묵 공자가 참가하지 않는다니, 그럼 관객의 관점에서 이번 대회 우승자가 누가 될 것인지 맞혀 보면 어떨까요?"

"……."

묵연은 속으로 '젠장, 이번에야말로 제대로 물어봤네'라고 생각했다.

누가 우승할지 그보다 더 잘 아는 사람이 또 있을까? 묵연처럼 환생했을 가능성이 큰 가짜 구진을 제외하면 이 세상에서 이번 영산논검의 결과를 아는 사람은 바로 묵미우, 자신밖에 없었다.

우승자는 바로…….

"남궁사."

곁채 주렴이 돌연 확 걷히더니 아른거리는 빛 속에 반쯤 어둠에 가려진 얼굴이 불쑥 나타났다. 두 남자가 미처 반응하기도 전에 송추동이 바늘에 찔린 것처럼 벌떡 일어나더니, 가여울 정도로 창백한 얼굴빛을 한 채 고개를 떨구고 말까지 더듬었다.

"엽, 엽 공자님."

상대는 꼿꼿한 자태로 테두리에 짙은 금색을 수놓은 검은 옷을 입고 손목 보호대를 차고 있었는데, 허리는 아주 힘 있고 날씬했다. 준수한 얼굴에는 약간의 아름다움도 섞여 있었다. 엽망석이 아니면 누구겠는가?

"낭자 말고요."

엽망석은 그녀를 거들떠보지도 않고 주렴을 걷고 들어왔다. 그의 시선은 줄곧 한 사람의 몸에 머물러 있었는데 매서움 속에 또 다른 어떤 눈빛도 섞여 있었다.

"남궁사, 내가 불렀습니다. 들었으면 고개를 들어 보시죠."

남궁사는 고개도 들지 않고 송추동을 향해 말했다.

"왜 일어나? 앉아."

"아니에요, 남궁 공자. 저는 신분이 비천하니 서 있을게요."

남궁사가 버럭 화를 내며 소리쳤다.

"앉아!"

송추동이 움찔하더니 탁자 모서리를 잡고 이러지도 저러지도 못했다.

엽망석이 상황을 정리하며 싸늘하게 말했다.

"남궁 공자의 말대로 하세요."

"감사합니다, 엽 공자님……."

엽망석은 더는 대꾸하지 않고 남궁사에게 말했다.

"남궁사, 언제까지 제멋대로 할 거죠? 장문께서 화가 머리끝까지 났습니다. 일어나요. 저와 함께 돌아갑시다."

"잘됐네. 난 그 사람이 미쳤다고 생각할 테니, 그 사람더러 나를 죽었다고 생각하라 그래! 돌아가도 할 말 없어. 명령을 거두기 전에는 유풍문에 한 발짝도 들이지 않을 테니 그렇게 알아."

남궁사가 한 자 한 자 끊어 말했다.

"돌아가, 엽 공자."

"남궁사……."

엽망석은 주먹을 꽉 쥐고 부들부들 떨고 있었다. 묵연이 옆에서 보니 그는 당장에라도 상을 엎고 남궁사를 움켜잡아 데려갈 것 같았다. 그러나 어찌 됐든 엽망석은 군자인지라 끝내 불길 같은 분노를 억눌렀다.

"남궁사."

그는 잠시 침묵하다가 다시 입을 열었다. 당당한 모습과는 상반된, 잠기고 피곤한 목소리였다.

"정말 그렇게까지 해야겠어요?"

"그래야겠다면?"

엽망석은 눈을 감고 들릴락 말락 하게 가볍게 한숨을 내쉬더니 다시 천천히 눈을 떴다. 그는 탁자 앞에 서서 마침내 고개를 돌려 묵연을 흘끗 보았다.

집안 허물은 소문내지 않는 법이라고, 파벌 내부의 일도 당연히 다른 사람이 알기를 바라지 않을 터. 묵연은 눈치껏 자리에서 일어나 엽망석에게 인사를 했다.

"저녁에 가게에 옷 찾으러 가기로 한 걸 깜빡했네요. 괜히 주인장을 기다리게 해서야 되겠어요, 그럼 이만 가 보겠습니다."

엽망석이 그를 향해 고개를 끄덕이며 말했다.

"묵 공자, 고맙습니다."

"별말씀을요. 그럼 말씀 나누세요."

묵연은 엽망석 곁을 스쳐 지나며 무심코 그를 힐끔 보았다.

가까이에서 보니 엽망석은 소나무처럼 꼿꼿하고 품격 있고 점 잖아 보였지만 눈가가 살짝 불그레한 게 이곳에 오기 전에 눈물 을 흘린 것 같은 모습이었다.

묵연은 문득 엽망석의 인내심이 초만녕과 조금 닮았다는 생각 이 들었다.

그는 문득 충동적인 생각에 휩싸여 저도 모르게 고개를 돌려 남궁사에게 말했다.

"남궁 공자. 공자와 엽 공자 사이에 무슨 일이 있는지는 모르 겠지만, 제가 보기에 엽 공자는 당신을 진심으로 대하는 것 같 아요. 그러니 하고 싶은 말이 있으면 숨김없이 엽 공자와 잘 얘 기해 보세요."

남궁사는 호의를 마다하고 홧김에 그와의 사이도 생각 않고 쌀쌀맞게 말했다.

"신경 꺼요."

급살 맞을 놈!

자리를 떠난 묵연이 아래층까지 채 내려오기도 전에 곁채에 서 남궁사의 호통 소리가 들려왔다. 그 들개 같은 청년은 자신 의 날카로운 이빨로 엽망석의 영혼을 물어뜯으며 따져묻고 있 었다.

"엽망석! 어떻게 구슬렸길래 아버지가 나보다 널 더 중요하게 생 각하는 거야? 돌아가자고? 내가 널 따라 돌아가서 뭘 어쩌자고? 지금까지 나 스스로 결정할 수 있는 일이 있기나 했어? 어? 엽망 석, 어디 한번 물어나 보자. 대체…… 대체 날 뭘로 보는 거야!"

콰당, 하고 상이 엎어지는 소리와 접시며 술잔 같은 것들이 깨지는 소리가 들렸다.

복도에 서 있던 시녀들은 하나같이 겁에 질렸고 고개를 내밀어 동정을 살피는 손님도 있었다.

"무슨 일이야?"

"아이고, 누가 이렇게 성격이 불같아. 아주 주루를 부숴 버릴 기세네."

묵연은 입을 꾹 다물고 고개를 돌려 복도 끝을 바라보았다.

가을 낙엽처럼 메마르고 무기력한 엽망석의 목소리가 들려왔다.

"남궁사, 집에 제가 있어 심기가 불편하다면 제가 사라져 드리죠. 다시는 눈앞에 나타나지 않을게요."

엽망석이 애원했다.

"그러니 돌아가세요. ……제발."

직접 듣지 않았다면 묵연은 절대 엽망석처럼 뻣뻣한 사람 입에서 '제발' 같은 나약한 말이 나왔다는 것을 믿지 않았을 것이다.

그의 기억 속 엽망석은 희로애락에 흔들리지 않는 군자요, 가는 곳마다 승리하는 전쟁의 신이었다. 피 흘리는 그의 모습은 상상할 수 있어도 눈물 흘리는 모습은 도무지 상상이 가지 않았고, 죽는 모습은 상상할 수 있어도 무릎을 꿇는 모습은 상상할 수 없었다.

그런데 오늘 놀랍게도 그는 송추동이 보는 앞에서 한 남자에게 '제발'이라고 사정하고 있었다.

묵연은 눈을 감았다.

사람은 살면서 얼마나 많은 예상치 못한 일에 부딪힐까?

벌거숭이로 사람들 앞에 서는 사람은 아무도 없다. 옷으로 몸을 가리고 화려한 말과 표정 뒤에 감정을 숨긴다. 사람들은 자신을 한 겹, 또 한 겹 꽁꽁 싸맨 채 꽃가지 같은 목을 빼꼼 드러내 머리통을 받친다. 기쁨과 슬픔이 분명한 가면을 쓰고 세상과 마주한다. 삶은 연극과 같아서 배역이 뚜렷하게 나뉘는 법이다.

남자 주인공 역만 맡아 온 사람이 어찌 덧소매를 걷어 올리고 눈썹을 곱게 그려 올려 여자 역을 맡겠는가?

제금 소리가 멈추고 월금 소리가 잦아드는 깊은 밤. 인적이 드물어지면 사람들은 그제야 짙은 화장을 지우고, 구정물에 날카롭고 매서운 얼굴을 씻어 낯선 이목구비를 드러낸다.

말괄량이 여자 배역은 알고 보니 재기 넘치는 사내대장부였고, 남자 무사 역을 맡은 이는 실은 온화하고 절절한 눈매를 가지고 있었다.

묵연은 요 며칠 잠시 머무는 방으로 돌아와 깊은 생각에 잠겼다. 두 번의 생을 살면서 중생을 얼마나 똑똑히 보았는가? 자기 자신을 얼마나 분명히 보았는가?

초만녕 한 명으로도 그의 마음은 죽었다 살아나기를 끝도 없이 반복했다. 초만녕······.

생각이 여기까지 이르자 남궁사가 자신을 초만녕으로 착각했던 것이 떠올라 웃음이 났다. 어떻게 그럴 수가.

그런데 세수를 하고 있는 구리거울 속에 비친 그 사람은 말총머리를 높이 묶고 소박한 흰색 도사복을 입고 있었다.

말총머리는 아침에 대충 묶어 올렸고, 도사복은 입던 옷이 작아져서 가게에서 사 입은 것뿐이었다. 한 바퀴 둘러보다가 마음에 들어 샀을 뿐, 어찌하여 그 흰색 장포가 마음에 들었는지 깊이 생각해 보지는 않았다.

거울을 보던 그는 문득 깨달았다.

입고 있는 흰색 장포는 초만녕이 입었던 것과 무척이나 비슷했다.

어슴푸레한 구리거울에 전생이 꿈처럼 펼쳐졌다. 묵연은 거울 속에 비친 자신의 모습을 보면서 꿈처럼 희미한 그 거울 속에서 초만녕의 환영을 보았다.

닦지 않은 물이 두 볼을 타고 흘러내려 날 선 턱에서 뚝뚝 떨어졌다.

거울 앞에 서 있는 그는 멍하니 깨달았다. 그의 야유신이 초만녕의 야유신을 졸렬하게 흉내 냈던 것처럼, 그 자신도 초만녕을 어설프게 따라 하고 있다는 것을.

묵연은 인간 세상을 떠돌며 무의식적으로 초만녕의 모습을 찾아다녔지만, 찾지 못하자 결국 서서히 그로 변해 가고 있었던 것이다.

세월은 속절없이 흘러갔다. 뼈저린 후회 때문인지 아니면 다른 어떤 이유에서인지.

그를 만날 수 없으니, 이런 상황에서 그라면 어떻게 할지 생각했다. 그는 무엇을 보고 미소 짓는지, 또 무엇을 보면 화를 내는지 생각할 수밖에 없었다.

어떤 일이든 하기 전에 그를 떠올렸고, 그가 기뻐할 만한 일을 해야겠다고 다짐했다.

그가 옆에 있었다면 나의 행동에 고개를 끄덕여 줬을까? 넌 아무런 잘못이 없다며 잘했다고 칭찬해 주었을까?

매일매일 그런 생각을 하니 뼛속까지 몸에 배어 습관이 되었다. 나중에는 본인조차도 의식하지 못했다.

덧없이 흐르는 세월 속에서 묵연은 자기 마음속 그의 모습으로 살아가고 있었다.

121장 사존이 꿈에 나타나 내 오랜 기억을 일깨웠다

"조 도사, 이 도사. 저기 방문 붙은 거 봤나? 이번 영산논검에 느닷없이 나타난 그 복병 말이야! 정말 대단했지!"

몇몇 할 일 없는 사람들이 진주탄의 찻집에 둘러앉아 땅콩 한 접시와 따뜻한 차 한 주전자를 놓고 싱글벙글 강호 소식을 주고받고 있었다.

"당연히 봤지! 사생지전이 우승했다면서? 하수진계 문파들 때문에 상수진계 노인네들 울화통이 터졌겠어. 특히 유풍문, 아이고, 그쪽 조상들이 관 뚜껑을 열고 나올 판이야. 우승을 거머쥔 선군 이름이 설봉황이라고 했던가?"

"뭐? 하하하하, 설봉황? 조 도사 때문에 정말 배꼽 빠지겠네. 봉황은 별명이고 성은 설, 이름이 몽, 자는 자명이라네. 아버지가 설정옹이잖나. 호랑이 아비에 개새끼는 없다고, 설자명 그 청년 솜씨가 아주 훌륭하더구먼!"

화로 옆에는 삿갓을 쓴 건장한 남자가 고개를 숙이고 죽을 먹고 있다가, 그들이 하는 말을 듣고는 나지막하게 '음?' 하며 죽그릇을 입가에 갖다 댄 채로 굳어 버렸다.

"괜히 봉황의 아들이라고 불리는 게 아니야. 다른 소주들은 모두 신무를 가지고 있었는데, 그 청년은 달랑 곡도 한 자루로 상대의 퇴로를 모두 끊어 버리더라니까. 어찌나 신통하던지."

"아무렴, 누구 제자인데. 만야옥형 문하가 호락호락할 리 있겠나?"

"그런데 난 아무래도 설자명이 아슬아슬하게 이긴 것 같아. 그 얘기 못 들었나? 2인 대결 때 설자명과 남궁사가 막상막하였다지. 남궁사가 데려온 여자가 발목을 잡지 않았더라면, 흐흐, 결과가 어떻게 됐을지는 아무도 모를걸."

내내 귀를 기울여 듣고 있던 남자는 그 말을 듣더니 마침내 들고 있던 찻잔을 내려놓았다.

고개를 돌리자 그의 날카롭고 호수처럼 깊은 눈매와 준수한 얼굴이 드러났다. 그는 도사들을 향해 웃으며 말을 걸었다.

"도사님들, 실례합니다. 제가 얼마 전까지 산속에 처박혀서 수행만 하다 보니 세상이 어떻게 돌아가는지 잘 몰라 이번 영산 논검도 놓쳤지 뭡니까. 조금 전에 도사님들께서 설몽이 우승했다고 말씀하시는 걸 우연히 듣게 되었는데…… 몇 마디 여쭤봐도 되겠습니까?"

마침 얘기를 들어 줄 사람이 생기자 무리는 묵연을 크게 반기며 친절하게 맞이하고는, 아예 옆에 앉을 수 있도록 자리를 내주기까지 했다.

묵연도 예를 갖췄다. 이즈음 그는 처음 하산했을 때보다 훨씬 점잖아졌다. 그는 찻집 안주인더러 좋은 차를 여섯 잔 내오게 한 후, 꿀에 절인 대추며 산사나무 열매, 앵두, 해바라기씨 같은 것들을 더 주문한 뒤 웃으며 말했다.

"설자명은 하늘의 총아이니 신무 없이 우승한 게 그렇게 의외는 아닙니다만, 듣자니 2인 대결 때 유풍문의 남궁사가 여자를 데려왔다고요……?"

시커먼 사내들이 모여 앉았으니 여자 얘기는 많이 할수록 즐거운 법이었다. 설령 자기 여자가 아니라고 해도 말이다.

"그렇다니까요? 영웅의 기개는 미인 때문에 꺾인다는 말이 사실인가 봅니다. 안 그랬으면 남궁사의 법술로 설자명이 우세를 잡는 걸 지켜만 봤겠습니까?"

"그것참 흥미롭군요."

전생과 다른 결과였다. 전생의 영산논검에서는 엽망석과 남궁사가 나란히 1등을 차지했다. 묵연은 초만녕의 죽음이 설몽을 자극해 봉황 새끼를 분발하게 했다고 생각했는데, 지금 보니 변수는 설몽에게만 있는 것이 아닌 듯했다.

"그 낭자가 누군지 아십니까?"

"성은 송이고 이름이 무슨 동이었는데…… 기억은 잘 안 나지만 엄청난 미인이었습니다. 보니까 유풍문의 그 공자가 그 여자에게 마음을 완전히 뺏긴 것 같더군요."

"아름다움을 넘어선 경국지색이었지요. 제가 남궁사였더라도 영산논검 우승이고 뭐고 일단 미인부터 기쁘게 해 줬을 겁니다."

역시나였다.

영산논검은 1인 대결, 2인 대결과 단체전으로 나뉘며, 세 경기의 순위를 종합적으로 평가해 최종 우승자를 가린다.

전생의 2인 대결에서는 설몽과 사매가 한 조를 이루어 남궁사와 엽망석 조와 맞붙었다. 엽망석은 후에 초만녕을 제외하고 천하에서 무력이 가장 강한 사람이 되었으니 대결 결과는 말하지 않아도 뻔했다. 그런데 이번 생은 뭐가 잘못됐는지 남궁사가 놀랍게도 엽망석과 한 조를 이루지 않고 송추동 그 여자와 한 조를 이루어 발목을 잡히고 말았다.

묵연은 찻잔을 내려놓고 관자놀이를 주물렀다.

그 자식은 대체 무슨 생각이었을까.

"역시 여자는 여자인 게죠. 남궁사 그 야생마도 여자 앞에서는 고분고분하지 않습니까?"

누군가 감탄하자 일행은 한바탕 떠들썩하게 웃어 댔다.

묵연이 궁금증을 참지 못하고 물었다.

"그럼 엽망석은 어떻게 되었습니까?"

"누구?"

묵연이 다시 한번 말했다.

"엽망석이요."

어리둥절해하는 사람들을 보며 묵연은 마음이 썩 좋지 않았다. 어찌 됐든 전생에 자신을 꽤 괴롭혔던 전쟁의 신이었는데…… 어떻게 아무도 모를 수 있을까.

묵연은 손짓 발짓까지 해 가며 설명했다.

"유풍문의 또 다른 공자 말입니다. 다리가 길고 키도 훤칠하고, 성격이 온화하고 과묵한 사람이요. 큰 검을 차고 있고……."

사람들의 흐리멍덩한 눈빛을 보고 묵연은 결과를 대충 짐작했지만 그래도 남은 말을 마저 했다.

"그리고 활도 쓰고요."

"모르겠네요."

"유명하지 않은 사람 같은데."

"형씨, 누구한테서 들은 거요? 영산논검에 유풍문 제자 열여섯 명이 출전했는데 엽씨는 없었어요."

역시나 이번 생에 엽망석은 출전하지 않았다.

묵연은 잠시 생각에 잠겨 아무 말도 하지 않았다. 주루에서 엽망석이 남궁사에게 집으로 돌아오라고, 대신 자신이 떠나겠다고 했던 말이 생각났다. 그는 문득 마음이 불안해졌다.

그게 정말이었단 말인가?

엽망석이 정말 유풍문을 떠났다고?

전생에 엽망석이 숨이 끊어지기 전, 형을 집행하는 사람에게 유풍문의 영웅묘에 남궁사와 함께 묻히고 싶다고 했던 것이 떠올랐다. 일이 어쩌다가 이렇게 됐을까. 묵연은 탄식을 금치 못했다. 잔잔한 물결이 이렇게나 큰 파도를 일으킬 줄이야.

그야말로 천지개벽이요, 상전벽해였다.

알고 보니 운명의 변화는 비바람처럼 거셌다. 뜨거운 피와 고통의 눈물 없이는 탕아가 귀환할 수 없고 지난날의 악감정을 완전히 없앨 수 없었다. 묵연과 초만녕이 그랬다.

또한 운명의 변화는 아무런 기척 없이 벌어질 수 있었다. 엽망석과 남궁사가 그랬다.

어쩌면 그날 객잔에서 남궁사는 엽망석 일행이 쉴 수 있게 거

뒤 주고, 밤에 목이 말라 차를 마시러 아래층으로 내려갔다가 마침 애처롭고 가련한 송추동과 마주쳤는지도 모른다.

어쩌면 송추동이 그에게 차를 따라 줬는지도 모른다. 또 어쩌면 그녀가 계단을 오르다 발을 삐끗했는지도 모른다. 어떻게 된 일인지 누가 알 수 있으랴.

또 어쩌면 남궁사가 차를 마시다가 부주의하여 널찍한 가슴팍에 흘렸고 그녀가 조심스럽게 손수건 하나를 건넸는지도 모른다.

남궁사는 그저 무덤덤하게 고맙다는 인사만 건넸을지도 모른다.

그런데 그들은 아무도 몰랐을 것이다. 천지가 뒤바뀌듯 그들의 인생이 차 한 잔 때문에, 손수건 한 장 때문에, 고맙다는 인사말 한마디에 완전히 뒤바뀔 수 있다는 것을. 다만 당사자들은 운명이 뒤바뀌는 경천동지의 큰 울림을 듣지 못할 뿐이었다.

남궁사는 하품하며 위층으로 다시 올라갔겠지.

송추동은 가냘프게 서서 그런 그를 바라봤겠지.

엽망석은 방에서 촛불을 켜고 못다 읽은 서책을 마저 읽고 있었겠지.

묵연은 전생에 하늘 높은 줄 모르고 자신이 천하제일 유아독존이며 생사윤회를 철저하게 깨닫고 있다고 믿었다.

오늘에야 그는 깨달았다. 그들은 사실 모두 세상을 떠도는 한 포기 풀에 지나지 않는다는 사실을. 하룻밤 사이에 힘없이 바람에 흩날리고 부서져 비에 우수수 떨어진다는 것을. 누군가 작은 돌멩이 하나만 던져도 푸르른 영혼은 산산이 조각난다는 것을.

멀리 떠내려갔지만, 다시 초만녕 곁으로 돌아올 수 있었던 그는 얼마나 행운아인가.

다시 사존께 충성을 다하고, 다시 초만녕에게 '미안해요, 제가 당신 마음을 저버렸어요.'라고 말할 수 있었으니.

묵연은 차를 마저 마시고 일행과 작별 인사를 했다.

곧 비가 오려는 듯 밖에는 바람이 불었다.

묵연은 장포를 걸치고 무성한 숲으로 걸어 들어갔다.

그의 형체가 아득히 멀어지며 황혼 속에서 점차 하나의 빛으로 작아졌다. 연못에 붓을 씻어 먹물이 번져 나가듯, 점점 옅어지더니 그대로 사라졌다.

우르릉!

음침한 하늘에 천둥 번개가 치고 소나기가 천군만마처럼 세차게 쏟아져 내렸다.

"비가 오는군요."

찻집에서 누군가 고개를 빼꼼 내밀었다가 거센 번개의 기세에 놀라 다시 움츠렸다.

"엄청나게 쏟아지네……. 어휴…… 집에 좁쌀을 널어놓고 나왔는데 걷어 줄 사람이 없어 다 불어 터지겠네."

"됐어요, 나도 이제 모르겠네. 주인장, 차 한잔 더 내오시오. 날이 개면 돌아가지 뭐."

묵연은 빗속을 성큼성큼 걸었다. 전생에 방탕하게 보낸 삼십이 년의 세월로부터 도망치려 했다. 폭우가 그의 악행을 깨끗하게 씻어 줄 수 있을까. 초만녕은 그를 용서했을지 몰라도 스스로는 아직 용서하지 못하고 있었다. 점점 더 무거워지는 마음에 그는 숨이 막힐 것 같았다.

묵연은 남은 생을 다 바쳐 선행을 베풀고 보상하고 싶었다.

그런데 남은 생의 억수 같은 비가 뼛속까지 파고든 죄악과 핏속까지 침투한 더러움을 정말 씻어 줄 수 있을까?

이 비를 오 년 동안 내리게 할 수 없는 게 한스러웠다.

초만녕이 깨어났을 때 그는 사존 앞에서 조금이라도 더 깨끗하고 당당해지고 싶었다.

지금처럼 더러운 모습으로 마주하고 싶지 않았다. 더는 시궁창처럼, 진흙처럼, 짐꾼의 신발에 묻은 먼지처럼, 거지의 발톱에 낀 때처럼 더러워지고 싶지 않았다.

그는 초만녕이 깨어났을 때 조금이라도 더 나은 모습을 보여주고 싶은 마음뿐이었다.

그래야만 세상에서 가장 형편없는 제자가 작은 용기라도 내서 마침내 세상에서 가장 훌륭한 사존을 부를 수 있을 것 같았다.

그날 밤, 묵연은 몸져누웠다.

그의 몸은 항상 튼튼하고 건강했는데, 이런 사람이 병이 나면 마치 산사태처럼 수습할 수 없는 지경이 되기 마련이었다.

그는 침상에 누워 두툼한 이불을 덮고 잠이 들었다. 꿈에서 그는 전생을 보았다. 자신에게 괴롭힘을 당하는 초만녕을, 자신의 몸에 깔려 발버둥 치는 초만녕을, 자신의 품에 안겨 숨을 거둔 초만녕을 보았다. 화들짝 놀라 깨어 보니 밖에는 여전히 바람이 스산하게 불고 비가 추적추적 내리고 있었다. 그는 촛불을 켜려고 부싯돌을 만지작거렸다. 그런데 아무리 켜려고 해도 부싯돌은 켜지지 않았다.

그는 자포자기한 심정으로 부시와 부싯돌을 한쪽에 던져 버리고 손으로 얼굴을 가리고는 벅벅 마른세수를 했다. 그는 머리카락을 움켜잡고 목울대가 부서질 것처럼 고통스럽게 맹수와 같은 비명을 질렀다.

죽음도 면했고 책망도 면했지만 결국 양심의 가책에서 도망치지는 못했다.

두려웠다. 가끔은 꿈인지 생시인지 구분할 수 없어 끊임없이 깨어 있는지 잠들었는지 확인했다.

영혼이 두 동강 난 것처럼 고통스러웠다. 전생의 영혼과 이번 생의 영혼이 서로 물어뜯었다. 하나가 다른 하나에 왜 손에 피를 가득 묻힌 채 이성을 잃고 미쳐 날뛰느냐고 다그치면, 다른 하나도 물러서지 않고 뭘 믿고 아무 일도 없었던 것처럼 뻔뻔하게 이 세상에 살아 있냐고 힐문했다.

분노에 찬 이번 생의 영혼이 전생의 영혼을 비난했다.

묵미우, 답선군, 넌 사람도 아니야. 어떻게 그런 죄업을 쌓을 수 있어! 나더러 이번 생에 어떻게 다 갚으라고!

처음부터 다시 시작하려고 이렇게 발버둥 치는데 너는 왜 끝까지 물고 늘어지는 거야? 왜 꿈에서도, 술에 취했을 때도, 가물거리는 등불 속에서도, 왜 너무 갑작스러워 미처 막아 낼 수 없는 그런 곳들에서 불쑥불쑥 튀어나와 일그러진 얼굴로 나를 저주하는 거야?

왜 백만 번을 고쳐 죽어도 환생하지 못할 거라고, 악한 사람은 결국에는 벌을 받을 거라고 저주하는 거야?

이 모든 게 꿈이라고, 언젠가 산산이 부서질 거라고, 결국 깨어나는 날에는 여전히 무산전에 누워 있는 나를 발견하게 될 거라고, 건방진 웃음을 지으며 평생 나를 아껴 줄 사람은 아무도 없을 거라고 왜 저주를 퍼붓는 거야?

나를 위해 목숨을 내줄 수 있는 단 한 사람, 그런데 내가 그 사람을 죽게 만들었어.

그런데 그 사람이 과연 나였을까?

아니야, 내가 아니야. 당신이잖아, 답선군! 너잖아, 묵미우!

나는 네가 아니야, 나는 너와 달라…….

나는 손에 피를 묻히지 않았어, 난…….

난 처음부터 다시 시작할 수 있어.

다른 반쪽의 영혼도 일그러진 얼굴로 날카로운 이빨을 드러내고 쉬잇, 쉬잇 소리를 내며 고함 쳤다.

양심의 가책을 느낀다며?

잘못했다며?

그런데 왜 안 죽어? 왜 너의 피로 전생에 너 때문에 무고하게 죽은 사람들을 추모하지 않는 건데?

나쁜 새끼! 위선자!

네가 나랑 다를 게 뭐야? 나는 묵미우인데, 너는 아니라는 거야? 전생의 죄업을 지고 있는 한, 전생의 기억이 있는 한, 넌 영원히 날 떨쳐 버릴 수 없어. 내가 바로 너야. 네놈의 마음에 악마가 들어 있어서, 온갖 천신이 너의 구역질 나는 영혼을 심문해서 네가 가위에 눌리는 거라고.

처음부터 다시 시작한다고?

뭘 믿고? 네가 무슨 낯짝으로, 무슨 자격으로 처음부터 다시 시작해? 너는 세상 사람 모두를, 널 사랑하는 사람을 새까맣게 속이고 있잖아.

이런저런 선행을 베푸는 것도 단지 마음속 실낱같은 죄책감을 덜어 내려는 수작이잖아! 하! 묵미우! 그들에게 전생에 네가 어떤 놈이었는지 털어놓을 수 있어?

초만녕에게 전생에 바로 네가! 칼로 그의 목을 찔러 시뻘건 피를 모조리 쏟아 내게 만든 장본인이라고 고백할 수 있어? 네가! 천하를 굶주리게 하고 재난이 끊이지 않게 하여 도처에 고통을 퍼뜨렸다고 말이야!

바로 네가!

하하하하, 짐승 같은 놈. 내가 바로 너고, 네가 바로 나야. 넌 절대 도망갈 수 없어. 내가 바로 너라고, 묵미우. 아니라고 할 수 있어?

묵연은 고통스러워 실성할 지경이었다. 그는 다시 침상 옆으로 가서 부시와 부싯돌을 집어 촛불을 켜서 흉악한 발톱으로 그를 마구 할퀴는 어둠을 쫓아내려고 했다.

그런데 촛불마저 그를 버렸고 촛불마저 그를 구하려 하지 않았다.

그는 어둠 속에 내동댕이쳐진 채 바들바들 떨리는 손으로 한 번, 또 한 번 부싯돌을 비볐다. 한 번, 또 한 번, 분명 아무것도 없었다. 아무것도 없었다.

그는 결국 침상에 쓰러져 엉엉 소리 내어 통곡했다. 그는 중얼중얼 계속해서 사과했다. 어둠 속 그의 침상을 사람들이 빙에워싸고 있는 것 같았다. 우글거리는 그림자들은 그를 저주하고 욕설을 퍼부으며 한평생 악행을 저질렀다고 손가락질했다. 묵연은 어떻게 해야 할지 몰라 끊임없이 웅얼거렸다.

"미안해…… 미안합니다…….."

그러나 아무도 그를 거들떠보지 않았다.

아무도 그를 용서하려 하지 않았다.

그는 이마가 펄펄 끓어오르고 가슴이 활활 불타올랐다.

문득 누군가 가볍게 탄식하는 소리가 들렸다.

눈을 떠 보니 온갖 잡귀신 중에 초만녕도 와 있었다. 초만녕은 여느 때와 같이 하얀 옷을 바닥에 질질 끌고 있었고 여전히 이목구비가 수려했다.

그가 다가와 침상 옆에 섰다.

묵연이 흐느끼며 말했다.

"사존…… 저는…… 사존을 다시 만날 자격이 없는 거죠…….."

초만녕은 아무 말도 하지 않고 부시와 부싯돌을 들어 묵연이 한 번도 켜지 못한 촛불을 천천히 밝혔다.

사존이 있는 곳에는 언제나 불이 있었다.

초만녕이 있는 곳에는 언제나 빛이 있었다.

그는 촛대 앞에 가늘고 긴 속눈썹을 늘어뜨린 채 서서, 천천히 시선을 돌려 묵연을 물끄러미 바라보곤 옅은 미소를 지었다.

"얼른 자거라, 묵연. 봐라, 촛불이 켜졌다. 두려워하지 마라."

묵연은 묵직한 뭔가에 심장을 세게 맞은 것 같고 두개골이 깨질 것처럼 아팠다. 어딘가 귀에 익은 말, 언젠가 들어 본 적 있는 말 같았다.

그런데 도무지 생각나지 않았다.

초만녕이 옷소매를 탁탁 털며 그의 침상 옆에 앉았다. 찬비가 내리는 밤, 방 안엔 따스함이 감돌았고 모든 어둠이 사라졌다.

초만녕이 말했다.

"내가 곁에 있겠다."

묵연은 심장이 비틀어지는 것처럼 아팠다.

"사존, 가지 마세요."

그는 초만녕의 넓은 옷소매에 가려진 손을 덥석 잡았다.

"그래."

"사존이 가면 어둠이 찾아와요."

묵연은 눈물을 흘리면서도 부끄러운 마음에 한 손으로 눈을 가렸다.

"제발, 저를 버리지 마세요……. 이렇게 빌게요……. 저는 정말…… 저는 정말 다시는 제군이 되고 싶지 않아요. 사존…… 저를 버리지 말아 주세요……."

"묵연……."

"제발."

펄펄 끓는 머리가 어질어질해서 그런지 그는 기운이 없었다. 이 모든 게 꿈이라는 것을, 잠에서 깨면 초만녕이 곧바로 사라진다는 것을 어렴풋이 알고 있는 그는 계속해서 웅얼거렸다.

"제발, 저를 버리지 마세요."

그날 밤, 꽁꽁 얼어붙은 창밖에 수없이 많은 원혼이 몰려와 그의 목숨을 앗아 가려는 것처럼 창문을 부서져라 두드렸다.

그런데 묵연의 꿈에 나타난 초만녕은 촛불을 밝혀 한 줄기 미약한 빛으로 끝없는 한기를 쫓아내 줬다.

"그래, 가지 않겠다."

"가지 않겠다고요?"

"가지 않으마."

묵연은 입을 열어 고맙다고 하고 싶었지만, 목구멍에서는 개들이 조심스럽게 주인의 비위를 맞출 때 내는 소리처럼 처량하게 흐느끼는 소리만 흘러나왔다.

"모두 떠나지 않겠다고, 나를 버리지 않겠다고 말했어요."

꿈속으로 빠져들려는 순간 묵연은 갑자기 반쯤 뜬 눈으로 비몽사몽 중얼거렸다.

"그런데 결국에는 모두 저를 버렸어요. 아무도 저를 아껴 주지 않았어요. 저는 인생의 반을 버려진 개처럼 살았어요……. 처음 며칠 동안은 저를 데리고 있다가 다시 냉정하게 버렸어요……. 너무 힘들어요…… 너무……. 사존…… 저는 정말 너무 힘들어요. 더는 견딜 수 없어요, 더는 앞으로 나아갈 힘이 없어요……."

여기저기를 떠도는 들개처럼 거리에 나앉아 털이 꼬질꼬질해지고 살갗이 찢어진 그는 살아남기 위해 먹이를 두고 어쩔 수 없이 거지와 들고양이들과 싸워야 했다.

오랫동안 괴롭힘을 당하다 보니 아무도 믿지 못하게 되었다. 누군가 쪼그리고 앉으면, 주인 있는 개는 먹이를 달라고 얌전히 기다리지만 버려진 개들은 자기를 향해 돌멩이를 던지려는 줄 안다. 허둥지둥 불안에 떨면서 걷고 또 걷고, 모두에게 날카로운 이빨을 드러내며 으르렁거렸다. 그게 그의 운명이었다.

"사존, 저를 버리고 싶은 날이 오거든, 저를 죽여 주세요. 버리지만 말아 주세요."

묵연이 흐느끼며 속삭였다.

"끊임없이 버림받는 일은 너무 견디기 힘들어요, 차라리 죽는 한이 있더라도……."

　열에 정신이 혼미하고 머리가 흐리멍덩해진 모양이었다.

　마지막에는 자신이 지금 어디에 있는지, 꿈에 나타난 사람이 도대체 누구인지도 기억하지 못했다.

　"어머니."

　깊은 잠에 빠지기 전에 그는 마지막으로 내뱉었다.

　"어둠이 오고 있어요, 무서워요……. 집으로 돌아가고 싶어요……."

122장 사존의 환생

꽃이 피고 지기를 되풀이하며 시간이 흘렀다. 홍련수사 밖의 결계는 아침저녁을 막론하고 미세하게 빛을 발했다. 안에 있는 사람은 밖으로 나올 수 없고 밖에 있는 사람은 안으로 들어갈 수 없었다.

오 년이라는 시간이 순식간에 흘러갔고, 세상은 주마등처럼 하루하루 다르게 변해 갔다.

찻집에서, 역사서에서…… 세월은 한 줄 또 한 줄의 글자가 되어 하나 또 하나의 이야기로 기록되었다.

지난 일들이 눈에 선했다.

초만녕이 관문을 닫은 첫해, 그의 제자 묵연은 하산했고 설몽과 사매는 사생지전에 남아 스스로 수련했다.

그해, 묵연의 글씨는 과거보다 훨씬 정갈해졌고 설몽은 적멸도 제9장을 완벽하게 장악했으며, 사매는 연말이 되기도 전에 고월야 약학 문파와 토론하고 연구하며 다양한 지식을 쌓았다.

그 기간, 묵연은 익주의 소금 장수 상씨 집안을 방문해 사적으로 상 공자를 찾았다가 상 공자가 며칠 전 돌연 사망했다는 소식을 들었다. 귀계에서 상 공자와 가짜 구진이 결탁했다는 정보를 입수하고 내막을 알아보려고 찾아간 것이었는데, 상대가 진작 사람을 죽여 입을 막아 버리고 시체까지 태워 버렸을 줄이야.

단서가 끊겼다.

초만녕이 관문을 닫은 이듬해, 수진계는 영산논검을 열었다. 설몽이 우승하고 매함설이 2등, 남궁사가 3등을 했다. 사매는 하수진계에 개업하여 사람들을 치료하기 시작했고, 묵연은 전국 방방곡곡을 돌아다니며 요괴를 물리치고 선행을 베푼 뒤 산림에 돌아가 수행을 했는데 그 행방이 묘연했다.

초만녕이 관문을 닫은 세 번째 해에는 귀년이라 음기가 넘쳐 흘렀다. 채접진에서 혈전을 펼쳤던 곳은 결계가 약해져 밤이 되면 괴물들이 몰려와 곡소리를 냈다. 설몽이 사생지전 제자들을 거느리고 진압에 나섰다. 과거 악귀가 하늘을 가리던 때의 광경이 재현되지는 않았지만, 하수진계는 흉년이 들어 백성이 안심하고 살아갈 수 없는 지경이 되었다.

상수진계는 땅덩어리가 아주 넓고 백성이 많았다. 하수진계에 문제가 생기자 상수진계의 아홉 문파는 스스로를 보호하기 위해 각자 제자를 100명씩 파견하여 상수진계와 하수진계의 경계를 지키게 하고, 방어벽을 세워 요괴나 이재민들이 동쪽으로 넘어오지 못하게 했다.

돌아갈 집이 없는 하수진계 이재민들은 모두 성벽 밖에서 입

성을 거절당했다. 구불구불한 성벽은 귀신뿐만 아니라 사람도 막았다. 그리하여 성벽 안은 태평세월이지만 성벽 바깥은 온통 시체로 가득했다. 설정옹이 몇 번이고 상수진계와 교섭을 시도했지만 번번이 실패했고, 당시 사생지전 제자들이 채접진에서 쏟았던 뜨거운 피는 모두 허사가 되었다.

그해 말, 산속에서 조용히 수련하던 묵연은 백부의 서신을 통해 촉 땅에 난리가 났다는 소식을 듣고 다시 속세로 돌아왔다.

초만녕이 관문을 닫은 네 번째 해.

묵연과 설몽이 힘을 모아 사생지전의 제자들을 이끌고 귀신들을 처단하고 하수진계를 평정했다. 결국 채접진, 이 외나무다리에서 다시 맞붙어 설자명은 온갖 요괴를 토벌하여 몰아냈고, 묵미우는 천열을 봉합하고 혼자 힘으로 사악한 기운을 봉인했다.

이 전투가 끝난 후 상수진계는 성벽을 허물고 하수진계 백성들의 출입을 허락했다.

설몽과 묵연은 만천하에 명성을 떨치게 되었다. 설몽은 봉황의 아들로 아무도 범접할 수 없는 위엄과 명망을 얻었고, 묵연은 천열을 봉합할 때 결계 기술이 초만녕과 매우 흡사하다 하여 '묵 종사'로 불리게 되었다.

그렇게 세월은 덧없이 흘러갔다.

설몽은 영산논검에서 널리 명성을 떨쳤지만 소년 때처럼 우쭐거리며 뽐내거나 자만하지 않고 시간 날 때마다 대나무 숲에서 수련에 집중했다. 혹독하게 추운 겨울이든 무더운 여름이든 하루도 빼먹는 일이 없었으며 간혹 몸이 아파도 절대 쉬지 않았다.

그는 사존의 말을 가슴 깊이 새겼다. 신무가 없어도 하늘의 총아는 여전히 하늘의 총아라고, 그저 더 많은 피와 땀을 흘리면 되는 거라고. 타고난 자질이 뛰어나지 않아도 각고의 노력과 부지런함을 따라올 자는 없는 법이라고.

그는 가끔 도법 연습이 끝나면 나뭇잎이 살랑살랑 흔들리는 대나무 숲속에 자리 잡고 앉았다. 숲속을 훤히 내리비치는 햇빛을 맞으며 고개를 돌리면 눈앞이 아득해지면서 바위에 앉아 나뭇잎을 불고 있는 작은 뒷모습이 보이는 것 같았다.

그럴 때면 그는 저도 모르게 그날 몸이 작아진 초만녕이 숲속에 앉아 그의 도법 연습을 지켜보며 높아졌다 낮아졌다 하는 풀피리 연주 소리와 함께 언제 동작을 빨리하고 언제 동작을 늦춰야 하는지 가르쳐 주던 게 떠오르곤 했다.

설몽은 고개를 비스듬히 젖히고 찬찬히 회상했다. 그 연주 소리가 바로 귀 옆에서 들려오는 것 같았다.

그래서 그는 눈을 감고 정신을 가다듬었다. 다시 눈을 떴을 때는 메마른 대나무 이파리가 흩날리는 게 보였다. 그때, 갑자기 그의 눈에 차가운 도광이 번쩍이더니 휙휙 소리와 함께 칼 그림자가 절도 있게 움직였다. 내찌를 때는 거센 파도나 번개처럼 힘이 가득 담겨 있었고 거둬들일 때는 눈송이가 흩날리는 것처럼 부드럽고 유연했다.

용성을 거두고 몸을 바로 하니 메마른 나뭇잎은 천 조각 만 조각으로 산산조각이 난 채 조용히 신발 옆에 떨어졌다.

고개를 숙였을 때 그 앳된 얼굴은 영락없이 감정을 억누르지 못하는 소년의 얼굴이었다.

다시 고개를 들었을 때의 얼굴은 이목구비가 또렷하고, 눈빛은 침착하게 맑고 차가웠다. 마치 거센 계곡물이 마침내 호수와 바다로 흘러 들어가 평온을 되찾은 듯했다.

오 년이 흘렀다.

설몽은 칼을 들어 올려 새하얀 천으로 칼에 내린 서리를 닦아 내고 있었다. 칼집에 넣으려는 순간, 멀리서 다급한 발걸음 소리가 들려오더니 한 제자가 그를 연신 부르며 헐레벌떡 달려왔다.

"소주! 소주!"

"무슨 일이야?"

설몽이 미간을 찌푸리며 나무랐다.

"허겁지겁하긴. 몸가짐이 단정하지 못하게 그게 뭐냐. 무슨 일인데?"

"홍련수사……."

상대는 숨이 턱 끝까지 차올라 얼굴이 시뻘게져 거친 숨을 내쉬며 말했다.

"회죄, 회죄대사께서 떠나셨어요! 옥, 옥형 장로님이…… 깨…… 깨어나셨어요!"

챙그랑. 설몽의 모든 전투에 함께했던 무기, 패도 용성이 바닥에 떨어졌다.

설몽의 뽀얀 얼굴이 순식간에 새하얗게 질리더니 이내 벌겋게 달아올랐다. 그는 입만 뻐끔거리다가 무기를 줍는 일도 까맣게 잊어버리고 그대로 사생지전의 남봉으로 내달렸다. 휘청거리던 그는 하마터면 돌부리에 걸려 넘어질 뻔했다.

"사존! 사존!"

조금 전까지 몸가짐을 단정히 해야 한다며 설교를 퍼붓던 설자명은 몸가짐이며 예절 따위를 신경 쓸 겨를이 없었다.

홍련수사까지 단숨에 뛰어가 대문에 들어서기도 전에 설몽은 안에서 성큼성큼 걸어 나오는 설정옹과 마주쳤다. 아들이 악착같이 안으로 들어가려고 하자 설정옹이 환하게 웃으며 그를 끌어안았다.

설몽이 애가 타서 외쳤다.

"아버지!"

"그래그래, 네가 옥형을 만나고 싶어 하는 거 나도 안다."

설정옹이 미소를 띠며 달랬다.

"그런데 지금 막 깨어난 터라 기력이 부족해서 나와 몇 마디 나누고는 다시 잠들었어. 쉬고 있는 사존을 깨워서야 되겠느냐?"

설몽은 얼떨떨해서 말했다.

"맞는 말씀이에요, 그렇지만……."

오 년이라는 세월은 정말 견디기 힘들었다. 그는 사존께 들려주고 싶은 이야기가 너무 많았다. 당장에라도 달려가 영산논검에서 우승했다고, 백성들에게 화를 입히는 귀신을 진압했다고…… 모두 말하고 싶었다.

"철 좀 들거라."

철 좀 들라는 말이 마음에 걸려 설몽은 고분고분해졌다. 그는 길게 한숨을 내뱉으며 발걸음을 멈췄지만 고개를 길게 빼고 안을 들여다보았다. 그렇게 하면 건장한 아버지의 몸을 뚫고 굳게 닫힌 문을 지나 침상에 누워 있는 그 사람을 볼 수 있기라도 한 것처럼.

설몽이 미련을 버리지 못하고 말했다.

"그냥, 그냥 들어가서 얼굴만 보고 나오겠습니다. 말은 하지 않겠어요."

"내가 널 모르겠느냐? 기분이 좋으면 방방 뛰고 고래고래 소리 지르잖니."

설정옹이 그를 흘겨보았다.

"영산논검에서 우승하고 돌아와서 어떻게 했더라? 바깥사람들 앞에서는 도도하고 점잖게 굴더니 집에 돌아와서는 보는 사람마다 붙잡고 어떻게 남궁사를 발로 걷어차 굴러떨어지게 했는지 영웅담을 떠들어 대는 바람에, 지금은 맹파당의 이씨 아주머니도 네 말을 토씨 하나 틀리지 않고 줄줄 외울 정도다. 말을 안 하겠다고? 누가 믿는다고?"

"……알겠습니다."

설몽은 풀이 죽어 말했다.

"아버지 말씀이 옳아요."

"그럼, 이 아비 말이 언제 틀린 적 있더냐."

설몽이 입을 삐죽거리더니 궁금증을 참지 못하고 물었다.

"아버지, 사존은 지금 어떠세요?"

"괜찮다. 회죄대사가 적심류 여독을 모두 제거했어."

"아, 그럼 사존은 이제 다시는 꼬마 사제의 모습으로 돌아가지 않겠네요?"

"하하, 그럼."

설몽은 머리를 긁적거렸다. 다시는 하사역의 모습을 볼 수 없다는 것이 조금은 아쉽기도 했다.

"그럼, 다른 데는요? 어디 불편하신 데는 없는 거죠?"

"걱정 마라. 아픈 곳은 없다. 설사 있다고 해도 오 년이나 누워 있었다는 걸 알고 나서 안색이 안 좋아지는 정도일 게다."

설정옹은 초만녕의 표정을 떠올리며 웃었다.

"지금은 기운이 없으니 망정이지, 안 그랬으면 날 붙잡고 이것저것 많이 물어봤을 거야. 아, 참……."

그는 불현듯 뭔가 떠올랐다는 듯 설몽에게 말했다.

"몽아, 네게 맡길 임무가 있다. 옥형이 세상과 담을 쌓고 있던 시간이 너무 길어서 세간의 많은 일을 놓쳤지 않으냐. 우리가 얘기해 주는 거로는 부족하겠지. 듣는 사람도 힘들고 말하는 사람도 입 아프고 말이야. 이렇게 하자꾸나. 네 어머니한테 은전 몇 닢 받아서 무상진으로 내려가 책을 몇 권 사 오거라. 그 뭐냐, 해마다 있었던 일들을 기록해 놓은 책 있지? 크고 작은 일들을 일일이 기록한 책 말이야. 가서 사다가 직접 읽어 보게 해."

설몽은 내심 불만이었다. 뭐야, 내가 소란스럽게 굴까 봐 산 밑으로 심부름시키려는 거잖아.

그런데 다시 생각해 보니 사존을 위한 심부름이라는 생각에…… 마음이 한결 가벼워졌다. 어차피 지금 사존은 다시 잠드셨고…… 그대로 방에 들어가면 감정이 북받쳐 와락 달려들어 그를 깨울지도 몰랐다.

설몽은 다시금 한숨을 길게 내뱉으며 내키지 않는 듯 중얼거렸다.

"알겠습니다. 책 사 오면 될 거 아니에요."

"많이 사 오거라. 상수진계, 하수진계 할 것 없이 다 쓸어 와. 옥형은 원래부터 독서를 즐겨 하니까."

"네, 네."

설몽은 풀이 죽어 묵묵히 마을로 내려갔다.

책 읽는 것을 별로 좋아하지 않는 설몽은 무상진의 책 파는 노점 앞에서 요리조리 살펴보았다. 제목만 봐서는 도무지 내용 파악이 되지 않았다. 그는 아예 쪼그리고 앉아 주인장에게 물었다.

"아저씨, 최근 몇 년 동안 수진계에서 일어난 일을 엮은 책 있을까요? 몇 권 골라 주세요."

그가 봉황의 아들 설자명이라는 건 몰랐지만 사생지전 사람인 걸 알아본 주인장은 잔뜩 흥분하며 열정적으로 설명했다.

"선군께선 역사를 기록한 책을 찾으시는군요? 당연히 있죠. 정사, 야사 빠짐없이 있습니다! 인물 전기며 연도별 역사, 지역별 역사, 요괴 제압기, 강호에서 가장 인기가 많은 이야기꾼의 친필 원고까지 없는 게 없지요. 선군, 어떤 게 마음에 드십니까?"

설몽은 듣고 있자니 머리가 지끈지끈 아팠다. 그가 손을 휘휘 저으며 말했다.

"몽땅, 몽땅 주세요. 돈은 넉넉히 있어요."

장사꾼에게 가장 기분 좋은 말은 '널 사랑해', '넌 내가 제일 아끼는 사람이야', '널 갖고 싶어'가 아니라 '살게요', '돈은 넉넉히 드릴게요', '종류별로 다 주세요' 같은 말이다.

주인장은 냉큼 손을 비비적거리며 대답하고는 메고 온 책 상자에서 싱글벙글 책을 고르기 시작했다. 할 일이 없는 설몽은 손 가는 대로 아무거나 한 권 집어서 펼쳐 보았다. 그가 집은 책은 얇디얇은 소책자였는데 꽤 흥미로웠다. 첫 장에는 이렇게 쓰여 있었다.

[수진계 부자 순위

1위 강희(신분: 임령서 고월야 장문)

2위 남궁류(신분: 임기 유풍문 장문)

3위 마운(신분: 서호 도포산장 주인)

......]

대충 이런 내용이었는데 깨알같이 작은 글씨로 거침없이 한 장이 꽉 채워져 있었다.

설몽은 이내 그 책에 푹 빠졌다. 그는 자신의 순위가 어느 정도인지 너무 궁금해 위아래로 네다섯 번을 샅샅이 훑어봤지만 결국 '설몽'이라는 두 글자는 찾을 수 없었다.

크게 낙담한 그는 울화가 치밀었지만 포기하지 않고 뒷장으로 넘겨 계속 찾아보려 했다. 그런데 거기에는 이름 서너 개와 글귀가 한 줄 달랑 있을 뿐이었다.

[능력의 한계로 순위는 100위까지 기록하며, 100위 밖의 순위는 따로 기록하지 않았습니다.]

설몽이 버럭 화를 내며 책을 내팽개쳤다.

"내가 이렇게나 가난하단 말이야?"

주인장은 화들짝 놀라며 그가 읽은 책을 보더니 다급히 한쪽으로 치우고 그를 달랬다.

"선군, 진정하세요. 민간에서 순위를 매긴 이런 책자는 늘 엉망진창입니다. 지역에 따라 내용이 다르기도 하고요. 임기에서 파는 책을 사면 1등이 유풍문의 남궁 장문일걸요? 심심풀이로 대충 엮은 책이니 화내지 마세요. 화낼 필요도 없고요."

그 말을 들으니 또 그럴듯했다. 책의 다른 내용도 궁금해진 설몽은 '홍' 하고 콧방귀를 뀌고는 주인의 손에서 책을 도로 뺏어 와 아무렇게나 두어 장 펼쳐 보았다.

그런데 이번에는 더 요상한 순위가 눈에 띄었다.

[오만방자한 명문 공자 순위]

123장 사존에겐 동반자가 필요 없다

거기에는 정갈한 글씨체로 다음과 같이 반듯하게 쓰여 있었다.

[1위 남궁사(신분: 유풍문 소주)

2위 설몽(신분: 사생지전 소주)]

설몽은 책을 확 덮어 버렸다. 화가 나서 얼굴 근육까지 바들 바들 떨렸다. 조금만 정신을 놓아도 속에서 들끓는 맹렬한 분노를 잠재우지 못하고 당장에라도 책을 태워 버릴 것만 같았다.

"좋아요."

설몽은 굳은 얼굴로 그 책자를 손에 든 채, 안절부절못하는 주인장을 툭툭 치더니 잇새로 한 글자 한 글자 짓씹듯 내뱉었다.

"이 책은 따로 싸 주시죠. 돌아가서 상세히 연구해 보게요."

설몽은 '아무렇게나 매긴 순위'가 수록된 소책자를 옷섶에 거칠게 밀어 넣고는 주인장이 골라 준 책 더미를 안고 건들건들 산을 올랐다.

화가 났다.

화가 치밀어 죽을 것 같았다.

오만방자한 명문 공자 2위?

퉤! 어느 눈깔 삔 놈이 순위를 매겼는지 알 수만 있다면 당장에라도 끄집어내 바닥에 눕혀 놓고 한 100대는 두들겨 패야 직성이 풀릴 텐데! 빌어먹을 오만방자는 무슨 오만방자! 이 개새끼야!

톡 하고 건드리기만 해도 바로 폭발할 것 같던 분노는 날아갈 듯한 기쁨과 중화되어, 홍련수사에 도착했을 때는 정상으로 돌아왔다. 여전히 흥분 상태이기는 하지만 조금 전에 화를 버럭 냈던 터라 흐리멍덩했던 머리도 맑아졌다.

홍련수사 밖에는 제자들이 돌계단 두 개를 가득 메운 채 지키고 서 있었다. 문지기 제자들은 장로가 편히 쉴 수 있게 아무도 들여보내지 않았다.

그런데 소주인 설몽을 감히 누가 막으랴?

설몽은 아주 수월하게 곧장 안으로 걸어 들어갔다.

날이 벌써 어둑어둑해지고 있었다. 반쯤 열어 둔 홍련수사의 창문에서는 꿀처럼 부드러운 빛이 새어 들었다. 사존이 깨어났는지 알 수 없어 설몽은 책 꾸러미를 끌어안고 살금살금 문을 열고 들어갔다.

너무 조용한 나머지 가지 끝에서 폴짝폴짝 뛰어다니는 작은 새처럼 팔딱팔딱 뛰는 자신의 심장 소리가 들릴 것만 같았다.

그는 잠시 '아무거나 순위'를 잊고 초롱초롱한 눈으로 숨을 죽인 채 정신을 가다듬고 침상을 바라보았다.

잠시 침묵. 설몽은 어리둥절했다.

"엥?"

침상에 왜 아무도 없지?

앞으로 다가가 자세히 보려는 순간, 얼음장처럼 차가운 손 하나가 그의 어깨에 툭 떨어졌다.

습하고 찬 수증기가 번져 있는 듯한 목소리가 뒤에서 유유히 들려왔다.

"함부로 홍련수사에 쳐들어오다니, 무슨 의도냐?"

설몽이 뻣뻣하게 고개를 돌리고 보니 핏기 없이 창백한 얼굴 하나가 눈앞에 있었다. 방 안이 어두컴컴해서 누군지 미처 제대로 확인하기도 전에, 화들짝 놀란 그는 기합을 지르며 팔을 들어 올려 상대를 향해 내리찍었다.

그런데 상대가 한발 더 빨랐다. 상대는 번개처럼 빠른 손놀림으로 설몽의 목울대를 툭 치더니 곧장 복부에 일격을 가해 그를 꿇어앉혔다. 안고 있던 책 더미가 와르르 쏟아지면서 설몽은 보기 좋은 꼴이 되었다.

설몽은 그저 갑작스러운 공격에 흠칫 놀랐을 뿐인데 상대가 손쉽게 자신을 꿇어앉혀 제압하자 경악을 금치 못했다.

지금의 그는 옛날의 그가 아니었다. 오 년 동안 각고의 노력 끝에 남궁사도 그의 상대가 되지 않을 정도로 발전했는데, 얼굴도 제대로 보지 못한 이 상대는 두 수만에 반격할 여지도 없이 그를 완벽하게 제압해 버렸다. 도대체 누구일까?

온몸의 피가 머리로 솟아올라 머릿속에서 윙윙 소리가 났다.

바로 이때, 매섭고 냉랭한 목소리가 들렸다.

"오 년간 폐관을 했더니 개나 소나 내 방에 드나드는군. 누구의 제자냐? 스승이 누구야? 예의도 안 가르치더냐?"

말이 떨어지기 바쁘게 설몽이 그를 와락 끌어안으며 목 놓아 외쳤다.

"사존! 사존!"

설몽은 참으려고 했지만 결국 참지 못하고 눈물을 줄줄 흘리며 고개를 들어 초만녕을 바라보았다.

"사존, 저예요……. 보세요…… 저라구요……."

알고 보니 초만녕은 일어나자마자 목욕을 하고 와서 몸과 손이 차갑고 습기가 남아 있었던 것이었다. 초만녕은 그대로 제자리에 굳어 버렸다. 주변은 여전히 어두웠지만 진정하고 나니 누군지 알아볼 수 있었다.

앞에 꿇어앉은 사람은 스무 살 남짓 되어 보이는 젊은이였다.

그의 새하얀 피부는 새까만 눈썹을 더욱 돋보이게 했고 두 눈과 미궁(眉弓) 사이가 보통 사람들보다 좁아 이목구비가 더욱 또렷했다. 도톰한 입술에는 윤기가 흐르는 게 아주 보기 좋았다. 이렇게 생긴 얼굴은 설사 화를 내더라도 어딘가 응석받이 같은 구석이 있었고 '요염'과 같은 수식어가 붙기 마련이지만, 그는 전혀 그렇지 않았다.

사람의 얼굴에서 가장 운치 있는 곳은 단연 눈이다. 설몽의 눈은 독한 술과 같았다. 언제나 매섭고 열렬하며 건방진 빛을 내뿜어 상대를 압도했다.

설사 그 술을 희고 부드러운 옥주전자에 담는다 해도 절대 쉽게 고분고분해지지 않았다.

오 년이라는 세월이 흘렀다. 초만녕이 죽었을 때 열여섯 살에 불과했던 설몽은 어느덧 스물한 살이 됐다.

십 대 후반은 남자가 가장 많이 변하는 시기로, 해마다 모습이 달라진다. 오 년이나 보지 못하다가 이렇게 불쑥 만나게 되니 초만녕이 단번에 알아보지 못했던 것이다.

"……설몽."

한참 뒤에야 초만녕은 그를 바라보며 천천히 불렀다.

부르는 것 같기도 하고 자신을 일깨우는 것 같기도 한 목소리였다.

이 사람이 설몽이다. 지금의 설몽은 내가 기억하는 앳된 소년이 아니다. 그는 성인이 되었다. 어깨도 넓어지고 키도 크고…….

초만녕이 담담하게 그를 일으켜 세우며 말했다.

"왜 무릎을 꿇고 있느냐. 일어나거라."

설몽이 일어서니 키가 초만녕과 엇비슷했다.

젊은 사람의 세월은 유난히 빨리 흘러가 순식간에 철부지의 모습에서 성숙한 모습으로 변하기 마련이다. 깨어나서 처음 만난 사람이 설정옹이었던 초만녕은 오 년이라는 세월이 얼마나 긴 세월인지 별로 체감하지 못했다. 그런데 이렇게 설몽과 마주해 보니 강산이 변하고 많은 일과 사람들이 모두 예전 같지 않다는 것을 문득 깨닫게 되었다.

"사존, 영산논검에서 제가……."

설몽은 간신히 진정하고 초만녕을 붙잡고 이것저것 얘기하기 시작했다.

"제가 우승했어요."

초만녕은 그를 힐끔 보더니 입가에 미소를 띠었다.

"당연히 그래야지."

설몽이 얼굴을 붉히며 말했다.

"저, 저 남궁사와 맞붙었어요. 그, 그는 신무를 들었지만 저는 없이 싸웠어요. 전⋯⋯."

설몽은 말하다 보니 너무 대놓고 칭찬을 갈구하는 것 같아, 돌연 부끄러운 마음이 들어 고개를 떨구고 옷깃을 매만졌다.

"사존 얼굴에 먹칠하지 않았어요."

초만녕이 담담하게 웃으며 고개를 끄덕이더니 갑자기 말했다.

"고생 많았겠구나."

"고생은요! 고생은요!"

설몽은 잠시 주저하다 말했다.

"오히려 즐거웠어요."

손을 뻗어 예전처럼 그의 머리를 쓰다듬어 주려던 초만녕은 설몽이 이제 아이가 아니라는 생각에 그렇게 하는 게 타당하지 않을 것 같았다. 그는 다시 손을 내려 그의 어깨를 톡톡 두드렸다.

스승과 제자 두 사람은 바닥 가득 널려 있는 책들을 주워 책상 위에 올려놓았다.

"뭘 이렇게 많이 샀느냐?"

초만녕이 말했다.

"이 많은 걸 언제 다 읽으라고?"

"많지 않아요. 사존은 한눈에 열 줄씩 읽으시니 하룻밤이면

다 읽으실 거예요."

시간이 많이 흘렀지만 스승을 존경하고 우러러보는 설몽의 마음은 예전 그대로였다. 오히려 초만녕이 무슨 말을 하면 좋을지 몰라 침묵을 지켰다. 그는 어색함에 촛불을 켜고 손이 가는 대로 책을 한 권 집어 들었다.

"강동당(江東堂)의 장문이 바뀌었군."

"네, 바뀌었어요. 새로운 장문은 여자인데 듣자니 성격이 무지 고약하다고 하더라고요."

초만녕은 계속 읽어 내려갔다. 강동당에 관한 기록이었는데 그것은 가히 거침없이 쓴 한 편의 대작이었다. 초만녕은 '강동당의 새 장문 이력'을 집중해서 읽다가 문득 무심히 물었다.

"묵연…… 은 요 몇 년간 어떻게 지냈느냐?"

그는 감정을 절제하며 담담하게 물어보려고 애를 썼다.

그 때문에 설몽도 별로 갑작스럽다는 느낌 없이 무덤덤하게 대답했다.

"그럭저럭 잘 지냈어요."

초만녕이 시선을 위로 옮기며 물었다.

"그럭저럭 잘 지냈다는 게 무슨 말이지?"

설몽이 적합한 단어를 고르며 말했다.

"제법 사람 같아졌어요."

"전에는 사람 같지 않았더냐?"

설몽이 뭐라고 말하기도 전에 초만녕은 고개를 끄덕끄덕하더니 말했다.

"사람 같지 않았지. 계속해서 말해 보렴."

설몽의 주특기는 자신의 영웅담을 길고 멋들어지게 얘기하고 다른 사람, 특히 묵연의 공적은 짤막하게 뭉뚱그리는 것이었다.

"요 몇 년간 여기저기 돌아다니더니 철이 좀 들었어요."

설몽이 말했다.

"다른 건 뭐 없어요."

"영산논검에는 출전하지 않았고?"

"네. 그때 눈 덮인 골짜기에서 수행하고 있었거든요."

초만녕은 더 물어보지 않았다.

그 뒤로도 두 사람은 이런저런 얘기를 더 나눴다. 설몽은 하고 싶은 말이 아직 많았지만, 초만녕이 힘들까 봐 가까스로 자제하며 방을 나왔다.

설몽이 떠난 뒤 초만녕은 옷을 입은 채 침상에 누웠다.

귀계에서 있었던 일들을 전부 기억하고 있는 그로서는 묵연의 변화가 별로 놀랍지 않았다. 다만 세월이 덧없이 흐르고 계절이 여러 번 바뀐 사이 설몽도 알아보지 못할 정도로 성장했는데 묵연은 어떻게 변했을지 궁금했다.

설정옹이 떠나기 전에 했던 말이 떠올랐다.

– 옥형이 관문에서 나온 기념으로 내일 맹파당에서 연회를 열겠네. 거절할 생각은 하지 말게. 묵연 그 녀석에게 이미 서신을 넣었으니까. 먼 길을 서둘러 돌아온 녀석에게 밥 한 끼는 먹여야 하지 않겠나?

초만녕은 거절하지 않았다. 떠들썩한 연회를 즐기는 편은 아니었으나 묵연은 언제나 그의 약점이었다.

설정옹에게 듣자니 지난번 채접진 천열 때 백설산 자락의 마을이 하루아침에 폐허가 되었고 겨우 살아남은 사람들도 크게 다쳐 피해가 이만저만이 아닌 모양이었다. 마을은 흉물스럽게 버려졌고 설원 전체가 생지옥으로 변해 버렸다.

요즘 묵연은 그곳에서 마을 재건을 돕고 있었다.

초만녕은 촛불 아래에서 책을 한참 더 읽었지만 결국은 참지 못했다. 그는 일어나 옷소매를 휙 휘둘러 전음해당화 한 송이를 소환하고는 잠시 생각한 뒤 말했다.

"존주, 서신 한 통을 더 전해 주십시오. 묵연에게 제때 오면 좋고 제때 못 와도 잘못을 묻지 않을 테니 너무 서두르지 말라고. 날씨가 점점 추워지는데 백설산은 매년 예외 없이 혹한이 닥치는 곳이니 대강 넘기지 말고 마을을 잘 재건하라고 전해 주십시오."

해당화를 날려 보내고 난 후에야 초만녕은 가볍게 한숨을 내쉬고 침상으로 돌아가 수진계 편년사를 집어 읽기 시작했다.

그의 책 읽는 속도는 설몽이 말한 정도로 대단하지는 않아, 복잡하고 방대한 책들을 하룻밤에 다 읽는 건 불가능했다. 그러나 역사책 몇 권 정도는 힘들이지 않고 여유 있게 읽을 수 있었다.

밤이 깊어지자 촛대에 촛농이 흘러내려 깊은 못처럼 고였다. 초만녕은 책을 덮고 미간을 살짝 찌푸린 채 눈을 감았다.

그는 지난 오 년 동안 수진계에서 일어난 일들을 한번 훑어 읽어 보았다. 처음에는 기복이 없고 밋밋하더니, 채접진 천열을 기록한 내용에는 묵연에 대한 묘사가 대거 등장했다.

옆으로 누워 한 손으로 머리를 지탱하고 다른 손으로 느릿느릿 책장을 넘기던 초만녕은 이 대목에서 저도 모르게 벌떡 일어나 앉아 책을 똑바로 펴 들고 찬찬히 읽기 시작했다.

[하수진계 이재민들이 동쪽으로 향해 변경지대에 이르니, 벽을 쌓아 올리고 병사들이 굳게 지키고 있어 넘어갈 수 없었다. 흐린 날이 이어지자 들판에는 온통 요괴들이 우글거렸다. 성벽에 막힌 백성들이 줄줄이 죽어 나가 피바다를 이루었다. 그렇게 9월까지 버티다 식량이 다 떨어지자 보름 넘게 굶은 백성들이 살점을 노리고 서로를 무참하게 살해하는데…….]

하수진계에 귀신이 출몰해 백성들이 상수진계로 피신하려다 실패하자 너무 배가 고픈 나머지 서로 잡아먹는 대목이었다.
그 참혹한 살육의 현장이 단지 몇 구절로 담담하게 기록되어 있는 것을 보고 초만녕은 형언할 수 없는 심정이었다.

[사생지전의 설 공자와 묵 공자가 제자들을 거느리고 촉 땅을 평정했다. 용성도를 휘둘러 수천수만 악귀를 말살한 설몽은 만천하에 명성을 크게 떨쳤고, 천열을 봉합해 귀신들을 지옥에 가둔 묵연의 결계술은 스승 초만녕과 흡사하여 세상을 크게 놀라게 했다.]

여기서 말한 천열이 그때처럼 그렇게 심각하지 않다는 것을 알면서도 초만녕은 놀라움을 금치 못했다. 그가 눈을 동그랗게 뜨고 중얼거렸다.

"그 녀석이 혼자 힘으로 천열을 봉합했다고?"

뒤에는 묵연이 속세를 어지럽히는 악귀들을 진압한 업적들이 기록되어 있었다.

[……하동에 악귀가 출몰하여 백성들에게 화를 입혔다. 그런데도 벽담장에서는 나 몰라라 하며 책임을 지려 하지 않았다. 그 소식을 접한 묵연은 한걸음에 달려가 황하 악귀와 사흘 밤낮을 엉겨 붙어 싸웠다. 마침내 귀신의 머리가 잘려 나가고, 묵 공자는 그것을 불로 태워 화근을 철저히 없애 버렸다. 그런데 악귀가 죽기 전, 예리한 발톱이 묵 공자의 옆구리를 그대로 뚫고 지나가는 바람에 묵 공자는 중상을 입었으나 다행히 고월야의 장문 강희를 만나…….]

초만녕은 손끝까지 얼어붙었다.

옆구리를 그대로 뚫고 지나가는 바람에 중상을 입었다니.

누구 옆구리? 설마 묵연?

그는 한 번도 실수로 글을 잘못 읽은 적이 없었지만, 도저히 믿을 수가 없어 네다섯 번 반복해서 읽고 또 읽었다. 여섯 번째로 읽을 때는 손가락 끝으로 한 글자 한 글자 짚어 가면서 꼼꼼하게 읽었다.

그 소식을 접한 묵연은 한걸음에 달려가…… 사흘 밤낮을 싸웠다.

초만녕은 검은 옷을 입은 쓸쓸한 그 뒷모습을, 세차게 흐르는 황하의 거센 파도를 밟고 서서 한 손은 등 뒤에, 다른 한 손은 번쩍번쩍 빛나는 버드나무 줄기를 움켜잡고 휘두르는 그의 모습을 보는 것만 같았다.

마침내 귀신의 머리가 잘려 나가고 묵 공자는 그것을 불로 태워 화근을 철저히 없애 버렸다. 그런데 악귀가 죽기 전, 예리한 발톱이 묵 공자의 옆구리를 그대로 뚫고 지나가는 바람에 묵 공자는 중상을 입었다.

초만녕은 손등이 푸르뎅뎅해질 정도로 책을 꽉 움켜잡았다.

묵연이 거칠고 사나운 파도 속에서 버드나무 가지를 번쩍 꺼내 드니, 사나운 불길 같은 견귀가 힘차게 솟아올라 포효하며 귀신의 머리를 뚝 잘라 내 순식간에 핏방울이 사방으로 튀었다. 바로 그 순간, 악귀의 날카로운 발톱이 묵연의 옆구리를 그대로 뚫고 지나갔다! 이 모든 장면이 초만녕의 눈앞에서 펼쳐지는 것 같았다.

머리가 떨어져 나간 괴물은 휘청휘청하더니 결국 우르르 무너져 거대한 몸통으로 황하를 가로막았다. 강가에 쓰러진 묵연은 더는 똑바로 서 있을 수조차 없었고, 입고 있던 옷은 순식간에 피로 흠뻑 젖었다…….

초만녕은 천천히 눈을 감았다.

그리고 오래도록 눈을 뜨지 않았다. 다만 파르르 떨리는 속눈썹에 조금 물기가 어렸을 뿐이었다.

나머지 책들에서는 하나같이 묵연을 '묵 종사'라고 칭송했다.

초만녕은 그 세 글자가 말할 수 없이 이상하고 낯설게 느껴졌다. 늘 히죽거리고 게으르던 그 소년과 '묵 종사'라는 호칭은 어딘지 모르게 어울리지 않았다. 그동안 묵연에 관한 일들을 너무 많이 놓쳤다. 초만녕은 문득 생각했다. 당장 내일이라도 그가 돌아오면 제자를 단번에 알아볼 수나 있을까.

흉터가 더 생겼을 그 제자를, 묵 종사가 된 그 제자를.

그런 생각을 하니 막연한 불안감이 들었다.

그는 묵연을 보고 싶은 마음이 간절하면서도 한편으로는 만날 용기가 나지 않았다.

이런저런 생각에 초만녕은 밤이 깊어서야 겨우 잠이 들었다.

한 번 죽어 봤음에도 자신을 보살필 줄 모르는 것은 여전했다. 초만녕은 책 더미에 파묻혀 이불도 덮지 않고 잠들었다. 아직 몸이 많이 허약하고 기력이 완전히 회복되지 않았는데, 홍련수사에 함부로 들어올 사람도 몇 없었기에 아무도 그를 깨우지 않아 초만녕이 눈을 떴을 때는 이미 다음 날 저녁이었다.

그는 창문을 열어 뉘엿뉘엿 지는 해를 보며 오랜 침묵에 잠겼다.

노을이 호수에 드리우고 하늘가에는 학 한 마리가 여유롭게 날아 둥지로 돌아가고 있었다.

유시[#6]가 되었다…….

그럼 하룻밤 하고도 하루를 꼬박 침상에 누워 있었단 말인가?

초만녕은 얼굴이 새파랗게 질린 채 창살을 탁 쳐서 하마터면 나무살을 부러뜨릴 뻔했다.

말도 안 돼. 존주가 그를 위해 준비한 연회가 곧 시작될 텐데 그의 눈은 졸음이 채 가시지 않아 게슴츠레하고 옷차림도 단정하지 못한 데다 머리카락은 제멋대로 헝클어져 있었다……. 이

#6 유시 酉時. 오후 5~7시

를 어쩐다? 어찌한담, 어찌해야 하지?

그는 남몰래 조바심을 냈다.

"옥형!"

하필 그때 설정옹이 올라와 문을 열고 들어왔다. 여태 침상에 앉아 심오한 표정을 짓고 있는 초만녕을 보고 설정옹이 얼어붙었다.

"아직 안 일어난 건가?"

"일어났습니다."

초만녕이 대답했다. 관자놀이에 잔머리가 곤추선 것만 빼면 확실히 위엄 있는 모습이었다.

"어쩐 일이십니까? 이렇게 친히 행차하시고."

"아무것도 아니네. 온종일 코빼기도 보이지 않길래 걱정돼서 와 본 걸세."

설정옹이 손을 비비며 말했다.

"일어났으면 씻고 준비가 끝나면 맹파당으로 식사하러 가세. 회죄대사께서 떠나시기 전에 신신당부하셨어. 열두 시진[#7]이 지나기 전까지는 절대 금식해야 한다고. 어제 깨어나서 지금까지 아무것도 먹지 않았으니까 딱 열두 시진이 지났네. 사람을 시켜 옥형이 좋아하는 요리를 많이 준비해 두었어. 게살완자 요리며, 연근조림이며 다 준비했으니까 얼른 같이 가세."

"마음 써 주셔서 감사합니다."

게살완자 요리와 연근조림을 준비했다는 말에 초만녕은 깔끔하게 단장하기도 귀찮아져서 대충 옷만 갈아입고 설정옹을 따

#7 **열두 시진** 24시간

라나섰다.

게살완자 요리는 뜨거울 때 먹어야지, 식으면 맛이 없으니까.

"별말을 다 하는군."

설정옹은 그가 침상에서 내려와 신발을 신는 모습을 지켜보며 또 손을 비비더니 문득 뭔가 떠올랐는지 말했다.

"아, 참. 한 가지 더 있어."

초만녕은 원래도 일상생활에 서툴렀는데 오 년을 누웠다 일어났더니 더 둔해져서, 덧버선 왼쪽과 오른쪽을 바꿔 한참이나 발을 밀어 넣고 있었다. 이윽고 잘못된 걸 발견한 그는 아무 일도 없었던 것처럼 다시 바꿔서 제대로 신기 시작했다.

그는 덧버선을 바꿔 신는 일에 집중하며 고개도 들지 않고 담담하게 물었다.

"무슨 일입니까?"

설정옹이 웃으며 대답했다.

"연이가 오늘 아침에 서신을 보내왔네. 무조건 저녁에 도착하겠다고. 선물도 준비했다던데? 그 녀석 정말 이제 철 좀 들었나 보더라고. 내가…… 이보게, 옥형, 덧버선은 왜 벗나?"

"아무것도 아닙니다. 어제 신었던 거라서요."

초만녕이 말했다.

"더러우니 깨끗한 걸로 갈아 신어야지요."

"……그럼 왜 아까 갈아 신지 않고?"

"잊어버렸습니다."

순박하고 솔직한 설정옹은 별다르게 생각하지 않고 주위를 쭉 둘러보더니 탄식했다.

"옥형도 이제 나이깨나 먹었으니 함께 수련할 동반자를 찾아야 하지 않겠는가? 방 좀 보게. 회죄대사께서 떠날 때까지만 해도 깔끔하게 정돈되어 있었는데 깨어나자마자 이게 뭔가. 책이며 옷가지며 제멋대로 널브러져 있고……. 내가 좀 알아봐 줄까?"

"나가 주십시오."

"음?"

초만녕이 굳은 얼굴로 쌀쌀맞게 말했다.

"옷을 갈아입어야 합니다."

"하하, 그래, 나감세. 그런데 동반자를 찾는 일은……?"

초만녕은 고개를 번쩍 들어 얼음 호수처럼 차가운 눈으로 눈치 없이 버티고 서 있는 설정옹을 노려봤다.

설정옹은 그제야 눈치챘는지 어색하게 웃으며 말했다.

"……그냥 물어본 것이네. 옥형 정도 조건이면 웬만한 사람은 눈에 들어오지도 않겠지."

초만녕은 눈을 내리깔고 설정옹을 슬쩍 흘겼다.

설정옹이 한숨을 쉬며 어쩔 수 없다는 듯이 말했다.

"내 말이 틀렸나? 옥형이 까다로운 건 나도 알고 있네."

초만녕이 담담하게 맞받아쳤다.

"그럴 마음이 없을 뿐입니다, 까다로운 게 아니라요."

"까다롭지 않으면 어디 얘기나 해 보게, 어떤 사람이 마음에 드는지. 억지로 강요하는 건 아니고, 적어도 어떤 사람을 좋아하는지 알고 있으면 내가 한번 알아볼 수라도 있지 않겠나."

귀찮아진 초만녕은 더는 얘기하고 싶지 않아 아무렇게나 얼버무렸다.

"산 사람이고 여자면 되니 알아봐 주시죠. 그럼 존주, 멀리 안 나가겠습니다."

그렇게 말하고 초만녕은 설정옹을 문밖으로 밀어냈다. 설정옹은 마음이 언짢았다. 어찌 됐든 그는 죽음의 문턱에서 돌아온 초만녕의 인륜지대사를 진심으로 걱정하고 있었다.

초만녕이 죽었을 당시에도 설정옹은 후회막급이었다. 초만녕이 형처럼 자식이라도 남겼더라면 그리워하고 보살피며 보상해 줄 수 있었을 텐데.

그런데 초만녕은 자식은커녕 형제도 없이 늘 혼자였다.

설정옹은 그때 초만녕이 딱할 만큼 고독한 사람이라는 생각에 슬프고 미안했다.

"그게 무슨 조건이야. 아무것도 얘기하지 않은 것과 다름없지 않나……. 옥형, 농담이 아닐세. 이보게!"

설정옹이 들어오려고 발버둥 치자 초만녕은 그를 밖으로 확 밀어내고 문을 쾅 닫아 버렸다.

그뿐인가, 결계까지 만들어 아예 그를 밖에 가둬 버렸다.

설정옹은 어이가 없어 아무 말도 하지 못했다.

124장 사존, 조금만 더 기다려 주세요!

　옥형 장로가 출관했다는 소식은 문파 전체가 함께 축하할 만한 일이었다. 초만녕이 소란스러운 걸 싫어하고 말솜씨가 없다는 것을 잘 아는 설정옹은 해야 할 말이며 일들을 미리 잘 준비해 두었다. 안 그래도 초만녕은 연회장에서 어색할까 봐 걱정이 태산이었는데, 모두 괜한 걱정이었다.

　설정옹은 우락부락한 사내대장부인데도 섬세한 구석이 있어서 일 처리가 언제나 깔끔했다. 그는 모든 장로와 제자들 앞에서 몇 마디로 속마음을 드러내면서도 분위기를 어색하게 만들지 않고 오히려 모두의 마음을 감동시켰다. 단 한 사람, 녹존 장로만이 눈치 없이 웃으며 외쳤다.

　"옥형 장로, 이렇게 좋은 날 얼굴이 왜 그 모양이십니까? 한마디 하시죠. 새로 입문한 제자들은 아직 한 번도 옥형 장로의 얼굴을 못 봤지 않습니까."

설정옹이 나서서 막았다.

"녹존, 옥형이 하고 싶은 얘기들은 내가 이미 다 했네. 굳이 다시 얘기할 필요 있나."

"존주는 존주고, 많든 적든 본인도 한마디 해야지요."

"하지만……."

"괜찮습니다."

설정옹이 뭔가를 말하려는데 낮고 쌀쌀맞은 목소리가 불쑥 끼어들었다.

"새로 입문한 제자들에게 몇 마디 하겠습니다."

초만녕이 자리에서 일어나 맹파당을 쭉 둘러보니 흥성흥성 떠들어 대던 수천 명의 시선이 일제히 그의 몸에 쏠렸다.

묵연은 아직 오지 않았다.

초만녕은 잠시 생각하다 말했다.

"남봉에 있는 홍련수사는 기관이 잔뜩 매복되어 있으니 실수로 잘못 건드려 다치는 일이 없도록, 새로 입문한 제자들은 특별한 일 없이는 난입을 삼가라."

모두가 침묵에 잠겼다.

녹존이 참지 못하고 물었다.

"……설마 그게 끝인가요?"

"네."

초만녕은 짧게 대답하고는 고개를 숙이고 눈을 내리깔더니 옷소매를 휘두르며 자리에 앉았다.

사람들은 여전히 침묵에서 헤어 나오지 못하고 있었다.

신입 제자들은 속으로 생각했다. 죽은 채로 오 년이나 세상과

담을 쌓고 지내다가 다시 깨어나는 게 어디 보통 사람이 경험할 수 있는 일인가? 아무리 그래도 약간의 소감이나 생명의 은인에게 감사의 말 정도는 해야 하지 않나.

그런데 저 사람은 무슨 규칙을 선포하듯이 달랑 저 한마디만 남기다니, 성의가 없어도 너무 없네.

나이가 좀 있는 제자들은 웃음을 참지 못하고 깔깔거리며 옆 사람과 귓속말을 주고받았다.

"역시 옥형 장로야. 하나도 변하지 않으셨어."

"여전히 과묵하시네."

"품, 그러니까. 고약하고 성질 급하고, 얼굴은 그나마 잘생겼지, 나머지는 꽝이야."

모두가 이러쿵저러쿵 한마디씩 하며 농담을 던졌다. 어차피 초만녕은 멀리 떨어져 앉아 있으니 들리지도 않을 터였다. 사람들은 웃으면서 설정옹 옆에 앉아 있는 흰옷 차림의 남자를 힐끔힐끔 봤다.

연회가 시작되자 맵고 얼얼한 사천요리 외에도 여러 가지 정교하게 빚은 떡이며 교묘하게 접시에 담아낸 담백한 강남 요리까지, 한 상 가득 차려졌다.

설정옹은 최상급 이화백주를 100단지 넘게 열어 연회석마다 한 단지씩 나눠 주고, 호박색 술을 호탕하게 한 잔 가득 따랐다. 초만녕이 네 번째 게살완자를 입에 넣으려는 그때, 누군가 움푹하게 파인 큰 잔을 턱 하니 그의 코앞에 내려놨다.

"옥형! 한 잔 받게!"

"……이건 한 잔이 아니라 한 사발이군요."

"거참, 한 잔이든 한 사발이든 뭐가 중요한가. 마시게! 옥형이 제일 좋아하는 이화백주라네!"

설정옹의 깊은 눈은 기쁨으로 반짝반짝 빛나고 있었다.

"옥형 주량이라면 이 설 아무개는 당해 낼 재간이 없어! 말 그대로 천 잔을 마셔도 쓰러지지 않고 만 잔을 마셔도 취하지 않잖아! 자자자, 첫 잔은, 내가 한 잔 올리겠네!"

초만녕은 웃으며 사발을 들어 설정옹과 쨍그랑하고 잔을 부딪쳤다.

"존주께서 이렇게 말씀하시니 첫 잔은 마시겠습니다."

그는 말을 마치자마자 단숨에 들이켜곤 빈 잔을 뒤집어 설정옹에게 보여 줬다. 기대 이상의 행동에 설정옹은 매우 기뻐하며 눈시울을 붉혔다.

"좋아, 좋아! 오 년 전에 땅굴에 보관해 둔 최상품 이화백주를 옥형이 한 단지 달라고 했을 때 그냥 줄걸, 내가 얼마나 후회했는지 아는가? 내 다시는…… 다시는……."

그가 말꼬리를 흐리더니, 고개를 번쩍 들어 한숨을 길게 내쉬고는 다시 쾌활하게 말했다.

"그만하겠네! 말해 뭐 하겠나! 옥형이 원한다면 앞으로 땅굴 안의 이화백주는 모두 주겠네! 앞으로 옥형이 마실 좋은 술은 내가 평생 책임지지!"

초만녕이 웃으며 말했다.

"좋습니다. 그것참 이득이네요."

모두가 한창 웃고 떠드는 그때, 설몽이 한 사람과 구석에서 소곤소곤 한참이나 얘기하더니 그 사람의 손을 잡고 초만녕에게로 다가와 꼿꼿하게 서서 함께 인사를 올렸다.

"사존!"

설몽이 고개를 드니 소년의 풍채 좋은 얼굴이 드러났다.

"사존."

같이 온 사람도 고개를 들어 연꽃이 수면 위로 모습을 드러내듯 얼굴을 내보였다. 사매가 아니면 누구란 말인가?

사매가 부끄러워하며 말했다.

"오늘 무상진 좌의당에서 무료 진료를 하는 바람에 자리를 뜰 수가 없어서 이제야 사존을 찾아뵙습니다. 용서해 주세요."

"⋯⋯괜찮다."

초만녕은 눈을 내리깔고 사매를 한참이나 자세히 훑어보았다. 얼굴은 담담했지만 속으로는 자신도 놀랄 정도로 실망스러움이 느껴졌다.

묵연이 가장 좋아하는 이 사람은, 인품과 재능이 가히 당대 제일이라 할 만큼 성장해 있었다.

오 년 전의 사매가 미인의 씨앗이었다면, 지금에 이르러 완전히 피어난 그는 깊은 밤 활짝 핀 우담화 같았다. 파르스름한 꽃받침은 그 속의 하얗게 빛나는 꽃잎을 숨기지 못했고, 꽃잎이 향기를 발하며 고개를 내밀어 주변의 모든 것을 무색하게 했다. 사랑에 빠질 것처럼 요염한 눈매와 봄물처럼 부드럽고 촉촉한 눈동자. 콧잔등은 높이가 딱 알맞아서 조금이라도 높으면 너무 매서워 보일 것 같고 조금이라도 낮으면 지나치게 유약해 보일 것 같았다. 도톰하고 불그레한 입술은 아침 이슬을 머금은 앵두 같아, 그 입으로 내뱉는 한 마디 한 마디가 달콤하고 부드러울

듯했다.

"사존, 너무나 보고 싶었습니다."

사매는 이렇게 노골적으로 자신의 감정을 표현하는 법이 없었다. 그래서 초만녕은 저도 모르게 가슴이 울렁거려 말문이 막혔다.

사매가 애틋하게 눈시울을 붉히는 바람에 초만녕은 조금 부끄러웠다.

왜 사명정을 질투하는 걸까? 후배들보다 나이도 많고, 명색이 스승의 자리에 있는데 그 많은 나이를 정말 헛먹은 것인가. 대체 왜 사명정을 질투하는 걸까?

이런 생각을 하면서 초만녕은 고개를 끄덕이고 담담하게 말했다.

"둘 다 그만 일어나거라."

허락이 떨어지니 두 제자가 일어났다.

간신히 마음을 가라앉힌 초만녕은 사매를 보고 다시 어안이 벙벙해졌다.

사매가 설몽보다 키가 더 컸다.

초만녕은 그만 사레가 들려 기침을 하고는 다시 그를 두어 번 힐끔거렸다.

조금 더 큰 게 아니었다.

키가 크니 사매의 몸은 더욱 보기 좋았다. 드넓은 어깨에 가느다란 허리와 늘씬한 다리, 부드러움 속에 강인함이 묻어나 말할 수 없이 매끄럽고 우아했다. 바람이 불어도 쓰러질 것 같던 소년의 모습은 온데간데없고 탄탄한 사내의 몸만 남았다.

초만녕은 또 저도 모르게 시선을 아래로 떨궜다.

그는 자신이 처참하게 졌다는 생각이 들었다.

그러나…… 어쩔 수 없었다.

어차피 묵연에 대한 그의 마음을 그는 죽기 직전까지도 말하지 않았고, 앞으로는 더더욱 입 밖에 낼 일이 없었다. 묵연 그녀석은 위로는 하늘 끝, 아래로는 황천까지 꽁무니를 쫓아다니면서도 자신이 그를 좋아하는 마음을 알아차리지 못했으니 앞으로는 더더욱 알지 못하리라.

평생 우애가 지극한 사제지간으로 살아가는 것도 나쁘지는 않았다.

강요한다고 되는 게 아니니 마음을 접는 게 나았다.

설몽이 갑자기 얼굴을 붉히더니 팔꿈치로 사매를 쿡쿡 찌르며 눈짓을 했다.

사매가 내키지 않는 듯 낮은 소리로 물었다.

"정말 저더러 가라는 말씀이세요?"

"네가 가는 게 맞아."

"그런데 이 물건들은 지난 오 년간 소주께서 준비하신 것들이 잖아요……."

"내가 준비한 것들이니까 민망한 거지. 네가 다녀와. 더군다나 나머지는 네가 오늘 가져온 거잖아?"

"……알겠어요."

사매는 설몽의 고집을 꺾지 못하고 한숨을 내쉬었다. 그는 설몽이 등 뒤에 숨긴 손에서 붉은 나무 상자를 건네받고는, 자리에 앉아 게살완자 요리를 먹고 있는 초만녕 앞으로 다가갔다.

"사존, 이건 소주님과 제가…… 지난 오 년 동안 준비한 선물이에요. 별건 아니고…… 저희 마음이니 받아 주세요."

뒤에서 듣고 있던 설몽은 얼굴이 점점 붉게 달아올랐다. 그는 당황한 기색을 감추려고 팔짱을 끼고 느긋하게 고개를 돌려 갑자기 맹파당의 기둥에 새겨진 무늬를 유심히 살피는 척했다.

받은 선물을 당장 열어 보는 건 실례였지만, 초만녕은 사촌으로서 너무 비싼 선물은 받고 싶지 않았기에 잠시 생각하다가 물었다.

"이게 다 뭐지?"

"그게…… 여기저기 돌아다니면서 사 모은 물건들입니다."

사매는 아주 총명하여 초만녕의 속마음을 꿰뚫어 보고 말했다.

"그다지 값어치가 나가는 건 아니니, 정 마음에 걸리시면 돌아가서 열어 보세요."

초만녕이 말했다.

"돌아가서 열어 보나 지금 열어 보나 매한가지니 지금 열어 보겠다."

"안 돼요! 안 돼요! 열지 마세요."

설몽이 흠칫 놀라서 황급히 덮쳐들었다.

초만녕은 함을 열다 말고 그를 힐끔 봤다.

"뭐가 급해서 그렇게 뛰어다니느냐. 넘어지겠다."

역시나 함에는 물건이 가득 들어 있었다. 정교하게 수놓은 머리끈이며 모양이 독특한 모양의 머리 묶는 고리, 뛰어난 솜씨의 옥 띠고리 같은 자잘한 소품들이었다. 초만녕은 손이 가는 대로 정신을 안정시켜 주는 단약 한 병을 꺼내 들었다. 촛불 아래, 한 린성수의 문장이 번쩍번쩍 빛났다.

모두 어마어마한 가치를 지닌 물건들이었다.

초만녕은 무슨 말을 하면 좋을지 몰라 설몽을 흘겨봤다. 설몽의 얼굴이 더 시뻘게졌다.

옆에서 지켜보던 설정옹은 그 광경이 너무 우스워 한마디 끼어들었다.

"몽이 마음이니 받게, 옥형. 어차피 다른 장로들도 선물을 준비했네. 모두 가격이 만만치 않은 것들이니 하나 더 받는다고 어디가 덧나지 않잖아."

초만녕이 단호하게 말했다.

"설몽은 제 제자입니다."

그 말에는 제자에게서 이렇게 많은 물건을 받을 수 없다는 뜻이 숨어 있었다.

"지난 오 년 동안 사존께 잘 어울릴 거라고 생각해서 모든 거예요!"

초만녕의 말을 들은 설몽은 마음이 초조했다.

"모두 제가 번 돈으로 산 겁니다. 아버지 돈은 한 푼도 쓰지 않았어요. 만약 사존께서 받아 주지 않으시면, 저…… 저는…….."

"속상해서 잠도 제대로 못 잘 걸세."

설정옹이 아들 대신 말했다.

"단식투쟁을 할지도 몰라."

도저히 이 부자에게 무슨 말을 해야 할지 몰라 초만녕은 다시 고개를 숙이고 상자 안을 살펴보았다. 자잘한 물건들 속에 작은 나무 상자 하나가 들어 있었다.

"이건…….."

꺼내서 열어 보니 안에는 진흙으로 빚은 인형 네 개가 가지런히 누워 있었다.

그는 어리둥절한 눈으로 설몽을 쳐다보았다. 설몽은 당장에라도 핏방울이 스며 나올 것처럼 얼굴이 시뻘게져서는 초만녕과 눈이 마주치자 재빨리 고개를 숙였다. 다 큰 사내가 애송이처럼 사촌의 눈을 피하며 부끄러워 고개도 들지 못했다.

초만녕이 물었다.

"이건 뭐지?"

설정옹도 궁금해서 옆에서 부추겼다.

"꺼내서 보세."

"안…… 되는데……"

설몽이 이마를 부여잡으며 힘없이 중얼거렸다. 그런데 아비라는 사람은 흥미로운 듯 벌써 네 인형을 모두 꺼내 줄을 세워 놓았다. 삐뚤삐뚤 정말 못난 인형이었다. 하나만 키가 조금 크고 나머지 셋은 키가 작다는 것을 빼면 딱히 차이가 없었다. 솜씨를 보아 하니 설몽이 빚은 게 틀림없었다.

설몽은 처음엔 초만녕에게서 기갑술을 배우고 싶었다. 그런데 배운 지 하루 만에 초만녕은 그러러 그만두고 도법을 배우라고 했다. 이유는 간단했다. 그 녀석이 오후 내내 홍련수사에서 한 일이라고는 기갑방을 부술 뻔한 것뿐이었기 때문이다.

그런 '재주 없는 손'으로 인형을 빚었으니 모르긴 몰라도 고생깨나 했을 터였다.

설정옹이 인형 하나를 집어 들고 요리조리 열심히 뜯어보았다. 하지만 끝내 그것이 무엇인지 알아보지 못하고 아들에게 물었다.

"뭘 만든 거냐?"

설몽이 고집스럽게 말했다.

"아, 아무렇게나 만든 거예요. 아무것도 아니에요."

"이 시커먼 인형은 정말 못생겼구나. 그래도 저 키 큰 인형이 좀 낫네. 하얀 칠을 해서."

설정옹이 중얼거리며 엄지손가락으로 인형의 머리를 꾹꾹 눌렀다.

설몽이 버럭 소리를 질렀다.

"만지지 마세요!"

그러나 이미 늦었다. 인형이 말을 하기 시작한 것이다.

"백부님, 만지지 마세요."

설정옹과 초만녕 모두 할 말을 잃었다.

설몽은 자신의 뺨을 한번 후려갈기고는 팔을 들어서 자신의 눈을 가렸다. 이 상황을 차마 보고 싶지 않았다.

설정옹은 한참 만에야 어찌 된 영문인지를 알아채고 배를 끌어안고 웃었다.

"아이고, 몽아. 연이를 빚은 거였어? 너무 못생겼잖아, 하하하하하."

설몽이 버럭 화를 냈다.

"원래 못생겼으니까 그렇죠! 사촌 인형을 한번 보세요! 얼마나 예뻐요!"

그는 얼굴이 새빨갛게 달아올라 하얀 칠을 한 인형을 가리켰다.

그의 손끝이 하얀 인형의 머리를 스치자 인형이 콧방귀를 뀌면서 말했다.

"무엄하다."

"하하하하하!"

설정옹은 너무나도 웃긴 나머지 눈물까지 찔끔 흘렸다.

"이거 좋네, 이거 좋아. 이 안에 말을 흉내 내는 영음솜도 넣었구나? 이 녀석 옥형 흉내를 제법 잘 내네, 하하하하!"

초만녕이 소맷자락을 휘두르며 말했다.

"소란을 피우는구나."

말은 그렇게 해도 인형을 하나하나 조심스럽게 상자에 도로 집어넣고는 옆에다 고이 두었다. 줄곧 아무런 표정 없는 담담한 얼굴이었지만 다시 눈을 올려 떴을 때는 눈동자에 부드러움이 어려 있었다.

"이건 받겠다. 나머지는 너도 쓸 수 있는 물건들이니 도로 가져가거라. 난 필요 없으니."

"그치만……."

"소주, 사존께서 가져가라 하시니 가져가세요."

사매가 웃으며 조그맣게 타이르더니 목소리를 더욱 낮춰 소곤거렸다.

"어차피 소주께서 제일 드리고 싶었던 건 인형이었잖아요."

설몽은 화가 머리끝까지 나서 사매를 한번 노려보고는 발을 쿵쿵 구르더니 입술을 꽉 깨물고 아무 말도 하지 않았다.

설몽은 어려서부터 모두의 떠받듦 속에 자라다 보니 못 하는 말이 없고 못 하는 일도 없었다. 그래서인지 좋고 싫음을 표현하는 방식도 늘 열렬하고 노골적이었다.

초만녕은 그런 그가 기특하면서도 한편으론 감탄스럽다고 생각했다. 그런 경솔하고 솔직한 성격은 자신이 한 번도 가져 본 적 없는 것이라, 설몽의 소중한 품성이라고 생각하며 약간 부럽기까지 했다. 자신과는 달리 설몽은 항상 감정에 솔직했다. 속으로 엄청나게 그리워하면서도 입으로는 전혀 걱정되지 않는다고 말하는 법이 없었다.

환생해서 돌아오니 조금 나아졌지만, 그렇다고 확 달라지지는 않았다. 하루 이틀 사이에 되는 것도 아니고, 아마 남은 생을 다 바쳐 달라진다 해도 많이 변하지는 않을 것이다. 너무 달라지면 그건 또 그의 모습이 아닐 테니.

연회가 끝나 갈 때까지 묵연은 돌아오지 않았다.

사실 초만녕은 마음이 답답했지만 별다른 말은 하지 않았다. 그는 당장에라도 설정옹을 붙잡고 묵연의 서신을 오늘 언제 받았는지, 묵연이 어디까지 왔는지 물어보고 싶은 마음이었지만 가까스로 억눌렀다.

그는 으스러질 정도로 술잔을 꽉 쥐고 한 잔 또 한 잔 연거푸 들이켰다. 술이 폐부에 뜨겁게 퍼졌지만 가슴까지 뜨겁게 달구지는 못했다. 그는 끝끝내 묵연이 언제 돌아오는지 그 한마디를 물어보지 못했다.

125장 사촌, 바닥이 미끄러우니 조심하세요

초만녕이 묻지 않으니 설정용도 얘기를 꺼내지 않았다.

사생지전의 존주는 얼큰하게 취해 머리가 핑핑 돌고 말도 제대로 하지 못했다.

그는 갑자기 얼굴을 바짝 들이밀고 초만녕을 자세히 살펴보더니 말했다.

"옥형, 어째 기분이 좋지 않아 보이네."

"아닙니다."

"화났구먼, 뭘."

"그런 거 아닙니다."

초만녕이 단호하게 말했다.

"누가 자네 심기를 건드렸어?"

초만녕은 아무 말도 하지 않았다.

물어볼까?

물어보면 마음이 한결 편안해질 텐데. 어쩌면 묵연은 오늘 밤에 반드시 오겠다고 한 게 아니라 올 수 있도록 해 보겠다고 한 건데 설정옹이 잘못 전달했는지도 모를 일이었다. 어쩌면 애초에 설정옹의 기억이 잘못됐는지도 몰랐다…….

초만녕은 저 멀리 대문 밖을 한번 바라보았다. 벌써 밤이 깊었다.

곧 연회가 끝나고 연회장은 텅텅 빌 것이다.

초만녕의 출관 첫날, 묵연은 돌아오지 않았다.

사생지전의 제자들은 한 명도 빠지지 않고 모두 모였다. 이름조차 모르고 본 적도 없는 사람들까지 모두 모였지만 묵연만 이곳에 없었다.

묵연이 없는 연회는 완벽하지 않았다.

그 빈자리는 게살완자 요리로도, 연근조림으로도, 이화백주로도, 향설주로도 채워지지 않았다.

초만녕이 눈을 감고 마음을 달래고 있던 그때, 멀리 맹파당 정문 쪽에서 제자들이 갑자기 웅성웅성 떠들기 시작했다.

"엄마야! 저기 좀 봐! 저게 뭐지?"

"하늘에 떠 있는 저건 뭐야!"

점점 더 많은 사람이 그쪽으로 모여들었고, 시끄럽게 떠드는 소리와 여기저기 울려 퍼지는 우레와 같은 굉음이 실내까지 들려왔다.

사람들은 밖으로 나와 맹파당 마당에 빽빽하게 자란 잔디를 밟고 서서 하늘을 올려다보았다. 휘황찬란한 불꽃이 하늘을 알록달록 수놓더니 나풀나풀 춤추며 흩날렸다.

"불꽃놀이야!"

어린 제자들의 얼굴에 웃음꽃이 활짝 피어났다. 가물가물한 불꽃이 야들야들한 얼굴들을 환하게 비추니 아이들의 눈에서 무수히 많은 별이 반짝반짝 빛났다.

"진짜 예쁘다. 이렇게 큰 불꽃은 처음 봐. 설 때도 이 정도는 아니었는데."

초만녕도 느릿느릿 맹파당에서 걸어 나왔다. 설정옹이 이토록 화려한 불꽃 연회를 준비해 준 것은 고마웠지만 마음 한구석에 드리운 어둠을 걷어 내기엔 역부족이었다.

휘이익.

그 순간, 청아하고 예리한 소리가 하늘을 갈랐다.

담담하게 고개를 들어 보니 금빛 한 줄기가 활시위를 벗어난 화살처럼 하늘에 긴 줄을 그으며 지나갔다.

정말 아름답구나.

그 사람이 옆에 있다면…….

펑!

그 빛은 달이 떠 있는 높이까지 올라갔다가 터지면서 수천만 점의 영롱한 금빛을 뿜어냈다. 황금빛 물결이 은하와 달빛을 무색하게 했다.

불꽃은 해당화 나무에서 눈송이가 흩날리듯 촤르르 떨어져 내렸다. 그 모습은 마치 끝없이 펼쳐진 바다의 거센 파도 같았다. 초만녕은 휘황찬란한 소란 속에서 서서히 눈을 감았다.

"제자 묵연, 사존의 출관을 삼가 축하드립니다."

등 뒤에서 갑자기 누군가의 목소리가 들렸다. 글자마다 또렷하게, 그리고 아프게 찌르는 것 같았다.

초만녕은 가볍게 몸을 떨었다. 가시에 등을 찔린 것처럼, 숯불의 연기가 목에 걸린 것처럼. 심장이 원래의 속도를 잃고 제멋대로 팔딱팔딱 뛰어 숨이 멎을 것만 같았다. 고개를 홱 돌려 보니……

막 맹파당에서 걸어 나온 제자들이 놀란 눈으로 불꽃이 하늘에 쓴 글씨를 올려다보며 읽고 있었다.

따라 읽는 사람이 점점 많아졌다.

남자든 여자든, 혼자 서 있는 사람이든 삼삼오오 무리를 지어 서 있는 사람이든, 모두가 이 보기 드문 광경에 신기해하며 글씨를 따라 읽었다.

[제자 묵연,
사존의 출관을 삼가 축하드립니다.]

그 소리는 밀물처럼, 잠꼬대처럼 부드럽고 커다란 바위처럼, 웅장한 산처럼 단호했다. 초만녕은 고개를 들어 하늘을 올려다보았다. 불꽃은 영력을 입어 반짝이며 흐르더니 막강한 기세로 글자들을 만들어 냈다.

불꽃은 수백 리 밖에서도 훤히 보일 것 같은 세찬 파도를 이루었다. 오색영롱한 별들은 산과 골짜기를 넘어, 지난 세월을 건너, 깊은 밤 그를 향해 달려왔다. 기쁨과 슬픔도, 그리움과 죄책감도 끝나지 않을 것 같은 이 밤, 그를 향해 날아왔다.

초만녕은 자신이 바닷물에 떠 있는 부목 같다고 생각했다. 그를 에워싸고 있는 바닷물은 저승에서, 귀왕의 궁궐 앞에서 그를 와락 끌어안았을 때의 묵연의 눈빛처럼 부드럽고 이글거리면서도 단호했다.

그는 도망칠 곳이 없었다.

주위엔 온통 그 사람의 속삭임, 그 사람의 웃음소리, 그 사람의 애정으로 가득 차 있었다.

그것이 어떤 애정인지는 생각하고 싶지 않았다. 스승과 제자 사이의 애정도 좋고, 다른 어떤 것도 상관없었다.

어떤 형태든 애정이 있다면 그걸로 충분했다.

묵연은 결국 연회가 끝나기 전에 돌아오지 못했다.

별을 지고 달을 이고 잠시도 쉬지 않고 밤낮없이 길을 재촉해도, 길은 아득히 멀고 끝이 없어 보였다.

다행히 배낭에는 밖에서 예상치 못한 사고라도 당할까 걱정되어 선기 장로가 급할 때 쓰라고 챙겨 준 전음 불꽃이 있었다. 전음 불꽃은 정말 교묘하고 신통했다. 영력을 담아 종이에 글씨를 적어 족자에 넣고 불을 붙이면 그 글씨가 거대한 불꽃 글씨로 변해 멀리 떨어진 곳에서도 볼 수 있었는데, 물론 사생지전에서도 똑똑히 볼 수 있었다.

아주 값비싸고 만들기도 상당히 어려운 불꽃이었지만 묵연은 그런 걸 신경 쓸 겨를이 없었다. 그저 사존이 화내지 않기를 간절히 바랄 뿐이었다.

수많은 산과 강을 사이에 두고 멀리 떨어져 있지만, 세월이 많이 흘렀지만,

그는 초만녕에게 이 한마디를 꼭 해 주고 싶었다.

'제자 묵연, 사존의 출관을 삼가 축하드립니다.'

두 시진 뒤 연회는 끝났다. 홍련수사로 돌아왔을 땐 이미 깊은 밤이었다.

초만녕은 몸에 밴 술 냄새가 싫어 목욕을 하고 싶었지만, 날이 쌀쌀해져 홍련수사의 연못도 차가웠다. 어제도 목욕하다가 너무 추워서 하마터면 동상에 걸릴 뻔했다. 그는 잠시 고민하다가 방으로 돌아가 갈아입을 옷과 나무 대야를 챙겨 묘음지(妙흡池)로 향했다.

묘음지는 문파 사람들이 함께 쓰는 목욕탕이었다. 그는 사생지전에 온 처음 몇 달만 그곳에서 목욕했다.

늦은 시간이라 목욕을 하는 사람이 많지 않을 터였다. 초만녕은 문 앞에 쳐진 발을 걷고 안으로 들어갔다. 사생지전의 많은 곳이 재건되었지만 이곳 묘음지만은 그대로였다. 사방은 높다란 담장에 둘러싸여 있고 대문에 들어서면 얇은 휘장이 하늘하늘 드리워진 긴 복도를 먼저 지나야 한다. 복도 끝에는 동유를 칠한 6단짜리 좁은 나무 계단이 있었다.

나무 계단을 내려가기 전에 이곳에서 신발과 버선을 벗어야 한다. 그러니 이곳에서 한번 쓱 봐도 안에 몇 명이 몸을 담그고 있는지 알 수 있었다.

초만녕이 신발과 버선을 벗으며 유심히 보니 신발 한 켤레만 동그마니 올려져 있을 뿐이었다. 크기가 퍽 큰 신발은 조금 더러웠지만 구석에 가지런히 놓여 있었다. 자리가 많다고 해서 아무렇게나 내던지지 않았다.

누구지? 이렇게 늦은 시간에 목욕하러 온 사람이…….

그러나 그는 이내 별다른 생각 없이 나무 대야를 안고 맨발로 계단을 내려가 통로 끝에 있는 마지막 휘장을 걷고 뜰 안으로 들어갔다.

뜰에는 수증기가 피어올라 안개가 자욱했다. 그곳에는 큰 온천탕이 하나 있는데 지세의 높낮이 때문에 넓은 폭포가 쏴 하고 세차게 쏟아지고 있었다. 몽롱한 열기와 자욱한 흰 연기가 탕에서 부드럽게 공중으로 올라가 구석구석 번져 나갔다.

안개가 너무 자욱한 이곳에서는 모든 게 희미하게 보여서 아주 가까이 다가가야 서로의 얼굴을 알아볼 수 있었다.

초만녕은 반들반들한 자갈길을 따라 겹겹이 늘어선 복숭아나무를 지나 가장 가까운 탕 입구 쪽으로 걸어갔다. 거기에는 청석을 조각해서 만든 낮은 선반이 있어서 갈아입을 옷이며 목욕용품들을 놓아둘 수 있었다. 그는 나무 대야와 겉옷을 그곳에 올려놓고 옷을 벗고 천천히 탕 안으로 들어갔다.

정말 따뜻하군.

그는 저도 모르게 만족스러운 탄성을 질렀다.

사람 많은 목욕탕에 비집고 들어가는 것과 매일 오밤중에 목욕하러 오는 게 귀찮은 것만 아니었다면 그는 춥고 누추한 홍련수사에 불만을 품었을 것이다.

설정옹은 일이 크고 작음에 상관없이 주도면밀하게 생각하는 세심한 사람이었다. 묘음지도 그의 감독하에 조성되었다. 탕 옆에는 사시사철 꽃이 활짝 피어 있었고, 그 옆에는 몸을 행구는 용도로 만들어진 폭포가 있었다. 따뜻한 물에 몸을 담그고 있다가 노곤해지면 옆에 있는 나무 정자에 누워 지열로 데운 자갈로 혈 자리를 안마할 수도 있었다.

어제 홍련수사에서 황급히 대충 한 목욕과 비하면 여기는 정말 쾌적했다.

초만녕은 잠시 번민을 잊고 유쾌해졌다. 주변에 아무도 없는 걸 확인한 뒤 그는 늘씬한 몸을 쭉 펴서 곧장 폭포 옆으로 헤엄쳐 갔다.

"푸하!"

물속에서 나와 얼굴의 물기를 손으로 쓸어 냈다. 그런데 입가의 미소가 채 가시기도 전에, 바로 코앞에 쏴 하고 떨어지는 폭포 아래에서 목욕을 하는 한 남자의 등이 보였다. 폭포 소리가 너무 커서 그렇게나 가까워질 때까지 다른 사람의 기척을 전혀 듣지 못했다.

조금이라도 더 헤엄쳤다면 자신이 손끝이 남자의 다리에 닿았을지도 모르는 일이었다.

다행히 제때 물 밖으로 나와 상대와 부딪치지는 않았지만 아무래도 당황스럽고 무례한 거리였다. 그는 남자 등 뒤에 바짝 붙어 선 상태였다. 남자는 키가 초만녕보다 훨씬 크고 구릿빛 피부는 야생적인 느낌을 주었다. 넓고 꼿꼿한 등판, 팔의 움직임에 따라 들썩이는 어깨뼈는 썩은 나무를 꺾듯 무엇이든 손쉽게 부러뜨릴 것처럼 힘이 들어 있었다.

근육 또한 적당하게 단단하고 균형 잡혀 있었다. 물줄기가 그의 몸을 때리며 콸콸 흘러내렸다. 어떤 물줄기는 힘 있게 흘러내려 널찍한 벌판에 모여 강을 이루고, 어떤 물줄기는 힘없이 사방으로 튕겨 나가고, 또 어떤 물줄기는 육체에 미련을 품은 것처럼 얇은 막이 되어 그의 몸을 휘감으며 떨어지려 하지 않았다.

고독이 몸에 밴 초만녕은 이렇게 불타오르는 육체를 본 적이 없는 터라 대뜸 귀뿌리가 새빨개져 황급히 돌아섰다.

그런데 온천 바닥이 너무 미끄러워서인지 발을 잘못 디뎌서인지, 그만 크게 휘청거리며 물속에 고꾸라져 물보라를 가득 일으키고 말았다!

"커억!"

초만녕은 너무 부끄러워 얼굴까지 시뻘겋게 달아올랐다. 당황한 그는 연거푸 물을 먹었다. 뒤에 있는 저놈의 목욕물이라고 생각하니 더욱 울화가 치밀고 구역질이 났다. 그는 체면을 신경 쓸 겨를도 없이 팔다리로 물을 풍덩풍덩 차며 일어서려고 애를 썼다.

명색이 옥형 장로인데, 어찌……

그때, 매끈하고 야무지고 힘 있는 팔이 그를 덥석 잡아 허둥지둥 체면이 말도 아니게 된 초만녕을 세찬 물살 속에서 끄집어 내 일으켜 세웠다. 남자는 그의 기척에 놀란 모양이었다.

"괜찮으세요?"

남자는 그의 팔을 잡고 낮은 소리로 천천히 물었다. 두 사람의 키 차이 때문에 남자가 고개를 숙이고 말할 때 날숨이 마침 초만녕의 귀에 닿았다.

"자갈이 미끄러우니 조심하세요."

초만녕은 얼굴이 더 달아올랐다. 그 사람의 가슴팍이 바로 등 뒤에 있는 게 느껴졌다. 들숨, 날숨, 들숨, 날숨, 숨을 내뱉을 때는 괜찮았지만, 숨을 들이쉬어 그의 가슴이 부풀어 오를 때면 당장에라도 등에 닿을 것만 같아 일촉즉발의 긴장감마저 느껴졌다.

초만녕은 부끄럽고 화가 났다. 누군가와 이렇게 가까이 닿은 적이 있었나?

초만녕은 남자의 손을 홱 뿌리치고 굳은 얼굴로 눈길을 피하며 말했다.

"괜찮습니다."

커다란 폭포 소리에 그의 목소리가 묻혔다.

그런데 무슨 이유에서인지, 남자는 그의 말을 듣고 흠칫 놀라며 잠시 멍하니 있다가 뭔가 할 말이 있는 것처럼 손을 살짝 들어 올리더니 용기가 나지 않는지 다시 내렸다…….

남자가 주저하는 사이에 초만녕은 조금 멀리 떨어진 곳으로 도망갔다. 그는 요란한 폭포 속으로 걸어 들어, 아니 숨어 들어갔다.

126장 사촌, 아무 옷이나 입으면 안 돼요

초만녕은 심장이 쿵쾅쿵쾅 뛰고 얼굴이 발갛게 달아올랐다.

곁눈으로 보니 남자는 여전히 산처럼 그 자리에 뻣뻣하게 굳어 있었다. 그를 똑바로 바라보지 않아도 자신을 뚫어져라 쳐다보는 남자의 노골적인 시선이 느껴졌다. 그 시선은 대장간에서 갓 만든 칼처럼 뜨거운 열기를 내뿜었고 폭포를 뚫고 물줄기를 수증기로 만들며 그대로 그의 몸에 와서 꽂혔다.

초만녕은 까닭 없이 상대에게 큰 모욕을 당한 것 같아 점점 더 어두워지는 낯빛으로 입술을 깨물며 폭포 안쪽으로 숨었다.

그런데 그 눈치 없는 남자가 초만녕이 안으로 숨자 그림자처럼 따라올 줄이야.

초만녕은 버럭 화가 났다. 남자의 행동은 사생지전의 몇몇 변태 귀신들을 떠올리게 했다. 그중에는 여자도 하나 있었는데, 오밤중에 잠도 안 자고 홍련수사 지붕 위에 엎드려 몰래 그가 목욕하는 모습을 지켜보곤 했다. 그 생각을 하니 오금이 저리고 남자가 잡았던 팔에 소름이 쫙 돋았다.

다행히 그가 한참이나 물을 맞으며 폭포의 가장 안쪽에 숨어 있었더니 남자는 포기했는지 몇 번이고 뒤를 돌아보며 물줄기 아래로 돌아가 목욕을 재개했다.

초만녕은 가까스로 화를 억눌렀다. 몸을 더 담그고 싶은 마음도 사라져 대충 빨리 씻고 나가야겠다고 생각했다.

그런데 목욕 수건을 잡으려고 어깨를 만져 보니 목욕 수건이며 수건으로 돌돌 감싼 비누와 훈향도 모두 아까 넘어지는 바람에 물속에 빠뜨렸다는 걸 깨달았다.

지금쯤이면 싹 녹아 버리고 없을 텐데…….

나가서 가져와야 하나?

알몸으로 저 남자 앞을 지나가야 하는데?

시뻘겋게 달아올랐던 초만녕의 얼굴이 이젠 시퍼렇게 질렸다. 수치심과 굴욕감에 그는 얇디얇은 입술을 꼭 다물었다.

그는 나가지 않기로 마음먹었다.

그리하여 다시 팔짱을 끼고 바위를 등지고 서서, 폭포 가장 안쪽에서 바보처럼 계속 물만 맞고 있었다.

그렇게 한동안 침묵이 흘렀다.

갑자기 멀리서 그 남자가 주저하며 목청 높여 묻는 소리가 들려왔다.

"비누 드려요?"

"……."

"그리고 훈향도요."

잠시 뒤, 남자가 또 말했다.

"그렇게 계속 물만 맞고 있을 수는 없잖아요."

초만녕은 눈을 꼭 감고 여전히 폭포 밖으로는 한 발자국도 나가지 않은 채 쌀쌀맞게 대답했다.

"던져 주시죠."

남자는 던지지 않았다. 처음 보는 사람에게 던져 주는 건 너무 예의에 어긋나고 상대를 존중하지 않는 행동이라 생각하는 것 같았다. 폭포 밑에서 조금 더 기다리니 영력을 입힌 복숭아 잎사귀가 비누 한 조각과 훈향 두 개를 싣고 유유히 그를 향해 떠내려왔다.

물건을 집어서 자세히 살펴본 초만녕은 흠칫 놀랐다.

비누야 다들 비슷한 걸 쓰니까 특별할 것이 없는데, 훈향은 매화와 해당화 두 가지 향이었다. 이 두 개를 골라 보낼 줄이야. 그가 제일 좋아하는 향이있다.

그는 저도 모르게 투명한 물줄기 너머로 저 멀리 장대한 뒷모습을 한번 흘끔 바라보았다.

남자가 물었다.

"그 두 가지 맞죠?"

초만녕이 냉랭하게 대답했다.

"뭐, 대충."

남자는 다시 아무 말도 없었다. 두 사람은 멀찍이 떨어져 각자 생각에 빠져 묵묵히 몸을 씻었다. 씻다 보니 마음이 조금 차분해진 초만녕은 조심스럽게 폭포 안쪽에서 살금살금 걸어 나왔다. 원래 서 있던 곳은 물살이 너무 세서 오래 맞고 있자니 괴로웠다.

그런데 나오자마자 남자가 다시 그가 있는 쪽을 쳐다봤다. 쳐다보는 것까지는 그렇다 쳐도, 그놈의 시선이 어딘가 이상했다. 뭔가 할 말이 있는 것처럼 굴면서도 나서야 할지 말아야 할지 주저하며 그저 쳐다보기만 했다. 그 바람에 초만녕은 온몸에 소름이 쫙 돋을 지경이었다.

한참을 그러고 씻던 초만녕은 결국 견디지 못하고 먼저 나왔다.

그런데 옷가지를 전부 탕 입구에 벗어 놓고 와서 왔던 길을 돌아가야 옷을 입을 수 있었다. 어쩔 수 없이 초만녕은 눈 딱 감고 얼굴을 잔뜩 찌푸린 채 어금니를 꽉 깨물고 남자가 서 있는 쪽으로 걸어갔다.

멀다면 멀고, 가깝다면 가까운 거리까지 걸어가자 남자도 갑자기 따라 움직였다. 그는 긴 머리카락을 대충 묶고 촉촉한 앞머리를 뒤로 넘기며 초만녕의 뒤를 따라 나오려고 했다.

초만녕은 관자놀이에 핏줄을 세운 채 발걸음을 재촉했다. 그런데 그 낯 두꺼운 놈도 덩달아 걸음을 빨리하는 게 아닌가.

초만녕의 손끝에는 어느덧 천문의 금빛이 흐르고 있었다. 가까스로 참으며 무기를 소환하지 않은 건 사람을 때려서 다치게 할까 봐 걱정돼서가 아니라, 어찌 됐든 옷은 입고 손을 써야 할 것 같아서였다.

그리하여 그는 더욱 발걸음을 재촉했다.

이번에는 남자가 따라오지 않고 멈춰 섰다.

초만녕은 안도의 한숨을 내쉬었다. 그런데 그 숨을 반도 못 내쉬었을 때 남자가 등 뒤에서 이렇게 말했다.

"머리에…… 거품이 남아 있는데요."

그러고는 조심히 말을 이었다.

"깨끗하게 헹궈야 하지 않을까요?"

초만녕의 화가 치밀어 오르던 그때, 남자가 다시 천천히 걸어왔다. 바로 뒤에까지 왔는지 목소리도 똑똑히 들렸다.

그렇게까지 화가 나지 않았다면, 초만녕은 조금 달라지긴 했어도 여전히 익숙한 그 목소리를 단번에 알아들었을 것이다. 그런데 아쉽게도 그의 마음속에서는 맹렬한 분노의 불길이 타오르고 있었다.

"저……."

남자는 무슨 말을 더 하려고 했다.

초만녕은 더는 참지 못하고 홱 돌아서서 손에 쥔 황금빛 줄기로 상대를 정면으로 내리쳤다. 두 눈에는 번개 같은 사나운 빛이 번쩍였다. 그는 화를 억누르지 못하고 상대를 당장에라도 죽여 버릴 기세로 소리쳤다.

"미쳤느냐?"

천문의 빛이 몽롱한 안개를 가르며 남자의 가슴을 향해 재빨리 날아갔다.

순간, 반짝이는 금빛이 남자의 얼굴을 환하게 비췄다.

초만녕은 밝고 부드럽게 빛나며 부끄러움이 가득한 한 쌍의 눈을 보았다. 그 눈빛은 은하수처럼 바람을 따라 거세게 일렁이는 것 같기도 하고, 고요하고 깊은 호수처럼 지난 세월을 품고 있는 것 같기도 했다.

……묵연?

천문을 거두기에는 이미 늦었다. 버드나무 가지는 쉬이익 소리를 내며 묵연의 탄탄하고 매끄러운 가슴팍을 그대로 내리쳤다. 묵연은 나지막한 신음을 내뱉곤 고개를 숙이고 한참을 잠자코 있었다. 다시 얼굴을 들었을 때, 그의 눈에는 원망의 기색이 조금도 없었고 눈동자는 방금 이슬비가 내린 것처럼 촉촉했다.

초만녕은 천문을 재빨리 거둔 채 그 자리에 굳어 버렸다.

한참 뒤, 그가 잠긴 목소리로 말했다.

"……왜 안 피했느냐?"

묵연이 그를 불렀다.

"사, 사존……."

초만녕은 거의 경악할 지경이었다. 두 사람이 다시 만나는 광경을 수도 없이 생각했건만 묘음지에서, 온천탕에서 만나게 되리라고는 상상도 못 했다.

"여기서 뭐 하는 거지? 언제 돌아온 것이냐?"

"방금요."

묵연이 낮은 소리로 대답했다.

"서둘러 길을 재촉하다 보니 몸이 너무 지저분하고 꼴이 말이 아니라서, 깨끗하게 씻고 찾아뵈려고 했는데……."

초만녕은 잠시 할 말을 잃었다.

둘 다 예상하지 못했다.

둘 다 단정하고 점잖은 모습으로 서로를 마주하고 싶었다.

묵연은 아마도 멀끔한 옷차림을 하고 깔끔한 모습으로 초만녕 앞에 나타나고 싶었을 것이다.

결과는?

단정하기는커녕 우스꽝스러웠다.

점잖기는커녕 황당했다.

멀끔한 옷차림은커녕 알몸이었다.

따져 보면 깔끔한 건 맞았다.

실오라기 하나 안 걸칠 정도로 깔끔하니 말이다.

"사존, 정말…… 정말 사존 맞아요?"

오히려 묵연은 그런 모습을 별로 신경 쓰지 않았다. 오 년 동안 초만녕은 잠들어 있었지만 그는 깨어 있었고, 초만녕에게는 꿈 한 번 꾸는 시간이었지만 그에게는 뼈를 도려내는 아픔의 나날들이었다.

그는 초만녕보다 마음이 훨씬 복잡했다. 눈시울이 붉게 충혈된 채, 불타오르는 감정을 애써 억누르고 있었다.

"시간이 너무 많이 흘러서, 그게, 좀 전에…… 감히 아는 척을 못 하겠더라고요. 제가 잘못 봤을까 봐서요……."

초만녕은 머릿속이 윙윙거렸다. 대체 무슨 말을 해야 좋을지 몰라 한참 아무 말도 못 했다.

"……확신이 없었으면 와서 물어보면 될 거 아니냐. 조용히 뒤따라오면 어쩌자는 게야?"

"저도 물어보고 싶었어요."

묵연이 기어들어 가는 소리로 말했다.

"그런데 오 년이나 지난 지금…… 갑자기…… 눈앞에서 사존을 뵙게 되니 믿기지 않아서…… 꿈인 줄 알았어요……."

고향이 가까워지니 아는 사람을 만나도 내 떳떳하지 못한 처지가 두려워 안부 인사를 물을 수 없구나.

그의 옆모습을 봤을 때 묵연은 바로 이런 마음이었다.

오 년 동안 수없이 꿈꿨던 이 순간, 또 완전히 정신이 나가서 헛것이 보이는 거겠거니, 깨어나면 베개가 눈물에 젖어 있고, 만남은 그저 꿈이었을까 봐 두려웠다.

초만녕은 당황스럽고 혼란스러운 마음을 애써 진정했다. 정말 정말 마음고생이 심했겠구나 싶어 마음속이 촉촉하게 젖어 들었지만, 입으로는 애써 딱딱하게 말했다.

"……이런 황당한 꿈이 어디 있다고."

그 말에 묵연은 잠시 얼떨떨해하더니 뭔가 생각났는지 아득한 눈빛으로 입술을 깨물었다. 사실 만나자마자 하려고 했던 말은 아니지만, 지금처럼 초만녕이 아직 벽을 높이 높이 쌓아 올리지 않았을 때 묻지 않으면 앞으로 기회가 없을 것 같아서 살짝 망설여졌다.

이에 그는 잠시 멈추었다가 다시 입을 열었다.

"……사존, 기억 안 나세요?"

"뭐가?"

묵연은 깊이가 보이지 않는 새까만 눈동자로 그를 보며 말했다.

"사존께서 말씀하셨잖아요, 너무나 행복한 꿈은 현실일 리가 없다고."

"그건……."

초만녕은 무슨 말을 하려다가 갑자기 멈췄다. 이 말은 금성호에서 묵연을 구할 때 자신이 했던 말이었다. 그때는 정말 마음이 괴로워서 의기소침하게 대꾸했던 것인데, 시간이 이렇게 많이 흘렀는데도 기억하고 있다니.

그런데 금성호의 그 사람이 사실은 초만녕이었다는 것을 묵연이 어떻게 알았을까? 설마 사매가 알려 줬나?

초만녕은 고개를 들어 묵연을 바라보았다. 묵연도 그를 바라보고 있었다. 눈빛을 보아 하니 묵연은 진실을 알고 있는 게 아니라 확신이 없어서 반응을 살피기 위해 그를 떠본 것 같았다.

묵연이 착 가라앉은 목소리로 말했다.

"역시 사존이셨군요."

묵연이 팔을 들어 올리자 가슴팍이 찢어지고 피가 스며 나왔다. 묵연은 쓸쓸한 미소를 지으며 말했다.

"요 몇 년간 늘 지나갔던 일에 대해 생각했어요. 사존께서 절 위해 얼마나 많은 일을 하셨는지를요. 곱씹어 보다가 그때 금성호에서 본 환각 세계가 떠올랐어요. 그런데 사매는 이제껏 절 '묵연'이라고 부른 적 없었거든요."

그는 잠시 멈추더니 말을 이었다.

"정말 생각할수록 괴로운 기억이었어요. 사존께서 깨어나시면 이런저런 일들에 대해 꼭 직접 물어보고 싶었어요."

그러고는 조심스럽게 물었다.

"가장 물어보고 싶었던 건…… 사존, 그때 금성호 밑에서 저를 구해 줬던 사람, 사존 맞죠?"

묵연이 그를 향해 다가오자 초만녕은 뒤로 물러서고 싶었다.

묵연의 큰 키는 우뚝 솟은 높은 산과 같아서 몸 전체에 사람 목숨을 앗아 갈 것 같은 힘이 넘쳐흐르고 있었다. 묵연의 눈은 갓 솟아오른 태양을 담은 것처럼 이글거렸다.

초만녕은 괜스레 당황해서 말했다.

"내가 아니었다."

묵연은 믿지 않는 모양이었다.

초만녕은 마음이 어수선해서 지푸라기라도 잡는 마음으로 얼른 화제를 바꿨다. 그런데 놀라고 긴장하고 어색한 나머지 조금 전에 이미 물어봤고, 묵연도 대답했던 질문을 다시 던졌다.

그는 자신 때문에 가슴에 상처를 입은 남자를 바라보며 다시 물었다.

"아까 내가 무기를 휘둘렀을 때 왜 피하지 않았어?"

묵연은 얼떨떨해하더니 짙은 속눈썹을 떨어뜨리며 웃었다.

"사존께서 너무나 행복한 꿈은 진짜가 아니라고 말씀하셨잖아요."

그 역시 다시 한번 대답하고는 잠시 멈추더니 혼잣말처럼 중얼거렸다.

"아픔을 느끼고 싶었어요. 아프면 꿈이 아닌 생시일 테니까요."

그가 가까이 다가와 어느새 초만녕 앞에 섰다.

갑작스러운 만남 때문인지 기쁨과 부드러움, 아련함과 쓰라림이 모든 것을 뛰어넘었다. 묵연은 다른 생각은 모두 잊고 허황된 상상을 하지도 않았다. 심지어 초만녕과 멀지도 가깝지도 않은 딱 알맞은 거리를, 사제지간에 마땅히 두어야 할 거리를 유지해야 한다는 것도 잊어버렸다.

결국, 그는 그러질 못했다.

감정이 깊어지니 자꾸만 눈앞에 있는 사람이 사존이 아닌 만녕으로 보였다.

묵연은 눈시울이 점점 붉어졌다. 그가 민망한지 손으로 얼굴을 쓱 닦고 눈가도 한번 훔치며 웃으며 말했다.

"물이 많이 튀어서요."

초만녕은 고개를 들어 그를 넋 놓고 바라보았다. 묵연이 돌아오기를 그토록 애타게 기다렸지만, 이 순간만큼은 묵연보다는 제정신이었다. 정신을 똑바로 차리려고 애쓴 덕분에 자신들의 상황이 눈에 들어왔다. 둘은 아무것도 걸치지 않은 채 알몸으로 마주 서서 얘기를 나누고 있었다. 묵연은 코앞까지 바짝 다가와 있었다. 조금만 더 앞으로 오면 귀계에서처럼 그를 와락 끌어안을 것만 같았다.

초만녕은 묵연의 더없이 준수한 얼굴을 그만 올려다보고 싶었다. 그런데 시선을 조금만 내리면 꼿꼿한 어깨와 드넓은 가슴이 눈에 들어왔다. 천문이 찢고 지나간 자리에는 피가 서서히 번지고, 마르지 않은 물방울들이 묵연의 숨결을 따라 가볍게 떨리고 있었다. 초만녕은 그의 탄탄한 가슴이 뜨거운 건지 물줄기가 뜨거운지 알 수 없었다.

사방이 온통 묵연의 숨결로 가득 찬 것만 같아 그는 그만 넋을 잃고 말았다.

"사존, 저……."

네가 뭐?

묵연이 무슨 말을 채 하기도 전에 초만녕은 확 돌아서서 줄행랑을 쳤다.

묵연은 너무 놀라 완전히 굳어 버렸다.

그가 정말로 뛰쳐나가는 게 아닌가.

묵연은 초만녕이 그렇게 허둥지둥 황급하게 도망가는 모습을 처음 봤다. 마치 그의 목숨을 앗아 가고 영혼을 씹어 먹는 뭔가가 뒤에서 쫓아오는 것처럼.

"저 사존이 정말 보고 싶었어요."

묵연은 제자리에 우두커니 서서 하던 말을 마치고는 입을 다물었다.

왜 도망가지…….

묵연은 뭔가 억울했다.

뭍으로 올라와 얼굴이 누르락붉으락해서 황급히 옷을 입는 초만녕을 보니 저도 모르게 설움이 북받쳤다.

"사존."

그가 중얼거렸다.

초만녕은 아무런 대꾸도 하지 않았다.

"사존…….."

초만녕은 여전히 아무 말도 하지 않고 허리띠를 감고 있었다.

"사존…….."

"왜!"

겨우 옷가지를 걸친 초만녕이 그제야 안도의 한숨을 내쉬었다. 옷으로 몸을 감싸니 체면과 이성도 다시 육체로 돌아온 것 같았다.

그는 꼬리가 날카롭게 치켜 올라간 눈썹을 추켜세우고 감히 높이 기어오르려는 제자를 노기등등하게 노려보았다.

"할 말이 있으면 나가서 하면 되잖느냐! 그렇게 알몸뚱이로, 꼴이 그게 뭐냐!"

묵연은 조금 난감해하며 주먹으로 입을 막고 헛기침을 하곤 말했다.

"……저도 알몸으로 있고 싶지 않아요."

"그런데 왜 옷을 안 입지?"

묵연이 잠시 주저하더니 옆에 있는 복숭아나무로 시선을 돌리며 말했다.

"그게……."

그가 숨을 한번 크게 들이마시더니 마침내 결심한 듯 말했다.

"사존, 지금 입고 계신 그 옷, 제 옷이에요."

말을 마치고 그는 흐드러지게 피어 살랑거리는 복숭아꽃을 보며 얼굴을 살짝 붉혔다.

127장 사존, 마음에 드세요?

짧은 순간 초만녕의 머릿속에선 파도가 뒤집히고 비바람이 몰아치며, 번개가 쩍 하고 하늘을 가르고 검은 먹구름이 거센 빗줄기를 쏟아 냈다.

벗어야 할까? 벗지 말아야 할까?

정말 환장할 노릇이었다.

벗지 않는 건 타당치 않아 보였다. 옷을 잘못 입었다는 걸 알게 된 이상 묵연의 말을 못 들은 척할 수는 없었다.

그렇지만 벗자니…….

체면이 떨어졌다. 겨우 입은 옷인데 묵연이 보는 앞에서 다시 한 겹 한 겹 벗을 수는 없었다.

그렇게 잠시 어색한 침묵이 흐른 뒤 묵연이 말했다.

"그렇지만 그 옷은 제가 깨끗하게 빨았으니, 괜찮으시면 그냥…… 입고 계세요."

초만녕이 짧게 대답했다.

"그래."

묵연은 안도의 한숨을 내쉬었다. 그는 항상 눈치가 없고 무뎠다. 옷을 거의 다 입은 다음에야 알려 드리다니, 지금 사존더러 자기 앞에서 옷을 벗고 허리띠를 풀라는 말이나 마찬가지이지 않던가?

그 장면을 상상해 보니 마음속에 불꽃이 일어나 묵연을 뜨겁게 달궜다.

그의 얼굴이 더욱 시뻘게졌다. 다행히 요 몇 년간 밖에서 동분서주하다 보니 야들야들했던 피부가 구릿빛으로 타서 티가 나지는 않겠지만, 심장이 쿵쾅쿵쾅 요동치는 소리를 초만녕이 들을까 봐 도둑이 제 발 저리는 것처럼 겁이 났다. 그는 재빨리 고개를 숙여 초만녕의 옷을 후딱 집어 소리 없이 입기 시작했다.

옷차림을 단정히 한 후 두 사람은 서로를 힐끔 쳐다보곤 또다시 어색함에 빠졌다.

옷이 몸에 맞지 않았다.

묵연이 걸치고 있는 초만녕의 옷은 한눈에 봐도 작아서 옷섶을 제대로 여미지 못했다. 옷깃이 활짝 열려 야무진 구릿빛 속살이 잔뜩 드러나고 다리도 절반이나 튀어나와 있었다. 옷깃을 여미면 팔꿈치가 튀어나오는 그 모양새가 이루 말할 수 없을 정도로 억울해 보였다.

초만녕도 나을 게 없었다. 그가 걸치고 있는 묵연의 장포 끝이 바닥에 닿아 발등을 모두 가려 버린 건 물론이요, 바닥에 질질 끌리기까지 했다. 하얀 옷자락이 운무처럼 뒤에 드리워져 단정하고 보기는 좋았지만, 이젠 그가 묵연보다 한참이나 작다는 걸 의미했다.

초만녕은 자존심이 상한 기분이 들어 굳은 얼굴로 말했다.

"가."

'나는 이만 가겠다'라는 의미였다.

그러나 뜻을 오해한 묵연은 함께 가자는 줄 알고 고개를 끄덕이며 자발적으로 사존의 나무 대야와 갈아입은 옷을 들고 정성스레 뒤를 따랐다.

두 사람은 목욕탕 입구의 발을 걷고 나왔다. 온천 근처와는 달리 밖은 조금 쌀쌀했다. 저도 모르게 몸을 부르르 떠는 초만녕을 보고 묵연이 물었다.

"추우세요?"

"아니."

묵연은 이제 스승이 고집이 세다는 것을 잘 아는지라 웃으며 말했다.

"저는 추워요."

묵연이 팔을 뻗어 공중에서 손바닥을 비비니, 손바닥 한가운데서 빨간 불빛이 생겨났다. 이윽고 얇은 방한 결계가 내려와 두 사람을 그 속에 가뒀다. 아른아른 빛이 나는 결계 꼭대기에는 잔잔한 꽃무늬까지 있어 상당히 아름다웠다.

초만녕이 고개를 들어 결계를 보곤 애써 표정을 숨기며 말했다.

"많이 늘었군."

"사존 따라가려면 아직 멀었어요."

"이만하면 됐다. 내가 만든 방한 결계가 이것보다 못할 수도 있어."

초만녕이 유심히 훑어보더니 옅은 꽃무늬를 보며 말했다.

"복숭아꽃이 예쁘군."

"해당화예요."

초만녕의 마음이 살짝 흔들리고 눈에는 잔잔한 물결이 일었다. 묵연이 말했다.

"꽃잎이 다섯 장이잖아요."

초만녕은 피식 웃으며 여느 때처럼 흔들리는 눈빛을 감추려고 애써 침착한 척하며 비웃듯이 말했다.

"날 따라 한 것이냐?"

묵연은 순진하고 꾸밈없는 눈으로 당당하게 그를 바라보며 고개를 끄덕였다.

"따라 해 봤는데 형편없죠? 괜한 웃음거리가 됐네요."

초만녕은 대답할 말을 찾지 못했다.

두 사람은 어깨를 나란히 하고 한참을 말없이 걸었다. 초만녕은 그의 옆에 나란히 서고 싶지 않아 발걸음을 재촉했다. 뒤따라오던 묵연이 갑자기 물었다.

"사존, 제가 연회에 제때 도착하지 못해서…… 화나셨어요?"

"아니."

"정말요?"

"거짓말해서 뭐 하겠느냐."

"그런데 왜 이렇게 빨리 걸으세요?"

'네가 너무 커 버려서'라는 말은 당연히 할 수 없었다. 초만녕은 잠시 침묵하더니 하늘을 올려다보며 말했다.

"곧 비가 올 것 같아서."

말이 씨가 된다고, 그 말을 하고 얼마 안 돼서 우중충한 하늘에서 갑자기 빗방울이 투둑투둑 쏟아지며 주렴을 뚫고 들어와 장막을 적셨다.[8]

묵연이 웃었다.

그의 웃음은 오 년 전과 다름없이 보기 좋았다. 전보다 솔직하고 꾸밈없어 유난히 눈부셨다.

초만녕은 흘겨보며 물었다.

"왜 그리 실없이 웃느냐?"

"아무것도 아니에요."

그의 볼에 기분 좋은 보조개가 옴폭 파였다.

묵연은 키가 크고 몸집이 좋았지만 초만녕을 볼 때는 교만하고 능욕하는 기색이 전혀 없는 순한 모습이었다.

오히려 조금 쑥스러워하는 것 같았다.

"오랜만에 사존을 뵙게 되어 기뻐서요."

초만녕은 그의 보조개를 보며 생각에 잠겼다. 그 달콤한 미소가 영원히 사명정의 것이라고 생각했는데 그렇지도 않았다. 목숨을 바치면 그 역시도 다행히 조금은 가질 수 있는 것이었다.

초만녕이 버럭 욕했다.

"바보 같으니라고."

그러자 묵연은 가늘고 긴 속눈썹을 떨어뜨리며 정말로 바보같이 활짝 웃었다.

#8 우중충한 하늘에서 갑자기 빗방울이 투둑투둑 쏟아지며 주렴을 뚫고 들어와 장막을 적셨다 당나라 시인 잠삼(岑參)의 〈백설가송무판관귀경(白雪歌送武判官歸京, 흰 눈이 내리는 날 무판관의 귀경을 환송하며 노래하다)〉에 나오는 구절

묵연은 너무 좋아서 정신을 못 차리다가 순간 방심하여 내내 밟지 않으려고 애썼던 초만녕의 옷자락을 밟고 말았다. 초만녕은 고개를 숙여 바닥과 묵연을 번갈아 보더니 엄숙한 얼굴로 입을 굳게 다물었다.

묵연이 정직하게 말했다.

"옷이 사존한테는 좀 크네요."

정말 아픈 곳만 건드리는 재주가 있다니까.

묵연은 초만녕을 홍련수사까지 바래다줬다. 초만녕은 이런 것에 익숙하지 않아 사실 어딘가 어색했다. 늘 혼자 다니다 보니 다른 사람과 우산 하나를 나눠 쓸 기회가 없었던 그였다. 종이 우산이든 결계 우산이든.

그래서 반 정도 왔을 때 발걸음을 멈추고 말했다.

"내가 하겠다. 결계를 하나 더 치면 되는 것을."

묵연이 얼떨떨해서 물었다.

"잘 가다가 왜 그러세요……."

"제자더러 우산을 들라고 하는 법이 어디 있느냐."

"사존은 저를 위해 많은 걸 하셨잖아요."

묵연이 잠시 침묵하더니 낮은 목소리로 천천히 말했다.

"지난 오 년 동안 저는 매일같이 제가 조금 더 나은 사람이 될 수 있기를 바랐어요. 사존은 모르는 게 없고 뭐든지 혼자서 잘하시니까, 제가 사존보다 아주 조금만 더 많이 알면 좋겠다고 생각했어요. 그러면 사존은 저를 필요로 하실 테고, 저는 사존께 보답할 수 있을 테니까요. 그런데 오랜 시간 갈고 닦았는데도 달라진 게 없어요. 그저 언제나 사존을 우러러볼 뿐, 사존의 은혜는 평생을 바쳐도 보답하지 못할 거예요. 그러니……."

그는 고개를 떨구고 다리 옆에 늘어뜨린 손을 꽉 주먹 쥐었다.

바닥에는 어느새 빗물이 모여 졸졸 흐르고, 빗방울이 방울방울 떨어지면서 물결이 일어 작은 꽃을 피웠다.

"우산을 드는 이런 자잘한 일은 제게 맡겨 주세요."

초만녕은 아무 말도 하지 않고 조용히 그를 바라보았다.

"평생 사존을 위해 우산을 들게요."

초만녕은 가슴이 뜨거워지는 느낌이 들었다. 따뜻한 말인데 듣자마자 눈물이 나려고 했다.

온갖 시련을 다 겪어 쉬이 약한 모습을 보이지 않는 그가,

오랫동안 혼자 여행하다가 마침내 몸을 의탁할 곳을, 지친 몸을 누이고 휴식할 곳을 찾은 것만 같았다.

그는 그대로 쓰러졌다. 온몸의 뼈가 녹아 버릴 것 같았다.

평생이라.

묵연은 올해 스물두 살이다. 스무 살이 넘으면 시간이 전과는 다르게 느껴진다고 한다. 스물이 되기 전에는 삼 년, 오 년이 한 평생이라고 부르고 싶을 만큼 더디고 지루하게 느껴진다.

그런데 스물이 넘으면 세월이 덧없이 흘러가고 흘러간 시간은 되돌릴 수 없다는 걸 알게 된다.

빠르게 흘러가는 시간 속에서 잠시 멈춘 묵연은, 그를 위해 우산을 들어 주겠다고 했다.

초만녕은 온정을 받아 본 경험이 별로 없어서 갑자기 이런 호의를 가슴에 품으니 무겁게 느껴졌다. 그는 묵연을, 고개를 떨구고 있는 그 남자를 물끄러미 바라보다가 문득 입을 열었다.

"묵연, 고개를 들어 날 보거라."

남자는 고개를 들었다.

초만녕이 말했다.

"다시 한번 말해 보거라."

그 얼굴이 여전히 조금 낯설게 느껴졌다. 기억 속 그와는, 과거의 황당한 꿈들 속 그와는 판이한 모습이었다.

그는 부드럽고 침착하고 강인했다. 불처럼 열렬하고 강철처럼 굳셌다. 두 줄기 눈빛은 한 치의 망설임도 흔들림도 없이 꼿꼿하게 자신을 향해 있었다.

분명 오 년 전 마지막으로 봤을 때까지만 해도 앳된 소년이었다.

그 앳된 소년이 어느새 빼어나고 의연한 남자가 되어 있었다.

남자가 한쪽 무릎을 꿇고 고개를 들어 말했다.

"사존, 평생 사존을 위해 우산을 들어 드리고 싶어요."

초만녕은 멍하니 그를 바라보았다. 그의 새까만 눈썹을, 준수한 얼굴을, 반짝반짝 빛나는 눈동자를, 날렵한 콧날을 바라보았다.

묵연은 벌써 튼튼한 소나무처럼 자라 그의 키를 따라잡고 넘어섰다. 오랜 시간 비바람 속에 홀로 우뚝 서 있던 초만녕이라는 나무는, 꿈에서 깨어 보니 어느새 비도 그치고 먹구름도 걷혀 있었다. 대신 그보다 훨씬 크고, 훨씬 의연한 나무가 햇빛 속에서 바람을 맞으며 우뚝 서 있었다.

그 나무가 평생 그의 곁에 있겠다고 한다.

무성했던 나뭇잎이 메말라 떨어지고 병들어 쓰러질 그날까지, 앞으로 찾아올 봄, 여름, 가을, 겨울, 그 어느 계절에도 그는 더이상 혼자가 아니었다.

초만녕은 묵연을 바라보며, 문득 그가 오 년 전 채접진에서 업고 왔던 세상 물정 모르는 피투성이 제자가 아니라는 것을 깨달았다.

초만녕은 빗속에, 해당화가 흩날리는 결계 아래에 서서 처음으로 묵연을 어느 것 하나 빠뜨리지 않고 꼼꼼히 훑어보았다. 남자가 약속한 평생을 찬찬히 살펴보았다.

그의 심장이 갑자기 빨리 뛰기 시작했다.

지금의 묵연은 그의 혼을 쏙 빼 놓을 정도로 고혹적이었다. 콧방울의 아름다운 곡선이며 입술, 윤곽이 분명한 턱이며 목울대까지, 모두 그의 마음을 사로잡았다.

묵연에 대한 이전의 사랑은 감출 수 있는 정도였다. 그런데 다시 만난 지금, 이 남자는 횃불처럼 손쉽게 자신 안의 땔나무 더미에 불을 지펴 거대한 불길이 하늘을 삼키게 했다.

마음속에 깊이 잠들어 있던 용암이 서서히 깨어나 심연 속에 기지개를 켜며 언제든 폭발하려고 준비하는 것 같았다.

용암은 그가 늘 자부했던 점잖음, 도도함, 금욕을……

활활 불태워 잿더미로 만들어 버렸다.

모조리 타서 잔재가 되어 버렸다.

128장 사촌, 오 년 만이네요

초만녕은 호흡이 가쁘고 목이 바짝바짝 말랐다.

이렇게 지기는 싫었다. 묵연을 곤란하게 하고 싶은 마음에 그는 가까스로 화를 억누르며 담담하게 물었다.

"평생?"

"평생이요."

"……내가 널 아랑곳하지 않고 나 혼자 빨리 갈 수도 있다."

"괜찮아요, 제가 쫓아갈게요."

"가기 싫다고 멈춰 설 수도 있다."

"제가 곁에 있을게요."

초만녕은 생각을 하지도 않고 툭툭 대답하는 그를 보며 초조하고 불안해져 옷소매를 탁 뿌리치며 물었다.

"그럼 내가 아예 걷지 못하면?"

"제가 안고 가지요."

묵연은 말하고 나서야 약간 불경스럽고 당돌하다는 생각이 들었는지, 움찔하며 눈을 크게 뜨고는 손사래를 치며 다급히 고쳐 말했다.

"업고 갈게요."

초만녕의 심장이 점점 빨리 뛰고 호흡이 가빠졌다. 그는 남자를 일으켜 세워 어루만지고 싶은 마음을 가까스로 억눌렀다. 마음속에 도사린 충동 때문에 그는 눈썹을 한껏 추켜세웠다. 초조하고 골이 나 있는 모습이었다.

"누가 업어 달랬느냐?"

묵연은 입만 뻐끔거릴 뿐 할 말을 찾지 못했다.

사존은 늘 까다로웠다. 업는 것도 싫다, 안는 것도 싫다, 그렇다고 들거나 끌고 갈 수는 없지 않은가. 서툰 그는 초만녕을 기쁘게 할 수 있는 방법을 알지 못했다.

그래서 버려진 개처럼 의기소침해서 고개를 떨궜다.

그리고 기어들어 가는 목소리로 말했다.

"그럼 저도 안 갈게요."

그러고는 이렇게 덧붙였다.

"비를 맞고 싶으시면 함께 맞을게요."

초만녕은 이렇게 빈틈없는 집착을 어찌해야 좋을지 몰랐다. 혼자가 익숙했던 그는 대뜸 단호하게 말했다.

"난 네가 함께 있어 주는 걸 원하지 않아."

묵연은 결국 입을 닫았다. 초만녕의 시선에는 그의 넓은 이마와 숯검정 같은 눈썹, 그리고 가늘고 긴 속눈썹만 보일 뿐이었다. 힘없이 늘어뜨린 속눈썹은 바람에 따라 파르르 떨리고 있었다.

"사존……."

초만녕이 조바심이 나서 얼떨결에 거절해 버리는 바람에 묵연은 그의 마음을 오해했다.

"아직 화가 안 풀리신 거죠……?"

초만녕은 두근거리는 마음을 달래는 데 정신이 팔려 제대로 듣지 못하고 되물었다.

"뭐라고?"

"귀계에 있을 때 말씀드렸던 거요, 죄송하다고 여러 번 사과했던 거, 그걸로는 부족하다는 걸 저도 알아요. 지난 오 년 동안단 한 순간도 죄책감에서 벗어난 적 없어요. 사존께 죄를 지었다는 걸 저도 알아요."

초만녕은 묵묵히 듣고만 있었다.

"더 잘하고 싶단 말이에요. 적어도 사존 앞에 섰을 때 저 자신이 불결하고 고개를 들 자격이 없다고 느껴지지 않았으면 좋겠어요. 그런데 전…… 사존을 따라갈 수가 없어요……. 아침에 눈을 뜰 때마다 이 모든 게 한낱 꿈일까 봐, 꿈에서 깨면 사존이 사라질까 봐 너무 불안해요. 금성호에서 저를 구할 때 너무나 행복한 꿈은 현실일 리가 없다고 하신 그 말이 귓가에서 맴돌아요. 그래서…… 너무 괴로워요……."

묵연은 갈라지는 목소리로 말했다.

하고 싶은 말은 많았지만 애써 말을 삼켰다. 초만녕 앞에서 자신은 이런 이야기를 계속할 자격이 없다고 생각했다. 어떻게 초만녕에게 지난 오 년의 일들을 털어놓겠는가?

그는…… 가끔 혼자 눈 덮인 골짜기에서 세월이 어떻게 흘러

가는지, 자신이 지금 어디에 있는지 모르고 지냈다. 그럴 때면 바늘로 손톱 밑을 한 번 또 한 번 찔렀다. 아팠다. 그런데 아프고 나면 정신이 맑아지고 아직 인간 세상에 남아 있다는 걸 깨닫곤 했다.

이 모든 건 전생에 꾼 꿈이 아니었다. 그가 깨어났을 때 풍경은 사람이 달라진 사생지전이었고, 원한 가득한 설몽이나 폐허가 되어 버린 유풍문, 생전처럼 옷을 입은 채 홍련수사에 누워 있는 초만녕도 볼 수 없었다.

생전처럼, 생전처럼……

이보다 더 가슴 아픈 말이 있을까.

이상하게도 초만녕이 자신을 구하다 죽었을 때, 그를 구하러 귀계로 내려갔을 때, 묵연은 마음이 아프긴 했지만 지금처럼 주체할 수 없이 절망스럽지는 않았다.

그런데 시간이 흐를수록, 초만녕이 깨어날 날이 하루하루 가까워질수록 묵연은 점점 마음이 칼로 에는 듯 아팠다.

혼자 보내는 세월이 그에게 생각할 시간을 더 많이 줘서였던 것 같기도 했고, 초만녕이 없는 나날들에 그토록 처절하게 그 사람을 모방하며 자신을 완전히 부숴 버리고 그 사람의 그림자라도 닮고 싶어서였던 것 같기도 했다. 어찌 됐든 그가 유심히 보지 않았던, 깊이 생각해 보지 않았던 잊힌 일들이 모두 머릿속에 떠올랐다. 지난 일들은 썰물이 빠져나간 뒤 드러난 축축한 갯벌과도 같았다. 그는 혼자 파도가 잠잠해진 바닷가에 덩그러니 남겨졌다.

모든 것이 분명했다.

그는 봉화가 사방에서 피어오르던 전생의 막다른 골목을 떠올렸다.

설몽이 사생지전으로 찾아와 원래의 모습을 전혀 찾아볼 수 없게 된 무산전 앞에서 눈물이 그렁그렁해서는 그를 원망하며 소리쳤었다.

어떻게 사촌을 이렇게 대할 수 있냐고.

설몽은 그에게 부디 죽기 전에 지난날을 돌이켜 보라고 몰아세웠었다.

그가 말했다.

묵연, 잘 생각해 봐. 너의 그 흉악한 원한을 내려놓으란 말이다. 옛날을 생각해 봐.

그분은 너와 함께 수련하고 무공을 연마하며 널 빈틈없이 보호하셨어.

그분은 너에게 글자와 책 읽는 법과 시와 그림을 가르치셨어.

그분은 널 위해 요리하는 법을 배웠지만, 솜씨가 서툴러서 손이 온통 상처투성이였지.

그분은…… 네가 돌아오길 밤낮으로 기다리셨어. 날이 어두워질 때부터…… 다시 밝아 올 때까지…….

묵연은 듣지 않았다. 돌아보지 않았다.

그런데 지금, 썰물이 빠져나간 운명의 해안선에서 그는 자신이 놓쳐 버렸던 마음을 보게 되었다. 한때 자신을 끔찍이 아꼈던, 한때 죽을 만큼 간절하게 자신을 원했던, 한때 자신을 위해 피 말리는 시간을 보냈던 그 마음을.

그가 고집을 부리는 통에 보지 못하고 무참하게 밟아 버렸던 그 마음을.

그는 그렇게 초만녕의 마음을 짓밟았었다!

묵연은 그 생각을 할 때마다 온몸이 떨리고 피투성이가 되는 심정이었다. 대체 무슨 짓을 한 거야…… 무슨 짓을? 두 번의 생, 십육 년 동안 한 번이라도 초만녕에게 보답했던 적이 있었던가? 한 번이라도 초만녕을 우선순위에 둔 적이 있었던가?

개자식!

예전에 자신은 왜 조금도 아파하지 않았을까. 설마 마음이 목석으로 만들어졌던 걸까?

지난 오 년 동안 예전과 같은 모습으로 하얀 옷을 입고 돌아오는 초만녕을 그는 꿈속에서 수도 없이 보았다.

꿈에서 깨면 베개가 흥건하게 젖어 있었다. 그는 매일같이 되뇌었다. 초만녕, 사존, 죄송해요. 제가 잘못했어요, 제가 나빴어요. 매일매일 되뇌었지만 죄책감은 덜어지지 않았다.

나중에는 봄날의 싱그러움을 봐도 그가 생각나고 겨울의 흩날리는 눈을 봐도 그가 떠올랐다.

나중에는 모든 새벽이 초만녕의 영혼처럼 황금빛이었고 매일 밤이 초만녕의 눈동자처럼 새까맸다. 하얀 달빛은 그의 옷소매 같았고 떠오르는 해는 그의 눈동자에 어려 있는 온정처럼 보였다. 나중에는 하늘가의 붉은 노을도, 주홍빛 아침 햇살도, 흘러가는 구름도 전부 초만녕처럼 보였다.

온통 그였다.

그런 아픔과 그리움 때문에 자신의 비천한 출신에 대한 증오도 점점 사라지고 사매에 대한 열광적이고 맹목적인 사랑도 점점 식어 갔다.

그러던 어느 날, 눈 덮인 골짜기 밖의 벽 틈새에 피어난 눈 덮인 개나리 한 송이를 발견했다.

그는 조용히 한참을 지켜보며 평소처럼 생각에 잠겼다. 아, 이렇게 아름다운 꽃을 사존께서 보신다면 분명 좋아하실 텐데.

그렇게 담담하게, 가장 평범하고 가장 아무것도 아닌 작은 일을 생각했다.

초만녕이 죽어 갈 때도 그를 미치게 하거나 무너뜨리지 못했던 슬픔이 순식간에 울부짖으며 그를 향해 밀려왔다. 천 리 제방이 개미구멍 하나에 무너지듯 그렇게 갑자기 와르르 무너졌다.

그는 목 놓아 통곡했다. 흐느끼는 소리가 깊은 골짜기에 아득히 울려 퍼지고 그 오싹한 소리에 나란히 줄을 지어 날아가던 기러기 떼가 놀라 흩어졌다. 그 울음소리는 처절하고 추했다. 그는 눈 속에 고고하게 피어난 금색의 꽃 한 송이 때문에 울음을 터트린 자신이 수치스러웠다.

오 년이 흘렀다.

그는 한 번도 자기 자신을 용서한 적이 없었다.

"사존…… 죄송해요……. 시간 맞춰 도착하려고 죽어라 달렸는데, 선물도 준비했는데, 사존을 만날 때 빈손으로 오지 않으려고……."

침착한 척, 괜찮은 척하려고 억지로 버티던 그는 결국 산산이 부서지고 말았다.

묵연은 초만녕 앞에 무릎을 꿇고 처참히 무너졌다. 지금 그는 오직 초만녕 앞에서만 이렇게 흐트러진 모습을 보일 수 있었다.

"저는…… 여전히 서툴러요. 사존이 환생한 후 처음으로 한 약속도 지키지 못했어요. 제가 잘못했어요."

그 모습을 본 초만녕은 마음이 찢어질 듯 아팠다. 그는 줄곧 묵연을 좋아했다. 오랜만에 다시 만난 그가 이렇게 서러워하는데 어찌 마음이 아프지 않을 수 있겠는가?

묵연의 말을 듣고만 있던 초만녕이 잠시 주저하다 물었다.

"왜 늦었느냐?"

"제시간에 올 수 있었는데…… 오는 길에 채접진에서 귀신을 만났어요. 그래서……."

"귀신 잡느라 지체했다고?"

"죄송해요."

묵연이 고개를 떨궜다.

"일정이 지체됐을 뿐만 아니라 사존을 위해 준비했던 선물도 모두 망가지고…… 몸에 더러운 피도 잔뜩 묻혔어요. 그래서 서둘러 목욕하고 가려고 했는데 결국……."

초만녕의 마음이 약해졌다.

묵 종사.

묵연은 더 이상 오 년 전의 그가 아니었다.

오 년 전 그는 자신의 이익밖에 생각할 줄 몰랐지만, 지금은 뭐가 더 중요한지 판단하고 선택할 줄 알았다. 초만녕은 풍류밖에 모르는 사람이 아닌지라 묵연이 채접진에서 귀신을 보고도 모른 체했다면 오히려 화를 냈을 것이다. 그는 얌전하게 자기 앞에 무릎을 꿇고 서툰 모습으로 용서를 구하는 이 남자가 멍청하지만 사랑스러웠다.

마음이 따뜻해진 초만녕이 천천히 다가가 손을 내밀어 그를 일으켜 세우려는데, 묵연이 다급하게 말했다.

"사존, 제발 저를 문하에서 쫓아내지 마세요."

이번에는 초만녕이 멍해졌다. 그는 죄책감에 시달리고 불안해하는 묵연의 마음을 전혀 모르는 터라, 묵연의 말이 너무나 의외였다. 그는 잠시 주저했다.

"어째서 그런 말을……."

"비가 올 때 함께 있는 것도, 쫓아가는 것도, 지켜 주는 것도, 없는 것도 안는 것도 다 싫어도, 다 마음에 안 드셔도, 제발, 저를 내쫓지만 말아 주세요."

묵연이 마침내 고개를 들자 초만녕은 가슴이 떨렸다.

묵연의 눈시울은 붉어졌고 눈에는 눈물이 그렁그렁했다.

늘 시원시원하고 결단력 있는 초만녕은 갑자기 아무런 생각도 나지 않았고 어찌해야 좋을지 몰랐다.

"너…… 스물두 살이나 먹은 사람이…… 어째…….."

그러더니 잠시 멈추고 길게 한숨을 내쉬며 말했다.

"일단 일어나거라."

묵연이 갑자기 팔을 들어 눈물을 쓱 닦더니 고집스럽게 말했다.

"절 받아 주지 않으시면 일어나지 않을 거예요."

……그럼 그렇지, 고집스러운 모습은 여전하네!

초만녕은 머리가 지끈거려 입을 꾹 다물고 그의 손목을 덥석 잡아 끌어 올렸다.

손끝이 닿는 순간 힘 있는 근육과 뜨거운 살이 그대로 느껴졌다. 젊고 건장한 그의 몸은 소년 때와는 완전히 달라져 있었다.

초만녕은 가슴이 요동쳐 그의 손을 다시 툭 놔 버렸다.

다행히 묵연은 슬픔에 빠져 있던 터라 초만녕의 이상한 모습을 알아채지 못했다. 초만녕은 믿을 수 없다는 듯이 자신의 손을 한참이나 바라보았다. 가슴속에 거칠고 사나운 파도가 일고 있었다.

내가 왜…… 왜 이러는 걸까?

오 년 동안 깊은 잠에 빠져 있으면서 마음을 깨끗하게 하고 욕망을 억제하는 법을 잊어버렸단 말인가?

그는 눈을 떠 묵연을 멍하니 보았다.

눈앞의 이 사람이 너무 많이 변해서 내 마음을 억누를 수 없게 된 걸까?

묵연은 입술을 잘근잘근 깨물더니, 계속해서 고집을 부리기로 마음을 굳힌 것 같았다.

"사존, 저를 내치지 말아 주세요."

그러고는 다시 무릎을 꿇으려고 했다.

다시 일으켜 세울 용기가 없어진 초만녕은 호통치며 말렸다.

"다시 꿇으면! 그때는 정말 내칠 게다!"

흠칫 놀란 묵연은 눈을 끔뻑끔뻑하더니 문득 스승의 뜻을 깨닫고 반짝이는 눈으로 말했다.

"사존, 저를 원망하지 않는 거죠……? 오늘 제가 약속을 어겨서 화난 거 아니죠? 사존……."

초만녕이 버럭 화를 내며 말했다.

"내 그릇이 그렇게 작은 줄 아느냐?"

묵연은 격한 마음에 더는 참지 못하고 초만녕을 와락 끌어안으려 했다. 화들짝 놀란 초만녕은 뒤로 한 걸음 물러서서 눈썹을 추켜세우며 소리쳤다.

"뭐 하는 짓이냐? 체통을 지키거라."

"네."

묵연은 그제야 자신이 실례를 범했음을 알아차리고 다급히 사과했다.

"죄송해요, 죄송해요. 제가 평정심을 잃어서 그만."

귀가 시뻘게진 초만녕은 애써 쌀쌀맞게 말했다.

"스물도 넘은 사람이 어째 아직도 그 모양이야."

묵연도 덩달아 귀가 벌게져서 중얼거렸다.

"잘못했어요."

잘못했다는 말이 묵연의 입버릇이 된 것 같았다. 초만녕은 그런 그가 언짢기도 하고 우습기도 하고, 딱하기도 했다가 따뜻하게 느껴지기도 했다.

그는 속눈썹을 들어 다시 한번 곁눈으로 묵연을 슬쩍 훔쳐봤다.

이번에는 준수하고 늘씬한 사내대장부가 눈에 들어왔다. 구릿빛 얼굴은 온천의 열기가 채 가시지 않아서인지, 다른 어떤 이유 때문인지 발그레하게 달아올라 있었다. 주변의 수증기가 모두 그의 생기를 입어 증발해 버렸고 초롱초롱 빛나는 새까만 눈동자는 더욱 돋보였다.

쿵.

초만녕은 가슴이 내려앉는 것만 같았다. 손끝에, 묵연에게 닿았을 때처럼 뜨거운 열기가 감돌았다. 별안간 목이 바짝바짝 마르고 묵연을 계속 바라볼 용기가 나지 않았다.

"바보 같은 놈."

괜스레 민망해, 초만녕은 그 한마디를 던지곤 획 돌아서 가 버렸다.

그런데 그를 감싸고 있는 결계가 그와 조금도 멀어지지 않았다. 묵연은 정말 약속대로 그를 쫓아왔다.

초만녕은 시선을 떨구며 고개를 돌리지 못했다. 지금 자신의 눈 속에 더 이상 감출 수 없는 사랑과 욕망이 솟아오르고 있다는 걸 알고 있어서였다.

이 남자가 결국 그를 망쳐 버리고 말았다.

오 년 전 묵연이 못 했던 것들을 오 년 뒤의 이 남자는 모두 해냈다. 그의 마음을 얻고 그를 욕망의 바다로 끌어들였다.

이 순간, 피와 살로 이루어진 속인에 불과한 초만녕은 마음을 온통 빼앗겨 버려 영원히 벗어날 수 없는 그물 속으로 들어가고 있었다.

129장 사존의 독서

그날 밤, 초만녕은 홍련수사의 침상에 누워 이리저리 뒤척이며 잠을 이루지 못했다.

그는 몰라보게 달라진 묵연의 모습을 생각했다. 묵 종사, 묵미우. 눈을 감으면 온통 그 남자의 혈기왕성한 얼굴과 강인함과 부드러움이 뒤섞인 이글거리는 눈동자가 떠올랐다.

초만녕은 소리 없는 아우성을 지르며 이불을 냅다 걷어찼다. 이불이 침상 가장자리에서 미끄러져 떨어지고, 그는 대자로 누워 고통스러운 눈빛으로 대들보를 올려다보았다.

그는 얽히고설킨 감정을 끊어 내고 욕망의 바다에서 헤어 나오기 위해 기진맥진할 때까지 발버둥을 쳤다.

"묵미우 이 짐승 같은 놈."

그는 혼잣말로 중얼거렸다.

고개를 돌리자 다시 상념이 밀려들었다. 묘음지에서 봤던 불

같이 뜨겁고 탄탄한 몸이 여전히 눈앞에서 아롱거렸다. 드넓은 어깨와 선이 또렷한 등골, 몸을 돌리자 온천물이 장골을 타고 천천히 흘러내리고…….

그는 침상에서 벌떡 일어나 앉았다. 얼굴이 새파랗게 질려 계속해서 상상할 엄두를 내지 못했다.

그는 지푸라기라도 잡는 심정으로 손이 가는 대로 책을 한 권 집어 들었다.

평생 지혜롭고 현명하게 살아온 초만녕이 책으로 마음속 악마를 잠재워야 하는 지경에 이르다니. 그는 설몽이 사다 준 책 중에서 아무거나 펼쳐 들었다. 깨알 같은 글씨가 빼곡히 채워져 있어 처음에는 눈에 잘 들어오지 않았다. 한참이 지나서야 그는 문득 자신이 읽고 있는 것이 무슨 책인지 깨달았다.

얇은 종잇장에는 정갈하게 다음과 같이 쓰여 있었다.

[수진계 청년 영웅호걸 크기 순위]

모르는 글자가 하나도 없는데 한데 조합해 놓으니 무슨 뜻인지 알쏭달쏭했다.

청년 영웅호걸…… 크기…… 순위?

무슨 크기?

키?

계속해서 읽어 보니 옆에 좀 더 작은 글씨로 이렇게 덧붙여 쓰여 있었다.

[지금까지도 밖에서 목욕을 하지 않거나 여색을 가까이하지 않는 영웅호걸도 있기 때문에 본 순위는 완전하지 않음을 알려 드립니다. 본문에 포함되지 않은 크기로는 유풍문의 남궁사, 서 상림, 고월야의 강희, 사생지전의 설몽, 사풍아, 초만녕…….]

초만녕은 눈이 휘둥그레졌다.

무슨 뜻이지? 키는 밖에서 목욕하고 화류가를 어슬렁거려야 만 알 수 있는 게 아니잖아?

게다가 초만녕 자신의 이름도 보였다…….

그는 미간을 찌푸리고 손끝으로 명단을 짚어 가며 읽어 내려 갔다. 그런데 첫 번째 이름부터 그의 말문이 막혔다.

[묵미우(신분: 사생지전 공자, 묵 종사)]

초만녕은 묵연의 몸을 떠올리며 물론 그 녀석이 지금은 키가 훤칠하고 위엄이 넘치지만 아무리 그래도 설마 1등은 아니겠지 생각했다.

그런데 그 밑에 떡하니 이렇게 쓰여 있었다.

[덕유당에서 목욕할 때 본 바로는 절대 범상치 않으며 가히 탄 복할 만하다.]

덕유당에서 목욕할 때…….

절대 범상치 않다……?

초만녕은 어딘가 이상하다는 느낌이 들었지만 순진한 그는 한참이나 생각해 봐도 도통 어디가 이상한지 알 수가 없어 어쩔수 없이 계속해서 읽어 내려갔다.

2위는 한 번도 들어 본 적 없는 인물이었는데 옆에는 이렇게 쓰여 있었다.

[산림에서 목욕할 때 본 바로는 엄청나게 크다.]

"이게 다 뭐람."

초만녕은 약간 거부감이 들었다.

"옷이나 신발, 장신구 같은 것들이 키에 영향을 미치기는 하지만 얼마나 차이 난다고 굳이 목욕할 때 훔쳐보는 건가. 이따위 잡서들이 민간에서 유행하다니……."

3위는 다음과 같았다.

[매함설(신분: 곤륜 답설궁 교육 담당)]

이번에는 목욕할 때 훔쳐보고 이러쿵저러쿵 입방아를 찧는 내용이 아니었다.

[춘영루 기생이 직접 재 보고, 수진계의 수많은 여자들이 증명한 바에 따르면, 매 공자의 물건은 여자의 몸을 물처럼 나른하게 만들고 뼈를 진흙처럼 부드럽게 만든다고 한다. 하룻밤에 여자 열 명도 끄떡없다.]

잠시 정적이 흐른 후, 옥형 장로의 머리는 펑 하고 터져 버렸다. 그는 뜨거운 고구마를 내던지듯 책을 침실 한쪽 끝에서 다른 한쪽 끝까지 홱 내팽개쳤다. 얼굴이 불처럼 달아올랐다. 그는 눈을 번뜩이며 버럭 성질을 냈다.

지금 뭘 본 거지?

크기라니! 아무리 둔감해도 이제는 감을 잡을 수 있었다. 크기 같은 소리 하고 있네. 부끄러운 줄 모르고! 파렴치한 놈들! 더러운 놈들! 창피한 줄도 모르고!

한참을 침상에 뻣뻣하게 앉아 있던 초만녕은 도저히 화가 풀리지 않았다. 그는 침상에서 내려와 책을 집어 들고 손에 힘을 주어 순식간에 조각조각 찢어 버렸다…….

그런데 '절대 범상치 않으며 가히 탄복할 만하다'라는 글귀가 붉게 달군 쇳덩이처럼 그의 심장을 찌직 지졌다. 얼굴이 귀밑까지 시뻘게지고 마음이 요동쳤다.

그는 지극히 올곧은 사람인지라 아까 묘음지에서도 일부러 시선을 위로 하고 보지 말아야 할 곳은 절대 보지 않았다. 게다가 안에는 수증기가 자욱해서 사람의 형체만 어렴풋이 보일 뿐, 본다 한들 제대로 보이지도 않았을 것이다. 그런데 이 더러운 책이 단 한마디로 그 장면을 그의 눈앞에 펼쳐 놓았다. 그리고 문자는 보통 그림보다 더 상세해서 상상하기 수월했다.

절대 범상치 않으며…….

초만녕은 힘껏 마른세수를 하고 한참을 멍하니 있다가 이불을 머리끝까지 뒤집어썼다.

밖으로 나온 첫날부터 이게 뭐람……. 초만녕은 변해 버린 세상의 풍조를 원망하며 다시 죽어 버리지 못하는 것이 한스러웠다!

늘 자신에게 엄격한 옥형 장로는 너무 놀라서 도무지 진정이 되지 않았다. 그는 간밤에 한숨도 못 잤는데도 제시간에 일어나 깨끗하게 씻고 옷차림을 단정히 한 후, 늘 그랬듯이 위엄 있고 금욕적인 얼굴로 사생지전의 남봉을 내려왔다.

오늘은 한 달에 한 번 있는 검열의 날이다. 수천 명의 제자들이 선악대에 모여 무예를 선보이고 장로들은 축대에서 그 모습을 검열한다.

오 년이나 비워 뒀지만 초만녕의 자리는 변함없이 설정옹의 왼쪽 자리였다.

초만녕은 새하얀 옷을 질질 끌며 지친 얼굴로 길게 펼쳐진 청석 계단을 내려와 옷소매를 탁 털더니, 곧장 빈자리에 앉아 차를 한잔 마시며 제자들을 구경했다.

설정옹은 초만녕의 안색이 안 좋자, 어제 묵연이 제때에 돌아오지 못해 연회에 참석하지 않은 것에 화난 줄 알고 가까이 다가와 기분을 풀어 주려는 듯 소곤거렸다.

"옥형, 연이가 돌아왔네."

그런데 초만녕이 미간을 움찔하더니 안색이 더 어두워졌다.

"네, 만났습니다."

"그래? 만났나?"

설정옹이 잠시 얼떨떨해하더니 이내 고개를 끄덕이며 물었다.

"잘됐네. 어때? 많이 변했지?"

"네……."

초만녕은 계속해서 설정옹과 묵연에 대해 얘기하고 싶지 않았다. 어젯밤부터 그의 머릿속에는 '절대 범상치 않으며 가히 탄복할 만하다'는 말이 저주처럼 내내 울려 퍼졌다. 인산인해를 이룬 제자들 틈에서 묵연을 찾을 생각도 없어 그는 고개를 숙여 탁자를 내려다보며 말했다.

"간식을 많이 준비하셨네요."

설정옹이 웃으며 말했다.

"아침 안 먹었지? 많이 먹게나."

초만녕은 사양하지 않고 연꽃과자를 하나 집어 따뜻한 차와 함께 먹었다. 연꽃과자는 겉에서 안으로 가면서 꽃잎 색깔이 점점 옅어지고 부슬부슬한 꽃잎이 겹겹이 쌓여 있어 한 입 베어 물면 바삭바삭하고 부드러웠다. 속에 들어 있는 팥소는 시원하고 달콤한 계화꽃 향을 머금고 있었다.

"임안 청풍각의 솜씨 같은데……."

초만녕이 중얼거리더니 고개를 돌려 설정옹에게 물었다.

"맹파당에서 만든 게 아닌가요?"

"아니야, 연이가 특별히 옥형을 위해 사 온 것이네."

설정옹이 웃으며 말했다.

"봐 봐, 다른 장로들에겐 없어."

듣고 보니 초만녕 앞에 있는 나무 탁자에만 각양각색의 간식이 가득 놓여 있었다. 떡이며 과자며 꿀에 절인 과일까지, 없는 게 없었다. 심지어 작은 벽옥색 청자 그릇도 하나 있었는데, 뚜껑을 열어 보니 안에는 달달한 소를 넣은 탕원[9]이 많지도 적지

#9 탕원 湯圓. 찹쌀가루 반죽으로 새알을 빚고 검은 깨 등의 소를 넣은 것. 혹은 그것을 끓여 만든 음식

도 않게 딱 세 알 들어 있었다.

흔히 보는 찹쌀로 만든 탕원이 아니라 임안에서 나는 연근 가루를 넣어 만든 것이었는데, 알알이 맑고 투명해서 옥처럼 윤기가 좌르르 흘렀다.

"아, 이건 연이가 아침에 맹파당 주방을 빌려서 만든 걸세. 빨간색은 월계화 팥소고 노란색은 땅콩 깨소, 초록색은 듣자니 용정차를 곱게 가루 내서 피를 만든 거라더군. 새롭고 희한하긴 한데 양이 적어서……."

설정옹이 중얼거렸다.

"얼마나 심혈을 기울여 만들던지, 아침 내내 부산을 떨었는데도 딱 세 알밖에 못 만들었더라고."

초만녕은 그저 듣고만 있었다.

"옥형, 그걸로 배가 차겠나?"

"네."

초만녕은 잠시 잠자코 있다가 고개를 끄덕였다.

그는 탕원을 먹을 때 항상 세 알만 먹었다. 첫입으로 단맛을 느끼고 두 번째는 그 뒷맛을 음미하고 세 번째까지 먹으면 딱 좋고 네 개째부터는 조금 질렸다.

묵연은 공교롭게도 세 알만 삶았다. 많지도 적지도 않아 그의 마음에 쏙 들었다.

백자 수저로 연근 가루로 만든 탕원을 입가에 가져가니 크기도 한입에 먹을 수 있게 딱 좋았다. 정월 대보름 밤 맹파당에서 만든 것처럼 입술에 들러붙어 먹기 불편한 주먹만 한 크기가 아니었다.

탕원을 만든 사람은 탕원을 얼마만 한 크기로 만들어야 그가 입에 넣고 씹었을 때 불편하지 않을지 잘 아는 것 같았다. 부드러운 소에는 무한한 다정함이 담겨 있었다.

그런 생각이 들자 초만녕은 저도 모르게 마음이 설렜지만, 곧 부끄러움이 몰려와 애써 아무렇지 않은 척하며 말했다.

"솜씨는 괜찮네요."

"아쉽게도 옥형 것밖에 없어서 다른 사람들은 맛을 볼 수 없네. 이 백부 몫도 없다니까."

설정옹이 잔뜩 아쉬워하며 한탄했다.

초만녕은 담담하게 입을 다물고 별다른 말도 없이 숟가락으로 그릇에 남은 뜨거운 탕을 휘휘 저었다. 탕원은 벌써 다 건져 먹었다. 과하지도 않고 부족하지도 않은 달콤함이 그의 마음속에 천천히 번져 나갔다.

간식을 먹고 난 뒤 초만녕은 소란스러운 연무 행렬은 내려다보지도 않고 탁자 위에서 문서 한 묶음을 집어 들고는 사생지전의 지난 오 년간의 변화를 살펴봤다.

그것은 설정옹이 정리한 것으로, 문장이 간결하고 요점이 명확해 금방 다 읽을 수 있었다. 책을 덮으며 보니 그 밑에 책자 하나가 깔려 있었다.

"이건……."

꺼내 보니 얼핏 보기에도 상당히 두꺼운 선장본이었다. 설정옹이 힐끔 보더니 웃으며 말했다.

"그것도 연이가 옥형을 위해 준비한 선물이네. 듣자니 어제 오는 길에 귀신과 싸움이 붙는 바람에 더러운 피가 튀고 책장도 여러 장 찢어졌다더군. 그래서 직접 전해 주기 쑥스럽다고 나더러 책상에 놔 달라고 하더라고."

초만녕은 고개를 끄덕이고 책을 펼쳐서 가늘고 긴 손으로 한 번 쓰다듬었다. 첫 장에는 반듯한 해서체로 이렇게 또박또박 쓰여 있었다.

[나의 사존께.]

초만녕은 놀란 마음에 눈이 살짝 커졌다.

서신?

순간 그는 숯불에 심장을 덴 것처럼 뜨겁기도 하고 아프기도 했다. 그는 눈을 들어 밑에 빽빽하게 들어서 있는 제자들 틈에서 묵연을 찾으려고 했으나, 갑옷과 무기만 번쩍번쩍 빛날 뿐 하나같이 펄쩍펄쩍 뛰어오르는 연못의 물고기들 같아서 누가 누구인지 구분할 수 없었다.

묵연을 찾지 못한 그는 고개를 숙여 계속해서 서신을 읽었다.

묵연은 초만녕이 폐관한 후로 매일매일 그를 그리워했다. 하고 싶은 말이 많았지만 시간이 지나면 잊어버릴까 봐 사람을 시켜 1,825장짜리 튼튼하고 두꺼운 책자를 하나 만들어 모두 기록하기로 다짐했다. 그는 오 년 동안 하루도 빠짐없이 매일 사존께 서신 한 통을 썼다. 큰일이든 자질구레한 일이든 상관없이, 정말 맛없는 엽아파#10를 먹었다는 사소한 일부터 수련을 통해 무엇을 깨달았는지까지 낱낱이 기록했다.

#10 엽아파 曄兒粑. 찹쌀가루 반죽에 고기, 새우, 야채 등 원하는 소를 넣어 만든 경단을 잎에 싸서 익혀 낸 것

1,825장을 다 채우면 사존이 관문을 나오시겠구나, 하고 그는 생각했다.

그런데 가끔은 한번 쓰기 시작하면 도저히 멈출 수 없었다. 깨알 같은 글씨가 간절하게 작은 종이에 빼곡하게 들어차 있었다. 그는 막북 지역의 보리수나무와 한빙산의 안개와 노을을 초만녕에게 보여 주지 못해서, 오늘 맛본 간식을 종이에 숨겨 뒀다가 초만녕이 깨어나면 함께 먹을 수 없어서, 한스러웠다.

한 줄 한 줄 처음부터 끝까지 빈틈없이 채워 넣었다. 심금을 울리는 말이나 슬프고 힘든 일은 적지 않았다. 다만 오 년 동안 찬란했던 순간순간들을 착실하게 모두 기록했다. 그는 초만녕과 좋은 것만 나누고 싶었다.

그러다 보니 하루에 한 장씩만 쓰려고 했는데 나중에는 쓸 자리가 부족했다. 그래서 그는 또 두툼한 서신 다발을 책 뒤에 붙여 놓았다.

천천히 펼쳐 보던 초만녕은 어느덧 눈가가 붉어졌다.

유치했던 글씨는 점점 깔끔해지더니 나중에는 수려하기까지 했다.

가장 최근에 쓴 글은 먹물이 채 마르지 않았고 맨 처음에 쓴 글은 어느새 희미해졌다.

'나의 사존께'는 서신마다 있었지만 글씨체가 모두 달랐다. 그렇게 서서히…… 세월은 흘렀다.

마지막 장을 펼친 초만녕은 손끝으로 서두에 적혀 있는 그 다섯 글자를 매만졌다.

나의 사존께, 나의 사존께.

그 단정한 서체는 묵연과도 같았다. 소년이 붓 끝을 들어 올렸다가 내려놓고 고개를 들자, 소년은 어느새 남자가 되어 있었다.

첫 서신부터 마지막 서신까지 읽으면서, 초만녕은 열여섯의 묵연이 스물둘의 묵연이 되어 가며 몸이 점점 다부져지고 얼굴이 점점 준수해지는 그 과정이 눈에 훤히 보이는 것만 같았다.

묵연은 그렇게 매일 책상 앞에 앉아 그에게 서신을 썼다.

"사존!"

어느새 연무가 끝났다. 누군가 부르는 소리가 들려 고개를 번쩍 들고 보니, 설몽이 선악대 맨 앞에서 흥분해서 그를 향해 손을 젓고 있었다.

설몽 옆에는 어깨가 떡 벌어지고 허리가 잘록하며 다리가 늘씬한 남자가 꼿꼿하게 서 있었다. 연무를 마친 남자의 얼굴은 열기를 뿜어내며 이마에는 땀방울이 송골송골 맺혀 햇빛을 받아 반짝반짝 빛나고 있었다.

묵연은 초만녕이 자기를 바라보자 잠시 얼떨떨해하더니 갑자기 미소를 지었다. 황금빛 아침 햇살 아래 그의 미소는 유난히 찬란하고 매혹적이었다. 그 모습은 마치 막 솟아오른 태양의 빛을 가득 머금은 소나무가 쇄쇄, 흔들리는 것 같았다. 눈동자는 이글거리고 속눈썹에는 부드러움이 묻어 있었다. 생기 있고 빼어난 얼굴은 부끄러운 듯 발그레했고 산뜻하고 정열 넘치는 모습은 초만녕의 눈을 현란하게 만들었다.

정말 준수한 사내였다.

초만녕은 담담하게 팔짱을 끼고 앉아 도도하게 그를 내려다보았다. 겉보기엔 여전히 싸늘한 모습이었지만 마음은 어수선하고 완전히 무장 해제됐다.

사람들 틈에서 묵연이 미소를 짓더니 갑자기 손을 들어 자기 옷을 가리켰다가 다시 초만녕을 가리켰다.

초만녕은 미처 반응하지 못하고 눈을 찡그리며 의아하다는 듯이 그를 바라보았다.

묵연은 더욱 활짝 웃더니 두 손을 입가에 모으고 아무도 모르게 몇 가지 입 모양을 지어 보였다.

초만녕은 여전히 그의 의중을 알아채지 못했다.

솔솔 불어오는 아침 바람에 나뭇잎이 버석거렸다. 묵연은 어쩔 수 없다는 듯 입가에 미소를 머금은 채 고개를 설레설레 젓더니 자기 옷섶을 가리켰다.

고개를 숙여 자신의 옷섶을 본 초만녕은 얼굴이 귀밑까지 시뻘게졌다.

위풍당당한 옥형 장로는 제자가 일깨워 준 덕분에 결국 뭐가 잘못됐는지 알아냈다. 아침에 너무 서두르기도 했고, 홍련수사에 옷이 마구 쌓여 있기도 해서 손이 가는 대로 집어 입은 게 하필이면 어제 잘못 집은 묵연의 옷이라니!

······어쩐지 오늘 아침에 걸을 때 자꾸 뭐가 바닥에 쓸리더라니! 옷자락이었구나!

묵미우, 너 참 대단하구나. 초만녕은 홧김에 고개를 홱 돌렸다. 남이 감추고 싶어 하는 것만 끄집어내는 눈치 없는 나쁜 자식!

130장 사촌과 사매

저녁이 되자 지친 새들이 둥지로 돌아왔다. 사생지전의 제자들도 일과를 마치고 우르르 맹파당으로 몰려갔다. 그런데 묵연은 가지 않고 목인장 옆에서 누군가를 기다리고 있었다.

지난 몇 년 동안 설몽과 묵연의 관계가 많이 좋아졌다. 특히 묵연이 최상품 영석을 얻어 그의 패도 용성에 박도록 선물한 뒤로 형제간의 간극이 많이 좁혀졌다. 설몽이 고개를 돌려 물었다.

"밥 먹으러 갈래?"

"이따가 갈게."

석양빛 아래에 서 있는 사매는 피부가 더욱 매끈매끈하고 윤기가 나서 상당히 아름다웠다. 그는 귀 옆의 잔머리를 뒤로 넘기며 물었다.

"연아, 사존 기다려?"

"응."

묵연은 새벽 훈련 때 그를 보았다. 설몽과 손잡고 천열을 봉합하던 그해, 사매의 몸이 곧 설몽보다 커지리라는 것도 알았다.

그런데 석양 아래 앞뒤로 나란히 서 있는 사매와 설몽을 보니 묵연은 그래도 어딘가 어색했다. 물론 사매가 못났다는 건 아니지만……

묵연도 그게 어떤 느낌인지 정확히 알지 못했다. 아마도 예전에 사매가 몸이 유약하여 항상 설몽 뒤에 가려져 있던 것에 익숙해서 그런 것 같았다. 지금처럼 역전되리라고는 생각지도 못했으니까.

묵연은 결국 사매를 향해 웃으며 말했다.

"어제 연회에 참석하지 못한 걸 사존께 사죄도 드릴 겸 하산해서 음식이나 대접하려고. 그래서 오늘은 맹파당에 안 갈 것 같아. 두 사람도 가고 싶으면 같이 가자."

설몽과 사매는 초만녕과 같이 밥을 먹는 게 어색한지라 서로 한번 쳐다보더니 그대로 가 버렸다. 묵연은 마땅히 할 일이 없어서 커다란 바위 위에 쪼그리고 앉아 손이 가는 대로 강아지풀을 하나 꺾어서 만지작거리며 초만녕이 내려오기를 기다렸다.

석양의 핏빛이 짙어지고 초승달이 자홍색 구름 속에서 머리를 빼꼼 내밀고서야 남쪽 산봉우리의 대나무 숲길에서 누군가 천천히 걸어 내려왔다. 청량한 흰옷으로 갈아입고 손에는 보따리 하나를 들고 있었는데, 묵연을 보고 흠칫 놀라더니 순식간에 안색이 굳어졌다.

"마침 너한테 가는 길이었다……. 여기서 뭐 하는 게냐?"

"사존이랑 같이 밥 먹으려고 기다리고 있었어요."

묵연이 바위에서 폴짝 뛰어내렸다. 손에는 여전히 강아지풀을 들고 그가 환하게 웃었다.

"무상진에 새로 연 음식점이 있는데 듣자니 상수진계의 유명한 요리사를 모셔 왔어요. 떡과 과자 맛이 일품이라고 해서 사존을 모시고 가고 싶어요."

초만녕은 미적지근하게 그를 머리끝에서 발끝까지 쭉 훑어보더니 쌀쌀맞게 말했다.

"출세했군. 돈이 생겼다 이거냐?"

묵연은 그저 웃을 뿐 아무 말도 하지 않았다.

초만녕은 콧방귀를 탁 뀌더니 보따리를 그에게 툭 던졌다. 묵연이 받아 들고 물었다.

"이게 뭐예요?"

"네 옷이다."

초만녕은 벌써 저만치 앞서 걸어가고 있었다. 묵연이 재빨리 쫓아가 어깨를 나란히 하고 웃으며 말했다.

"원단이 좋아서 가볍고 따뜻한 옷이에요. 사존께서 마음에 드시면 사람을 시켜 조금 수선하면……."

"난 다른 사람이 입던 옷은 입지 않는다."

묵연은 잠시 얼떨떨해하더니 난처한 얼굴로 말했다.

"그게 아니라 저는…… 오늘 아침에 입고 계시길래 마음에 드신 줄 알고……. 제가 생각이 짧았어요. 사람을 보내 가게에서 똑같은 걸로 한 벌 만들어 오라고 할게요."

초만녕이 물었다.

"내 옷 치수를 안다고?"

묵연은 초만녕의 치수를 어떻게 모를 수 있겠는가, 하고 생각했다.

팔로 허리를 끌어안아 보면 초만녕의 허리둘레를 알 수 있다. 초만녕이 까치발을 하면 그의 턱이 자신의 어깨에 닿는다는 것도 알고 있다. 과거 그들이 죽을 둥 살 둥 엉겨 붙어 있을 때면 초만녕은 참지 못하고 그를 물곤 했는데, 쇄골 근처에 난 날카로운 잇자국은 며칠이 지나도 사라지지 않았다.

초만녕의 다리 길이도 당연히 잘 안다. 격투할 때에는 힘이 넘치는 두 다리가 그의 허리를 감을 때에는 그토록 유약했다. 늘씬한 다리가 부드럽게 떨리고 동글동글한 발가락 끝에 바짝 힘이 들어가곤 했다…….

초만녕의 어깨너비를 어찌 모르랴, 엉덩이 곡선이 얼마나 봉긋하고 풍만한지 어찌 모르랴.

순진한 초만녕은 자신이 어떤 질문을 했는지 전혀 알지 못한 채 그 교묘한 질문이 그의 훌륭한 제자 묵미우를 곤란케 한 줄로만 알고 있었다.

초만녕이 옷소매를 뿌리치며 말했다.

"옷을 맞춰 입는지 몰랐군."

묵연은 입이 열 개라도 할 말이 없었다.

틈만 나면, 심지어 탕원을 만들 때도 어제 본 초만녕의 몸을 떠올렸다고, 묘음지의 수증기 속에 서 있던 균형 잡히고 탄탄한 몸은 기억 속 그것처럼 여전히 옹골차고 보기 좋다고 할 수도 없는 노릇이었다.

그리하여 생각은 꼬리에 꼬리를 물고 초만녕의 입술이 얇고 색이 옅다는 것에까지 미쳤다. 강요에 못 이겨 자신의 그것을 삼킬 때면 고통스러워 입을 크게 벌리지 못하고 목구멍 안이 움찔움찔하며 헛구역질하곤 했던 게 떠올랐다.

묵연은 눈을 감고 목울대를 꿀꺽하더니 짐승만도 못한 새끼라고 스스로에게 욕설을 퍼부었다.

존경해야지, 사랑해야지. 다시는 그런 터무니없는 생각을 해서는 안 돼.

존경해야지…… 존경해야지…….

크게 숨을 두 번 들이마시니 불타오르는 욕망은 가까스로 억눌렀지만, 탕원은 조금 크게 빚어져서 사존께서 드실 때 입에 들러붙을 것 같아 와르르 쏟아 버리고 다시 만들었다. 이번에는 작고 정교하게 세 알을 빚었다. 묵연은 손가락 사이에 끼워 대충 겨누어 보고는 다시 한참을 다듬으며, 초만녕이 얇은 입술을 벌려 따뜻하고 부드러운 입 안으로 달콤하고 찰진 탕원을 삼키는 모습을 생각했다…….

초만녕이 혀끝을 말아 올리는 상상이 뜨거운 불덩어리가 되어 묵연의 모든 욕망과 감정에 불을 붙이며 그를 미치게 만들었다.

입 안에 얼마나 큰 간식을 넣을 수 있는지까지 제 손금 보듯 훤히 꿰고 있는데, 초만녕 이 사람은 자기 옷 치수를 아느냐고 묻는다.

그 질문은 고양이의 보드라운 혀끝처럼 그의 가슴을 할짝거렸다.

묵연은 감히 더 생각하지 못하고 고개를 떨구며 말했다.

"옷을 재단하기 전에 당연히 사존께 여쭤봐야죠."

초만녕은 어딘가 이상하다 느끼고 그를 힐끔 보며 물었다.

"감기 걸렸느냐?"

"아니요."

"그런데 왜 목이 쉬었지?"

"……열이 올라서요."

초만녕은 멍해 있다가, 무슨 생각이 들었는지 고개를 돌려 입술을 꼭 오므렸다. 미간에 어둠이 잔뜩 드리우고 귓등이 불그레해졌다.

두 사람은 발그레한 채로 무상진까지 갔다. 새로 연 중추루의 창가 별실에 앉아서야 열기가 식기 시작했다.

묵연은 처음으로 정중하게 초만녕을 초대했다. 전에도 음식을 대접한 적이 있긴 하지만, 대강 때우는 게 아니면 어쩔 수 없이 한 거라 지금과는 판이한 마음가짐이었다.

중추루의 심부름꾼 형씨는 여산운무차 한 주전자와 해바라기 씨며 견과를 내오고 요리 이름이 적힌 죽간을 공손하게 사생지전의 두 선군에게 내밀었다. 묵연은 죽간을 받아 들고 자연스럽게 심부름꾼 형씨를 향해 웃으며 말했다.

"고마워요."

초만녕이 눈을 들어 묵연을 힐끔 봤다.

전에는 인사할 줄 모르는 놈이었는데.

"사존, 드시고 싶은 거 있으시면 마음껏 주문하세요. 저는 잣을 곁들인 쏘가리찜을 추천합니다. 달콤새콤하니 맛있고 보기도 좋대요."

초만녕이 고개를 끄덕이며 그리하라고 했다.

"그럼 그거 주문하고 나머지는 네가 알아서 해라."

묵연이 웃으며 말했다.

"그럼 사존의 입맛에 맞을 만한 것들로 주문할게요."

초만녕이 담담하게 물었다.

"내가 뭘 좋아하는지 아느냐?"

"……네, 그럼요."

전에는 알아도 종종 잊어버리곤 했다.

그런데 앞으로는 그러지 않을 것이다.

죽간을 한참 보고 있는데 갑자기 계단 입구에서 발걸음 소리와 반들반들한 주렴이 댕그랑 부딪치는 소리가 들려왔다. 이어서 심부름꾼 형씨의 말소리가 들렸다.

"아, 선군 이쪽으로 오세요. 두 분 별채에 계십니다. ……네네네, 술은 아직입니다."

희고 매끈한 손이 푸른 장막과 마노 구슬을 꿰어 만든 발을 걷어 올렸다.

새까맣고 부드러운 머릿결에 입술이 붉고 이가 하얀, 빼어난 외모의 남자가 술 주전자를 들고, 눈에는 비가 갠 하늘의 밝은 달과 맑고 신선한 바람 같은 미소를 머금은 채 문 옆에 나타났다. 묵연이 돌아보더니 흠칫 놀라며 물었다.

"사매? 무슨 일로 왔어?"

"맹파당에서 존주를 만났어. 사존께서 여기에서 식사하신다는 얘기를 들으시더니 새로 연 음식점이라 요리는 훌륭하지만 오래 묵은 술이 없다면서 나더러 이화백주 한 주전자를 가져다 주라고 하셨어."

사매는 말하면서 들고 있던 붉은색 술 주전자를 흔들었다. 대나무 덩굴이 둘둘 감겨 있어 실하고 귀여웠다. 안에서 술이 찰랑거리는 소리가 들려 마치 술 향이 주전자를 뚫고 풍겨 나오는 것 같았다.

사매가 웃으며 말했다.

"다행히 늦지 않게 왔네. 마실 걸 주문한 뒤에 왔다면 부질없는 일이 될 뻔했는데 말이야."

초만녕이 물었다.

"밥은 먹었느냐?"

"가서 먹으면 돼요. 맹파당은 문을 일찍 닫지 않으니 늦지 않았어요."

"왔는데 가기는 어딜 간다는 게냐."

초만녕은 예의를 아는 사람이었다.

"앉아라, 같이 먹자."

"그래도…… 연이가 괜히 저 때문에 돈을 더 쓰게 해서야 되겠어요."

"돈을 더 쓰다니. 의자 하나만 더 놓으면 되는걸."

묵연이 심부름꾼더러 수저며 앞접시를 가져오게 했다. 중추루의 별채에서 쓰는 젓가락은 끝에 가는 금사와 은사를 두른 것이어서 촛불 아래에서 눈부시게 빛났다.

사매가 자리에 앉아 야광 술잔에 술을 따라서 세 사람 앞에 한 잔씩 놓았다. 이화백주의 짙은 향기가 순식간에 상 전체에 퍼졌다. 익숙한 향기였다. 묵연은 전생에 사매가 죽은 뒤 이 술을 마셨고, 초만녕이 죽었을 때는 지붕에 올라가 밤새도록 마셨다.

참혹한 재난은 지나갔고 지금 그들은 모두 살아 있다.

묵연은 문득 지난날 소유했던 것이든 사랑이든 그렇게 중요하지 않다는 생각이 들었다. 두 번의 생에서 그에게 제일 잘해 줬던 사람들이 살아 있고, 또 이렇게 자신이 번 돈으로 식사와 술을 대접할 수 있으니 이걸로 충분했다.

이 두세 잔의 술이 전생의 만 리 강산보다 좋았다.

"형씨, 쏘가리잣찜, 게살완자, 족발, 고기조림, 삼선탕, 대나무 잎 쌀가루고기찜 주세요. 이 요리들은 맵지 않게 해 주고, 민물 생선, 마파두부, 소내장볶음, 닭고기볶음은 마라맛이 강하게 해 주세요. 간식은 새우교자, 간장토란갈비찜, 천엽, 닭발 그리고……."

묵연이 초만녕을 흘끔 보더니 죽간을 덮으며 말했다.

"그냥 여기 있는 거 하나씩 다 주세요."

초만녕이 쳐다보지도 않고 말했다.

"다 못 먹는다."

"싸 가면 되죠."

"싸 가면 다 식어."

"……맹파당에 데워 달라고 하죠, 뭐."

초만녕은 묵연이 광산을 캐서 하룻밤 사이에 벼락부자가 된 장수처럼 지나치게 겉치레에 신경을 쓰며 낭비하는 게 우스웠다. 그는 더 대꾸하지도 않고 자기 앞에 놓인 죽간을 펼쳐 쭉 살펴보고는 말했다.

"운두권#11 한 접시, 엽아파 한 접시, 단팥소탕원 세 그릇만 주시지요. 감사합니다."

요리가 속속 나왔다. 사매는 매운 걸 좋아하고 초만녕은 매운 걸 아예 입에 대지도 않는지라 묵연은 상 반쪽에 담백한 요리를, 나머지 반쪽에는 자극적인 요리를 놓았다. 그렇게 차려 놓

#11 운두권 薹묘卷. 강낭콩을 익혀서 갈아 만든 피에 단팥 소를 넣고 말아서 만드는 전통 간식

고 보니 색깔 조합이 의외로 상당히 보기 좋았다.

"자, 마지막 요리예요. 저희 집 간판요리 쏘가리잣찜입니다."

심부름꾼 형씨의 소리에 맞춰 시종 둘이 양념장 색깔이 산뜻하고 향긋한 냄새를 풍기는 요리를 들고 왔다. 쏘가리는 얼핏 봐도 다섯 근은 돼 보였는데, 황금빛으로 파삭파삭 튀겨져 청색의 커다란 도자기 접시에 담겨 있었다. 몸통은 균일하게 칼집이 나 있고 그 위에 보기 좋게 새빨갛고 새콤달콤한 양념장이 뿌려져 있었다. 그리고 청록색의 완두며 실처럼 가늘게 썬 절인 고기, 영롱하게 빛나는 새우까지 곁들여 보기만 해도 눈이 빛나고 군침이 돌았다.

초만녕은 단맛을, 특히나 새콤달콤한 맛을 즐기는지라 물고기를 보더니 표정은 여전히 그대로였지만 눈빛은 저도 모르게 반짝였다.

묵연은 그 모습을 보며 흐뭇했다.

심부름꾼은 식탁을 한번 쓱 훑어보더니 사매 앞에 빈자리가 조금 있는 걸 보고는 다가가 접시들을 옮겨 물고기 요리를 놓을 자리를 만들려고 했다.

그런데 그보다 한발 앞서 접시를 정리하는 손이 있었다. 묵연이 일어서서 초만녕이 입에 대지 않는 육류를 자기 앞에 가져가고 맛이 괜찮은 매운 요리들을 사매 앞에 놓더니 초만녕 앞에 빈자리를 만들고는 웃으며 심부름꾼에게 말했다.

"여기에 놔 주세요."

"네, 알겠습니다!"

자발적으로 나서서 접시를 정리하는 손님을 만난 심부름꾼 형씨는 싱글벙글하며 시종들 손에서 요리를 건네받아 빈자리에 내려놓고는 굽실거리며 물러갔다.

묵연의 동작은 상당히 자연스러워서 남들이 보면 그저 심부름꾼을 도와줬을 뿐이라고 생각하겠지만 사매는 그가 초만녕을 편애하는 걸 느꼈다. 그는 묵연의 그런 행동에 조금 의아해하다 한참 후에는 고개를 떨구고 못내 서운해했다.

오 년 만에 돌아온 묵연은 겉모습이 변했을 뿐만 아니라 자신을 대할 때도 시들해진 것 같다고 사매는 생각했다. 쏘가리잣찜은 나도 좋아하는데 왜 이렇게 멀찍이 놨을까? 몰라서? 아니면…….

아니면 마음이 처음 같지 않아서일까.

사매는 자신을 하찮게 여기는 사람이 아니었다. 외모로 보나 성격으로 보나 모두 초만녕보다 훌륭했고, 심지어 수진계 전체를 통틀어 봐도 그보다 잘생긴 사람은 몇 명 찾아볼 수 없을 정도였다.

그런데 지금은 문득 망설여졌다.

소년 시절의 묵연은 겉보기에는 가볍고 바람기가 있어 보기 좋은 허울에 목을 매는 것 같았지만, 그건 모두 허상일 뿐이고 사실 묵연이 가장 소중히 여기는 건 정이었다.

남에게서 한 냥을 받으면 천 냥을 갚고 싶어 했다.

지금 사존과 묵연은 지난날의 악감정을 완전히 털어 냈다. 자신과 비교할 수 없을 정도로 초만녕이 묵연에게 잘해 주고 있다는 것도 안다. 이런 생각을 하니 사매는 갑자기 마음속에 차가운 기운이 솟구쳐, 고개를 확 들어 촛불 아래 두 사람의 얼굴을 바라보았다.

한 사람은 고개를 숙이고 술을 마시고 있었다. 물처럼 부드러운 눈동자, 검은 연기 같은 눈썹, 담담한 표정이었다.

그런데 한 사람은 웃음을 함빡 머금은 채 턱을 괴고 술을 마시고 있는 그를 바라보고 있었다. 눈동자에는 찬란한 불빛이 빛나고, 불빛 속에는 누각에 소복하게 쌓인 봄눈과 달빛 아래 활짝 핀 배꽃이 담겨 있었다. 속눈썹이 가볍게 움직일 때마다 호수에 잔물결이 일듯 촘촘한 별빛이 넘실거렸다. 그 속에 담뿍 담긴 애정은 그 눈의 주인조차도 알지 못할 것이다.

사매는 잠시 정신을 놓고 있다가 팔꿈치로 젓가락을 건드렸고 '달그락' 소리와 함께 젓가락이 바닥에 떨어졌다. 그는 그제야 정신을 되찾고 거듭 사과하며 젓가락을 주우려고 몸을 숙였다.

허리를 숙인 그는 다시 넋이 나갔다.

젓가락은 조금도 빗나가지 않고 묵연의 신발 옆에 떨어졌다. 어슴푸레하게 빛나는 젓가락은 꼼짝 않고 누워 그의 손을 기다리고 있었다.

심부름꾼에게 다시 가져다 달라고 해도 되지만, 사매는 다른 사람에게 폐를 끼치는 걸 싫어하는 사람이었다. 어쩌면 이런 차별 앞에선 아무리 성격이 온화하고 태연한 사람이라도 달갑지 않고 망연한 느낌이 들기 마련일 터였다. 또 어쩌면 사실 그렇게 복잡할 것도 없고, 무심코 한 행동일지도 모르는 일이었다.

사실 이 순간이 사매에겐 기회였다. 자신을 향한 묵연의 애정이 얼마나 남았는지 알고 싶었……. 그리하여 잠시 망설인 끝에 결국 고개를 숙여 가늘고 긴 하얀 손을 뻗어 묵연 다리 옆에 떨어진 젓가락을 주었다.

너무 가까워서였을까. 손을 들어 올릴 때 사매의 손등이 자연스럽게, 그리고 불가피하게 묵연의 종아리를 스쳤다.

131장 사존은 무욕이시다

그때 묵연은 이화백주를 마시고 있었다. 문득 뭔가가 종아리를 스치는 느낌이 들어 무심코 피하려고 했는데 미처 움직이기도 전에 느낌이 더욱 강렬해졌다. 거의 종아리에 딱 붙어 지나가는 것 같았다.

그는 잠시 얼떨떨해져서 무슨 일이 일어났는지 알아채지 못했다. 사매가 다시 허리를 펴고 똑바로 앉은 다음에야 묵연은 불현듯 반응했다. 오늘날 견줄 만한 상대가 없는 준수한 사매의 얼굴이 발그레 붉어지고, 걱정거리가 있는 사람처럼 입술을 오므리며 고개를 떨구고 있었다.

좀 전에 그럼……?

"콜록콜록!"

묵연은 그만 사레가 들리고 말았다.

그의 마음속 사매는 늘 봄날의 옥설이요, 버드나무 가지에 걸린 초승달처럼 멀리서 바라볼 수는 있어도 가벼이 희롱할 수 없는 고상한 존재였다. 묵연은 사매를 무척이나 사랑하고 그를 위해 목숨을 바칠 수 있지만 그를 두고 마음대로 상상의 나래를 펼치거나 실제 행동으로 옮긴 적은 없었다.

그런데 그렇게 순수하고 고결한 사람이 좀 전에…… 자신을 만졌단 말인가?

그런 생각이 들자 묵연은 화들짝 놀라서 발랑고[#12]처럼 머리를 거세게 가로저었다. 그런 그를 본 초만녕이 미간을 찌푸리며 물었다.

"왜 그러느냐?"

"아무것도 아니에요!"

그것도 사존 앞에서 만지다니! ……그럴 리가?

이, 이건 사매답지 않은데…….

묵연의 낯빛이 더욱 어두워졌다. 놀람과 기쁨이라기보다는 기겁에 가까웠다.

애써 놀란 가슴을 진정하고 있는데 사매의 부드러운 목소리가 들려왔다.

"젓가락이 더러워져서 그러는데, 수고스럽겠지만 새로 하나 가져다주세요."

심부름꾼이 소리를 듣고 뛰어왔다가 다시 젓가락을 가지러 갔다. 묵연은 복잡한 마음을 숨긴 채 고개를 돌려 사매의 담담한 얼굴과 마주했다. 사매의 눈빛은 여전히 평화롭고 표정은 부드러웠다. 묵연이 좀 전에 본 발그레함과 부끄러움은 모두 착각인

#12 발랑고 撥浪鼓. 중국의 고대 악기. 손잡이가 달린 작은 북으로 양쪽에 구슬이 달려 있어 흔들면 구슬이 북을 치며 소리를 낸다. 주로 아이들용 장난감으로 쓰인다.

것 같았다. 자신을 향한 시선이 느껴졌는지 사매는 요염한 눈을 들어 보일 듯 말 듯 미소를 지으며 묵연을 바라봤다.

"왜 그래?"

"아니야, 아니야."

사매가 말했다.

"젓가락이 다른 데도 아니고 마침 네 발 옆에 떨어져서."

"아⋯⋯."

묵연은 그제야 안도의 숨을 내쉬었다. 역시 내 생각이 과했군. 사매와 몇 마디를 더 나누고 어색한 분위기를 누그러뜨리려 했지만 사매는 벌써 고개를 돌리고, 일어서서 국자로 국을 뜨고 있었다.

묵연은 조금 전 자기 생각에 미안한 마음이 들었다.

"내가 떠 줄게."

"아니야, 내가 하면 돼."

그러곤 사매가 옷소매를 걷고 침착하게 삼선탕을 뜨기 시작했다.

탕은 묵연이 그 자리에 놓아둔 것이었다. 초만녕과 가깝고 사매와는 떨어져 있었다. 앉아 있을 때는 못 느꼈는데 이렇게 일어서서 국을 뜨는 모습을 보니 유난히 멀어 보였다. 사매가 팔을 쭉 뻗어야 겨우 탁자 반대편 끝에 있는 탕에 닿을 수 있었다.

한 국자, 두 국자, 여유 있고 느긋했다.

사매는 묵연의 불안한 눈빛을 한번 보더니 아무 말도 하지 않고 살짝 미소 짓고는 다시 탕을 뜨는 데 집중했다.

조금 뻘쭘해진 묵연은 사매가 다 뜨기를 기다렸다가 초만녕에게 탕을 마실 거냐고 물어보았다. 초만녕이 싫다고 하자 탕 그릇의 위치를 탁자 가운데로 옮겼다. 모두에게 멀지도 가깝지도 않은 적당한 자리였다.

한 사람은 은사님이고 한 사람은 그가 가장 좋아하는 사람이다. 그러니 애초에 편애하면 안 되는 거였다.

식사 도중에 사매가 갑자기 말했다.

"연아, 어느새 철이 들어 사존을 화나게 하던 그 철부지 제자가 아니네. 그래서 말인데, 오늘 세 사람이 한자리에 모였으니 말할게. 그리고 사존께도 죄송하다는 말씀 드리고요."

그의 정중한 태도에 묵연은 저도 모르게 집중했다.

"무슨 일이야?"

"처음 너에게 물만두를 만들어 줬던 거 기억해?"

사매가 말했다.

"사실 그거 내가 만든 거 아니야. 나는 밀가루 음식을 만들 줄 몰라. 그건…….."

묵연이 웃으며 말했다.

"또 무슨 큰일이라고. 그거라면 진작 알고 있었지."

"어, 진작에……?"

사매는 살짝 놀라더니 매혹적인 눈을 동그랗게 뜨고 고개를 돌려 술만 마시고 있는 초만녕을 바라봤다.

"사존께서 알려 주신 거야?"

"아니, 귀계에 가기 전에 봤어."

묵연이 자세히 이야기하려고 하자, 초만녕이 갑자기 술잔을 탁 내려놓더니 헛기침을 한 번 하며 엄숙하고 매서운 표정으로 그를 흘끔 봤다.

낯가죽이 얇아 자신의 약한 곳을 드러내는 걸 극도로 싫어하는 초만녕을 잘 아는지라 묵연은 대충 얼버무렸다.

"어쨌든 오 년 전에 자초지종을 알게 됐어. 말하자면 길어. 그냥 말하지 말까 봐."

"그래."

사매는 고개를 끄덕이고는, 다시 초만녕에게 말했다.

"사존, 그때 사존께서 물만두를 직접 연이한테 갖다주지 않고 저더러 갖다주라고 하셨을 때 저는 그래도 무방하다고 생각했어요. 그런데 나중에 두 사람 사이에 오해가 점점 깊어지는 걸 지켜보며 마음이 너무 불편했어요. 기회를 봐서 직접 연이에게 해명하려고 했는데 차마 말을 목구멍에서 꺼내지 못하겠더라고요……. 사실 그때 사심도 조금 있었어요. 사생지전에서 소주를 제외하면 친구라고는 연이뿐인데 연이가 알면 기분이 상할까 봐……."

"괜찮다, 내가 말하지 말라고 한 거다. 넌 잘못이 없다."

"제가 사존의 성의를 가로챈 것 같아 늘 마음에 걸렸어요. 사존, 죄송합니다."

사매는 눈을 떨구고 한참을 가만있더니 묵연에게 말했다.

"연아, 내가 미안해."

묵연은 한 번도 그 일로 사매를 원망한 적이 없었다. 물론 사매에 대한 호감이 뜻하지 않게 초만녕의 물만두 한 그릇에서 시작된 건 맞지만 그 뒤에 사매의 따뜻한 정도 모두 진심이었다. 게다가 사매도 초만녕의 부탁을 받고 어쩔 수 없이 한 일이지 일부러 공을 가로챌 마음은 없었다.

묵연이 황급히 말했다.

"아니야, 아니야. 마음에 두지 마. 다 지난 일이잖아……."

그는 불빛에 비친 사매의 모습을 바라보았다. 전생에는 볼 수 없었던 얼굴. 전생에 사매는 이때 벌써 죽고 없었다. 활짝 피어 보지도 못하고 추운 바람에 시들어 떨어져, 그의 평생의 아픔이 되었다.

그에게 '아, 스물네 살의 사매는 이런 모습이구나' 하고 느껴 볼 기회조차 없었다.

훤칠한 키에 옥같이 흰 얼굴, 매혹적인 두 눈은 봄물처럼 촉촉하여 더없이 부드러웠다. 화를 내더라도 부드러운 모습은 변함이 없을 것이다.

묵연은 잔뜩 졸이고 있던 마음을 서서히 내려놓으며 몰래 안도의 한숨을 내쉬었다. 문득 마음이 훈훈하고 편안해져 기분이 좋아졌다.

열아홉 살의 사매에 비하면 스물네 살의 사매는 어딘가 낯설고 그때처럼 친근하진 않지만, 바로 그런 낯선 느낌 때문에 '사매가 내 종아리를 만졌다'는 황당한 생각을 하게 됐는지도 모른다. 시간이 지나면 천천히 익숙해지겠지……. 그리고 감정 같은 건 이젠 애쓰고 싶지 않았다. 자연스럽게 흘러가게 내버려 두면 될 터.

묵연은 지난 오 년 동안 이곳저곳을 떠돌며 몇 번의 위험을 이겨 냈다. 가짜 구진이 일부러 그를 위험에 빠뜨린 건지는 모르겠지만, 어찌 됐든 배후 세력이 아직 손을 뻗지 않았고 붙잡히지도 않았으니 앞으로의 삶이 그렇게 평안하지만은 않을 것 같다는 생각이 들었다. 묵연은 방심하지 말아야겠다고 다짐했다.

지금 옆에 있는 이 두 사람은 자신의 목숨을 내던져서라도 평생 안전하게 지켜 줘야 한다.

묵연은 잠시 심마(心魔)에서 벗어났다. 그런데 심마는 잠시도 가만있지 못하고 다른 사람에게 들러붙었다.

저녁을 너무 많이 먹어서인지 초만녕은 돌아가자마자 졸음이 몰려왔다. 원래는 밤새 기갑 도면을 그리려고 했는데 절반쯤 그리니 하품이 끊임없이 나왔다. 그는 잠시 버티다가 결국 버티지 못하고 졸린 눈을 몇 번 깜빡이고는 옷도 갈아입지 않은 채 침상에 누워 잠이 들었다.

비몽사몽 온갖 꿈을 다 꿨다.

'수진계 청년 영웅호걸 크기 순위'부터 묘음지에서 봤던 웅장하고 강건한 몸까지.

희미한 촛불 아래에서, 초만녕은 미간을 찌푸리며 부끄러운 줄 모르고 펼쳐지는 꿈에서 벗어나려고 발버둥 쳤으나 몸이 제 뜻대로 되지 않아 점점 더 깊이 빠져들었다…….

그리고 전에 꿨던 꿈을 다시 꿨다.

원래의 모습과는 다른 사생지전과, 풍경은 여전한데 사람은 달라져 버린 단심전.

완전히 성숙한 묵미우가 그의 턱을 잡고 악랄한 눈빛으로 비웃으며 그에게 더러운 말을 지껄이고 있었다.

'한 번 주면 네 조건을 들어주지.'

꿈속의 묵미우는 그가 아는 묵연과 조금 달랐다. 광기 어린 표정에, 잘생긴 얼굴도 창백하니 그가 알고 있는 구릿빛이 아니었다.

'무릎 꿇고…… 빨아…….'

지저분한 구절들이 악몽의 저편에서 띄엄띄엄 들려왔다. 머릿속에서는 뭔가가 곧 산산이 부서지고 속박에서 벗어나 그를 향해 덮쳐 올 것 같았다.

그는 몸서리를 치고 있었지만 알 수 없이 흥분되고 괴로웠다.

꿈속에서 묵연이 그에게 바싹 다가오더니 그의 옷을 갈기갈기 찢어 버렸다. 옷이 찢어지는 소리가 이렇게 똑똑히 들렸던 적은 한 번도 없었다. 그러더니 꿈속 장면이 수렁에 빠진 것처럼 갑자기 툭 끊기면서 시커멓게 변했다.

수도 없이 그랬던 것처럼 이번 꿈도 같은 장면에서 끊어졌다.

전에는 꿈이 끊기면 곧바로 다시 평온하게 잠들고 밤새 꿈에 시달리지 않았지만, 오늘은 꿈이 끊긴 뒤에 눈앞에 희미한 불빛이 천천히 켜졌다.

초만녕은 애써 눈앞의 광경을 보려고 했지만 새로운 꿈은 안개처럼 몽롱했다. 주위는 또렷하지 않았고 희미한 주홍빛만 가득했다.

선명하진 않았지만 후각과 촉각은 꿈의 전개에 따라 뚜렷해지고 나중에는 섬세해지기까지 했다. 그는 문득 형언할 수 없는 욕정을 느끼고 몸이 후끈후끈 달아오르는 것만 같았다. 그의 눈앞에서 건장한 몸이 흔들리고 있었다. 그 몸은 그의 몸을 짓누르고 있었다. 화들짝 놀란 초만녕은 본능적으로 몸부림을 치려 했지만 그의 몸은 그의 것이 아니라 꿈속의 자기 것인 것처럼 마음대로 움직여지질 않았다.

그는 끊임없이 몸을 떨고 있었다. 남자가 거칠게 헐떡이는 소리가 들리고 뜨거운 숨결이 그의 귓가로 뿜어져 나왔다. 가끔 입술이 귓불에 닿았지만 절대로 그에게 입을 맞추거나 귓불을 빨아들이지 않았다.

고개를 돌리고 보니 그들은 폭신폭신하고 큰 침상 위에 있었다. 두 사람의 움직임에 따라 침상이 삐거덕삐거덕 소리를 냈다. 야수의 가죽 같은 야성적인 비린내가 나고, 침상 위에는 짐승의 가죽이 깔린 것 같았다. 그는 힘없이 흔들리며 손을 뻗어 요를 잡으려고 했지만 그럴 힘조차 남아 있지 않았다.

남자는 그토록 사납게, 있는 힘을 다해 그의 몸을 찢어 놓을 것처럼 달려들었다. 그는 자신의 목구멍에서 흘러나오는 갈라지고 혼탁한 신음을 들었다.

그는 절망적으로 고개를 가로저으며 벗어나려고 했지만, 남자는 힘이 너무 세서 그를 손아귀에 넣고 뼈도 못 추리게 할 것만 같았다. 초만녕은 머리가 저리고 온몸이 걷잡을 수 없이 심하게 떨렸다…….

꿈이 너무 생생해서 지친 초만녕은 다음 날 정오가 다 되어서야 잠에서 깼다. 그는 침상에 누워 한참 동안 정신을 차리지 못했다. 고개를 돌리면 꿈속의 짐승 가죽 같은 야생적인 비릿한 냄새를 맡을 것만 같았다.

그런데 눈을 깜빡여 보니, 자신은 여전히 홍련수사의 적막하고 칠흑 같은 자단목 침상에 멀쩡하게 누워 있었고 결코 이상한 점은 없었다.

단지…….

초만녕은 굳은 몸으로 천천히 눈을 돌려 자기 아랫도리를 내려다봤다.

심법 때문에 다년간 금욕적인 삶을 살다 보니 몸의 반응이 극히 드물었던 옥형 장로는 자신의 그것이…… 빳빳하게 서 있는 걸…… 보게 되었다…….

여태까지 수련을 발로 했나?

그리고 어제 그 꿈들, 그게 다 뭐야? 왜 꿈에 그런 지저분한 장면들이 나타난 거지? 어떻게…… 어떻게 이럴 수 있지? 설마 묘음지에서 묵연의 몸을 보고, 또 실수로 '가히 탄복할 만한' 더러운 책을 읽어서?

초만녕의 얼굴이 어두워졌다. 손으로 힘껏 얼굴을 한번 비비고 고개를 들었지만 표정은 여전히 어두웠다.

내가 도대체 왜 이러는 걸까?

그는 입술을 몇 번 오므리고 냉천 연못에 몸을 담가 마음속의 열기를 식혀야겠다고 생각했다. 그런데 발끝이 바닥에 닿기도 전에 홍련수사의 결계가 출렁이는 게 느껴졌다.

누군가 들어왔다.

초만녕은 정색하며 냉큼 이불로 아랫도리를 가렸다. 상대는 경공을 썼는지 상당히 빠른 발걸음으로 다가와 '똑똑' 하고 문을 두드렸다.

"사존, 일어나셨어요?"

꿈속의 그 남자와 같은 목소리였다. 다만 꿈속의 목소리는 조금 더 낮고 끈적거렸고 끝없는 욕구와 열망이 배어 있었다.

그런데 문밖의 목소리는 온화하고 공손하고 약간의 걱정이 어려 있었다. 해가 중천에 뜰 때까지 초만녕이 일어나지 않자 마음을 졸인 모양이었다.

초만녕은 침상에 기대어 솜이불을 끌어안고 그 목소리를 듣고 있었다. 꿈과 현실 사이의 벽이 와르르 무너지고, 꿈속의 애절한 사랑과 격렬한 부딪침이 문밖의 그 목소리에 의해 하나하나 되살아나며 감정의 파도가 용솟음쳐 더욱 진정하기 어려웠다.

다시 누워서 자는 척하려는 그때, 문득 묵연의 목소리가 들려왔다.

"사존, 안에 계세요? 괜찮으시면 저 들어갈게요."

저 들어갈게요…….

분명 평범하고 간단하기 그지없는 말인데, 초만녕은 꿈속에서 그 남자가 그의 몸에 엎드린 채 입술을 여닫으며 그를 태워 버릴 것처럼 수컷의 강한 열기를 뿜어내던 모습이 떠올랐다.

그 사람이 거친 숨을 내쉬며 말했었다.

'긴장 풀어, 들어갈 거야.'

초만녕은 얼굴이 확 달아올라 멍하니 침상에 앉아 있었다. 옷은 흐트러져 있고 가슴에는 불꽃이 일고 눈에는 사납고 고약한 눈빛이 서려 있었다. 그런데 그 사나움과 고약함은 마치 여울 옆의 자갈 같아서 추운 겨울에는 냉혹하고 매서워서 똑바로 바라볼 수 없지만, 봄이 되어 물이 녹아 흐르면 그런 날카로움은 모두 부드러운 물결에 잠겨 버리고 흉악함이라고는 찾아볼 수 없게 되었다.

그는 어찌할 바 모를 정도로 난감한 적이 드물었고, 이토록 강렬한 욕망을 품은 적도 거의 없었다.

제자리에 그대로 굳어 있던 그는 묵연이 문을 열고 들어와서야 제정신으로 돌아왔다. 그제야 자는 척하려니 때는 이미 늦어버렸다.

그리하여 문을 들어서자마자 묵연은 먹물처럼 새까맣고 부드러운 머리카락을 풀어 헤쳐 늘어뜨린 채 침상에 앉아 있는 초만녕을 보게 되었다. 햇빛이 드리운 얼굴은 얼음 호수처럼 반짝반짝 빛나고, 그를 쳐다보는 강렬한 눈빛에는 번쩍이는 칼날처럼 매서운 한기가 서려 있었다.

그런데도 발그레한 눈가에는 매서운 한기 속에 온화함이 녹아 있고, 누군가 방금 그를 괴롭히고 그에게 말 못 할 짓을 저지른 것처럼 눈동자에는 억울함과 물기가 잔뜩 담겨 있었다.

묵연은 아무 말 없이 그를 물끄러미 바라보았다. 눈앞의 남자는 가시덤불 속에 자라난 한 떨기 꽃봉오리 같았다. 묵연은 천천히 호흡을 가다듬었다. 그의 가슴속에 커다란 바위가 쿵 하고 떨어져 하늘을 찌를 듯한 파도가 거세게 일렁이는 것만 같았⋯⋯.

132장 사존은 잘 드신다

묵연은 아무 말도 하지 않았다. 한참 뒤, 그의 목울대가 약간 흔들렸다.

그는 욕망의 급류 속에 빠지지 않으려고 있는 힘을 다해 부목을 붙잡고 있었다. 그는 더듬더듬 생각했다. 이 사람을 경, 경애해야 해.

경은 경애의 경이요 애 역시 경애의 애라, 모욕해서도 안 되고 해쳐서도 안 돼. 다른 어떤 감정을 더해서는 안 되고 전생에 그랬던 것처럼 사존을 짓밟는 어리석고 터무니없는 짓은 더더욱 해서는 안 돼.

용암처럼 부글부글 끓어오르는 마음을 달래기 위해 묵연은 속으로 이 말을 네다섯 번 되뇌었다. 가까스로 마음을 가라앉힌 그는 태연한 척 방으로 걸어 들어가 웃으며 초만녕에게 인사했다.

"사존, 안에 계셨네요……. 그런데 왜 대답 안 하셨어요?"

"지금 막 일어났다."

초만녕이 건조한 말투로 대답했다.

건조하긴 정말 건조했다. 목도 마르고 욕망도 건조했다. 실수로 불씨 하나를 떨어뜨리면 당장에라도 활활 타오를 지경이었다.

묵연은 얼핏 봐도 묵직해 보이는 5단짜리 대나무 찬합을 들고 있었다. 탁자에 올려놓으려고 봤더니 줄칼이며 송곳, 쇠못 따위가 널려 있고 도면이 너저분하게 펼쳐져 있었다. 그는 어쩔 수 없이 찬합을 안고 초만녕의 침상 옆으로 갔다.

평소에도 침상에서 눈을 뜨면 성깔을 부리는 초만녕은 오늘따라 유난히 까칠하게 굴었다. 그는 다가오는 묵연을 보더니 짜증을 내며 눈썹을 확 추켜세웠다.

"뭐 하는 거지?"

"사존께서 늦게 일어나셔서 맹파당에 먹을 게 없어요. 딱히 할 일도 없고 해서 사존이랑 같이 아침 먹으려고 제가 만들어 왔어요."

그가 찬합을 열어 하나하나 가지런히 펼쳐 놓았다. 맨 위에는 버섯볶음, 그 밑에는 마름과 상추, 그 밑에 꽃빵과 꿀에 절인 연근, 맨 밑에는 알알이 옹골차고 영롱하게 빛나는 흰 쌀밥 두 그릇과 죽순고깃국이 들어 있었다.

흰 쌀밥 두 그릇……

초만녕은 조금 어이가 없었다. 이 자식은 나를 이렇게 많이 먹는 사람으로 보는 건가?

"탁자 위에 물건이 많아서 그냥 침상에서 드시고 계세요. 제가 좀 치우고 나서 탁자 위로 가져다드릴게요."

침상에서 밥을 먹는 걸 초만녕이 좋아할 리가 없다. 그런데 아랫도리 욕망이 완전히 가라앉지 않아 이불로 가리고 있는지라 그는 잠시 망설이다가 몸가짐과 체면 사이에서 단호하게 후자를 선택했다.

"물건이 너무 많아 치우는 데 오래 걸릴 테니 그냥 여기서 먹겠다."

묵연이 웃으며 고개를 끄덕였다.

"좋아요."

묵연의 요리 솜씨는 정말 인정하지 않을 수 없었다. 오 년 전에도 제법 그럴듯하게 하더니 오 년이 지난 지금은 여느 주방장과 비교해도 전혀 손색이 없을 정도였다. 게다가 이상하리만치 그의 입맛을 정확하게 파악하고 있었다. 아침에 죽 먹는 걸 별로 좋아하지 않는 것도 잘 알고 있었고, 버섯은 짚버섯을 선택했으며, 꽃빵 속에는 팥 대신 고구마를 넣었고, 죽순은 야들야들한 끝부분만 쓰고, 절인 고기는 살코기와 비계가 적절하게 섞여 있고 색깔이 붉은 노을처럼 산뜻했다.

묵연은 지금껏 그의 입맛을 묻지 않았지만, 함께 오랜 세월을 지낸 것처럼 꼭 들어맞게 요리했다.

초만녕은 평온하게 음식을 먹었다. 자태는 위엄 있고 점잖았지만 젓가락은 잠시도 멈추지 않았다. 마지막으로 국물까지 다 마시고 보니, 묵연이 침상 가장자리에 앉아 한쪽 발을 옆에 있는 의자의 나무 팔걸이에 걸치고 한쪽 손으로 턱을 괸 채 웃는 것 같기도 하고 아닌 것 같기도 한 얼굴로 그를 보고 있었다.

"왜?"

초만녕은 무심코 손수건을 꺼내 입을 닦으며 물었다.

"입에 뭐라도 묻었느냐……?"

"아니에요."

묵연이 말했다.

"사존께서 맛있게 드시니 기분이 좋아서요."

초만녕은 그의 시선이 조금 부담스러워서 담담하게 말했다.

"맛있네. 그런데 밥이 너무 많다. 한 그릇이면 충분해."

묵연은 뭔가 말하려는 것 같더니 결국 말하지 않고 하얗고 고른 이를 드러내며 씩 웃었다.

"네."

정말 바보 같아. 큰일에는 그렇게 신중하고 꼼꼼하면서 일상생활은 이렇게까지 해이하다니, 찬합 밑에 젓가락이 두 쌍 들어 있는 것도 보지 못하고.

혼자서 두 사람 양을 먹어 놓고는 밥이 많다고, 배부르다고…….

묵연은 생각할수록 우스워서 결국 참지 못하고 손으로 관자놀이를 잡고 가볍게 들썩였다. 길게 늘어뜨린 속눈썹이 덩달아 파르르 떨렸다.

"왜 또 웃지?"

"아니에요, 아니에요."

사존의 체면이 무엇보다 중요했던 묵연은 그가 체면을 구겨 난감해할까 봐 화제를 돌렸다.

"사존, 어제 잊어버리고 하지 못한 말이 있어요."

"무슨 말?"

"오는 길에 듣자니 사존께서 관문을 나오시기 전에 회죄대사께서 먼저 떠나셨다면서요."

"그래, 맞다."

"그럼 깨어나신 뒤로 그분을 뵙지 못하셨겠네요?"

"그래."

묵연이 한숨을 내쉬며 말했다.

"그럼 사존이 예의가 없다고 할 일이 아니네요. 전에 밖에서 듣자니 사람들이 사존을 예의라고는 눈곱만큼도 없는 사람이라고 하더라고요. 회죄대사께서 오 년 동안 사존을 소생시키려고 갖은 고생을 다 하고도 고맙다는 인사 한마디 못 들었다면서요. 그런데 대사님께서 먼저 떠나신 거잖아요. 깨어나자마자 무비사로 찾아가 무릎을 꿇고 은혜에 감격하며 눈물을 쏟을 수도 없는 노릇이고요. 이렇게 아무 근거도 없이 남을 욕하는 사람들은 정말 밉살스러워요. 이 사실을 알게 된 이상 가만히 있을 수는 없어요. 백부님더러 내일 조례 때 이 일을 언급하시라고 말하는 게⋯⋯."

초만녕이 갑자기 말허리를 잘랐다.

"그럴 필요 없다."

"왜요?"

"⋯⋯나와 대사님은 서로 미워하며 산 지 오래됐어."

초만녕이 말했다.

"깨어났을 때 계셨어도 고맙다고 하지 않았을 거다."

묵연이 흠칫 놀라며 물었다.

"왜요? 사존께서 회죄대사와 사제 간의 연을 끊고 속세로 나오셨지만 사존께서 어려움에 부닥쳤을 때 친히 나서서 도와주신 걸 생각하면⋯⋯."

말을 마치기도 전에 초만녕이 끼어들었다.

"나와 그 사람 사이의 일은 이렇다 저렇다 분명하게 말할 수도 없고, 더 말하고 싶지도 않다. 나를 양심도 없고 야박한 냉혈한이라고 해도 좋아. 맘대로 지껄이라 해. 틀린 말은 아니니까."

묵연이 안달이 나서 말했다.

"그게 어떻게 틀린 말이 아니에요? 사존은 분명…… 분명 그런 사람이 아니에요!"

초만녕은 문득 낯빛이 어두워지더니 역린이 뽑혀 피가 왈칵왈칵 쏟아지는 한 마리의 용처럼 고개를 홱 들었다.

"묵연."

그가 갑자기 입을 열었다.

"나에 대해 얼마나 알고 있지?"

"저는……."

묵연은 밝게 빛나는 초만녕의 눈동자를 바라봤다. 그 속에는 매서운 바람이 몰아치고 있었다. 그는 한시도 경계심을 풀지 않고 늘 성벽을 높이 높이 쌓아 올려 모든 걸 밖으로 밀쳐 냈다.

그 순간 묵연은 아무것도 신경 쓰지 않고, 알고 있다고, 당신의 많은 일을 알고 있다고, 모두 다 알고 있다고, 설령 내가 모르는 당신의 과거가 있다 해도, 다 들어 주고 함께 나누고 싶다고 말하고 싶었다. 그러니 제발 마음속에 숨겨 두고 겹겹이 열쇠를 잠그고 층층이 가림막을 치지 말라고, 힘들지도 않냐고, 지치지도 않냐고, 다 말하고 싶었다.

그런데 무슨 자격으로 그런 말을 하겠는가?

단지 초만녕 문하의 제자일 뿐이고 경솔하게 굴어서도, 거역

해서도 안 되었다.

묵연은 결국 벙어리처럼 아무 말도 하지 못했다.

잠시 침묵이 흐르고, 활시위를 팽팽하게 당긴 활처럼 뻣뻣하던 초만녕의 몸에서 차츰차츰 힘이 풀렸다. 그는 지친 듯 한숨을 내쉬더니 말했다.

"사람은 성현이 아닌지라 운명 앞에서는 한없이 나약하여 어떤 일은 자기 의지대로 할 수 없는 법이지. 됐다, 앞으로 내 앞에서 회죄대사 얘기는 꺼내지 마라. 나가 보거라, 옷을 갈아입어야겠다."

"네."

묵연은 고개를 떨구고 묵묵히 찬합을 정리해서 가지고 나갔다. 그러더니 문어귀에서 갑자기 이렇게 물었다.

"사존, 화나신 건 아니죠?"

초만녕이 그를 흘겨보며 말했다.

"너한테 화낼 게 뭐가 있겠느냐?"

묵연은 그제야 활짝 웃으며 말했다.

"그럼 됐어요. 다행이에요. 그럼 저 내일 또 와도 돼요?"

"마음대로 하거라."

초만녕은 잠시 멈추더니 뭔가 생각난 듯 한마디 덧붙였다.

"앞으로는 '저 들어갈게요' 같은 말은 하지 마라."

묵연이 어리둥절해서 물었다.

"왜요?"

"다 들어와 놓고 말하면 뭐 해! 쓸데없이!"

초만녕은 또 버럭 화가 났다. 묵연의 시의적절하지 못한 순진

함에 화가 난 건지, 눈치도 없이 붉어지는 자기 얼굴에 화가 난
건지 자신도 알 수 없었다.

영문을 모르는 묵연이 얼떨떨한 모습으로 나가자, 초만녕은
그제야 침상에서 내려와 신발도 신지 않고 맨발로 책장 앞으로
가 죽간 하나를 꺼냈다. 그는 죽간을 좌르륵 펼쳐 놓고 알 수 없
는 눈빛으로 그 위에 적힌 글들을 한참이나 노려보며 침묵을 지
켰다.

이 죽간은 회죄대사가 떠나기 전에 그의 머리맡에 놓아둔 것
이었다. 죽간에는 비밀 주문이 걸려 있어 초만녕만 열어 볼 수
있었다. 위에는 정갈한 글씨체로 '초 공자 친전'이라고 적혀 있
었다.

그에게 기예를 전수해 준 스승이 그를 초 공자라고 부르다니.
정말 어처구니가 없었다.

서신의 내용은 길지도 짧지도 않았는데, 대부분 초만녕이 깨
어난 뒤에 주의해야 할 사항들이고 그밖에 지면의 반 정도를 할
애해 그에게 한 가지 일을 '부탁'했다.

회죄대사는 그에게 기력을 회복한 후 무비사 근처에 있는 용
혈산에서 만나기를 간곡히 청했다. 그는 정중한 말투로 자신은
나이가 많아 남은 시간이 별로 없다고 하면서, 지난 일들을 생
각하면 죄책감이 들어 마음이 괴롭다고 적었다.

[이 노승이 입적하기 전에 꼭 한번 너와 만나 이야기를 나누고
싶구나. 듣자니 고질병이 여전하고 그 때문에 칠 년마다 열흘씩
관문을 닫는다고 하던데 이 노승은 정말 널 볼 면목이 없다. 용

혈산으로 오면 진을 치고 치료해 볼 수 있다. 그런데 상당히 위험한 법술이라 반드시 영을 지켜 줄 목화(木火) 계열의 제자 한 명과 동행해야 한다.]

고질병…… 용혈산…….

초만녕은 미간을 잔뜩 찌푸리고 손가락이 손바닥을 뚫고 들어갈 정도로 주먹을 꽉 쥐었다.

어떻게 치료한단 말인가? 파괴된 물건을, 잃어버린 물건을, 용혈산에서의 백육십사 일을 어떻게 복원할 수 있단 말인가?

회죄대사가 아무리 탁월한 능력이 있다 한들 어찌 깊이 파인 상처를 매끄럽게 메운단 말인가?

그는 갑자기 눈을 번쩍 뜨더니 손바닥에서 금빛을 뿜으며 튼튼한 상비죽[13] 서신을 순식간에 가루로 만들어 버렸다.

죽을 때까지 무비사에 한 발도 들이지 않을 것이다.

다시는 회죄를 사존이라고 부르지 않을 것이다.

어느덧 초만녕이 관문을 나온 지도 사 일이 지났다. 이날, 설정옹이 그를 단심전으로 불러 위탁 서신을 한 장 건넸다. 펼쳐 보니 간단하게 몇 마디밖에 적혀 있지 않았다.

초만녕이 눈을 들어 올리며 말했다.

"잘못 주신 겁니까?"

"그럴 리가?"

설정옹이 서신을 다시 가져와 한번 읽어 보더니 말했다.

#13 **상비죽** 湘妃竹, 자문죽, 갈색 반점 무늬가 있는 대나무를 지칭함

"제대로 준 거 맞는데."

초만녕이 눈을 가늘게 뜨고 말했다.

"옥량촌 촌민들을 도와 농사일을 하라고 적혀 있습니다."

"농사일 할 줄 모르나?"

설정옹이 눈을 동그랗게 뜨고 물었다.

"정말 몰라?"

설정옹이 그렇게 묻자 난감해진 초만녕은 노발대발하며 말했다.

"좀 제대로 된 일은 없습니까? 귀신을 제거하고 악을 물리치는 그런 일 말입니다."

설정옹이 말했다.

"요즘은 태평해서 귀신이 출몰하지 않아. 에잇, 어차피 연이도 같이 갈 테니 정 그러면 옥형은 앉아서 쉬고 중노동은 연이한테 맡기면 되지. 젊은 사람이야 벼를 베고 타작 좀 하는 건 아무것도 아닐 테니."

초만녕은 얼굴을 잔뜩 찌푸리고 말했다.

"사생지전이 언제부터 이런 잡일까지 받기 시작했습니까?"

"……여태 그래 왔지. 무상진의 왕 아주머니네 고양이가 나무에 기어 올라갔다가 내려오지 못했을 때도 사매가 가서 해결했잖나. 다만 예전에는 까다롭고 번거로운 일이 많아서 사소한 일로는 옥형을 귀찮게 하지 않을 뿐이네."

설정옹이 말했다.

"깨어난 지 며칠 안 됐잖나. 원래는 다른 사람을 보내려고 했다가 옥형이 한가로이 있지 못할 것 같아서."

"그래도 저는…… 벼를 베기 싫습니다."

초만녕은 하마터면 '벼를 벨 줄 모릅니다'라고 할 뻔했다.

설정옹이 말했다.

"연이더러 도와주라고 하겠네. 그냥 기분 전환 좀 하고 산책하러 간다고 생각하게나."

"임무를 받지 않고도 기분 전환하고 산책할 수 있잖습니까?"

"그건 그렇지만."

설정옹이 머리를 긁적이며 말을 이었다.

"옥량촌은 채접진과 가깝다네. 그곳 결계는 연이가 봉합한 거잖아. 아무래도 옥형보다는 못할 테니 가는 김에 보강해야 할 데가 없는지 한번 보고 오게."

설정옹이 그렇게 말하니 초만녕은 그제야 가야 할 필요성을 느끼고, 더는 토를 달지 않고 위탁 서신을 챙겨 단심전을 나왔다.

133장 사촌의 몰래 배우기

옥량촌은 아주 작은 마을인데, 젊은이가 몇 없고 연세가 많은 어르신들이 대부분인지라 매년 농사일이 바쁠 때면 사생지전의 선군들을 불러 도움을 받곤 했다.

수련과 무관한 위탁을 다른 선문에서는 절대 받지 않는다. 그러나 어려서부터 힘든 나날을 보냈고 이 집 저 집 다니면서 눈칫밥을 먹고 자라 끝내 자수성가한 설정옹과 그의 형은, 가난한 소작인들의 부탁을 거절하기는커녕 심각한 일로 여기며 제자들을 보내 도와주도록 했다.

그 마을은 사생지전과 멀다면 멀고, 가깝다면 가까운 곳에 있었다. 걸어서 가기에는 번거롭고 그렇다고 마차를 타고 가기에는 지나친 감이 있었다.

그래서 설정옹은 그들에게 좋은 말 두 필을 준비해 줬다. 초만녕이 산문 앞에 내려와 보니 묵연이 커다란 단풍나무 아래에서 그를 기다리고 있었다. 늦가을이라 첩첩이 들어선 나무숲은 빨갛게 물들었고, 바람이 불어오면 서리 맞은 무성한 단풍잎이 비단처럼 반짝여 그 모습은 마치 비단잉어가 펄쩍펄쩍 뛰어오르는 것 같았다.

묵연은 검은 말의 고삐를 잡고 있었다. 옆에 있는 흰말이 정답게 그의 얼굴에 머리를 가져다 대고 비비적거렸다. 개자리 한 묶음을 들고 말과 한창 장난치던 묵연이 발걸음 소리를 듣고 고개를 돌렸다. 마침 새빨갛게 물든 단풍잎 몇 개가 하늘하늘 떨어졌다. 묵연은 그 속에서 고개를 들고 활짝 웃었다.

"사존."

초만녕은 발걸음을 천천히 하더니 계단을 몇 개 남겨 놓고 그대로 멈춰 섰다.

햇빛이 무성한 가지와 잎을 지나 푸른 이끼가 낀 돌계단을 비추었다. 초만녕은 멀지 않은 곳에 있는 그 남자를 바라보았다. 농사일 때문인지 묵연은 사생지전의 제자복도, 돌아올 때 입었던 흰 장포도 입지 않았다.

그는 검은 무명옷 차림에 손목에는 보호대를 감고 있었다. 너무나 간단한 옷차림이었지만 허리가 잘록하고 다리가 늘씬하며 어깨가 떡 벌어진 묵연이 입으니 몸매가 상당히 좋아 보였다. 특히 가슴팍은 무명옷의 옷깃이 깊게 파여 탄탄한 가슴 근육이 그대로 드러나고 구릿빛 피부는 숨결에 따라 오르락내리락했다.

온몸에 갑옷과 투구를 휘감아 번쩍번쩍 요란한 설몽을 드러난 경박스러움이라고 한다면, 묵연은 은근한 경박스러움, 애꿎은 경박스러움, 순박한 경박스러움에 속했다. 한마디로 '나는 성실

하고 온후한 사람이에요. 함부로 집적거리지 않아요. 머리를 처박고 죽어라 일할 줄만 알았지, 다른 건 아무것도 몰라요'였다.

초만녕은 묵묵히 그를 아래위로 몇 번 살펴보더니 입을 열었다.

"묵연."

"네, 사존. 왜 그러세요?"

건장한 몸의 사내가 웃으며 물었다.

초만녕은 무표정한 얼굴로 물었다.

"가슴을 다 드러내 놓고, 춥지도 않느냐?"

묵연은 잠시 얼떨떨해하더니 사존이 자신에게 관심을 둔 것에 즐거워했다. 그가 개자리를 광주리에 도로 넣고 손을 탁탁 털더니 한달음에 청석 계단을 올라와 초만녕 앞에 우뚝 섰다. 초만녕이 미처 반응하기도 전에 묵연이 그의 손목을 덥석 잡았다.

"안 추워요. 아침 내내 부산을 떨었더니 더워요."

그는 사람 좋아 보이는 너털웃음을 지으며 초만녕의 손을 자신의 가슴팍에 가져다 댔다.

"이것 봐요, 뜨겁죠?"

뜨거웠다.

젊은 사내의 가슴팍은 아주 따듯했다. 피가 들끓는 심장 소리, 별처럼 반짝이는 두 눈. 초만녕은 등골이 찌릿해서 황급히 남자의 손을 뿌리치고 표정을 굳혔다.

"뭐 하는 짓이냐."

"아…… 땀 묻었어요?"

묵연은 그의 뜻을 오해했다. 묵연은 지금 초만녕이 남자를 좋아하지 않는 줄로만 알고 있었다. 하긴 전생에 뒤엉키게 된 것도 모두 자기가 막무가내로 강요했기 때문이었으니, 당연히 그는 초만녕이 다른 뜻을 품고 있을 거라고는 생각하지 않았다. 그래서 그는 사촌이 불쾌한 이유가 그저 자기 몸에서 흐르는 땀 때문이겠거니 했다.

초만녕이 깔끔떨기를 좋아하고 사람들과 접촉하기 싫어하는 것을 떠올리며 묵연은 저도 모르게 부끄러워져서 머리를 긁적였다.

"제가 경솔했어요……."

묵연이 조금만 자세히 살펴봤더라면 초만녕의 준수한 목덜미가 불그레하고, 도도하게 떨어뜨린 속눈썹 아래에 애정의 눈빛이 숨겨져 있다는 걸 알아차렸을 것이다.

그런데 처음에 이러한 점을 발견하지 못했으니 초만녕이 다시 그에게 관찰할 기회를 줄 리가 없었다. 초만녕은 새하얀 신발로 미끄러운 청석을 밟으며 곧장 검은 말을 향해 걸어가 몸을 날려 날렵하게 말에 올라탔다. 자연스럽고 매끄러운 동작이었다.

온 하늘을 비추는 햇빛, 온 산천을 뒤덮은 단풍 속에서, 그는 새하얀 옷을 휘날리며 검은 말 위에서 고개를 돌리고는 바닥에 서 있는 제자를 내려다봤다. 얼음처럼 차가운 얼굴이 포악하고 오만해 보였다. 여전히 날카로운 옥형 장로였고 상당히 준수한 얼굴이었다.

"가자, 얼른 따라와."

그는 이 한마디를 남기고 늘씬한 다리로 말의 배를 조이더니 먼지를 일으키며 훌쩍 떠났다.

묵연은 제자리에 얼떨떨하게 서 있다가 개자리 광주리를 흰말의 안장에 묶고, 말에 뛰어올라 쫓아가며 소리쳤다.

"왜 검은 말에 타세요, 제 말인데……! 사존, 같이 가요!"

두 사람은 말을 타고 전력으로 질주해 한 시진도 채 안 되어 옥량촌에 도착했다.

마을 밖의 수십 묘짜리 논은 황금물결이 출렁이고, 서른 남짓한 농사꾼들이 한창 바삐 움직이고 있었다. 일손이 많지 않아 젊은이든 나이 지긋한 노인이든 할 것 없이 모두 나와 거들고 있었다. 그들은 허리를 구부리고 바짓단을 걷어 올린 채 낫을 휘두르고 있었는데 구슬땀을 뚝뚝 흘리는 모습이 무척이나 힘겨워 보였다.

묵연은 냉큼 촌장을 찾아 서신을 건네주고 군소리 없이 거친 삼신으로 갈아 신고는 곧장 논으로 들어갔다. 그는 힘이 세고 기력이 왕성한 데다 도를 닦는 사람인지라 벼 베기 정도는 손쉽게 할 수 있었다. 반나절 만에 밭 두 줄을 모두 해치웠다.

황금빛 벼 이삭이 논가에 척척 쌓여 가고 햇빛이 내리비치자 향긋한 곡물향이 사방에 퍼졌다. 농사꾼들이 낫을 휘두르는 소리가 서걱서걱 울려 퍼지고, 밭고랑에는 처녀가 이삭을 다듬으며 유유히 농가를 부르고 있었다.

"해가 뉘엿뉘엿 넘어가고, 붉은 꽃이 활짝 웃네. 여기저기 모란이 빨갛게 물들고, 처녀는 사랑 노래 흥얼대며 빨간 부채를 흔드네. 낭군님의 허리띠를 붙잡고 언제 돌아오나 물어보네. 오늘은 시간이 없소, 내일은 장작을 패야 하오, 모레는 내 반드시 낭자에게 가겠소."

나른한 곡조에 수줍음 가득한 가사가 처녀의 입에서 무심결에
흘러나와 듣는 사람들의 마음을 파고들었다.

"오늘은 시간이 없소, 내일은 장작을 패야 하오, 모레는 내 반
드시 낭자에게 가겠소."

초만녕은 논에 들어가지 않고 나무 그늘에 앉아 따뜻한 물 한
단지를 끌어안고 홀짝홀짝 마시면서 쉬고 있었다. 그는 노랫소
리를 들으며 시선은 저 멀리에서 부지런히 움직이는 검은 옷차
림의 남자를 좇았다. 그의 마음이 저도 모르게 들떴다. 물이 목
구멍으로 넘어가 위로 내려가지 않고 가슴으로 콸콸 모여드는
지 자꾸만 뜨거워졌다.

"음탕한 가락이군."

물을 다 마신 그가 쌀쌀맞게 평가하고는 도자기 항아리를 촌
장에게 돌려주러 갔다.

촌장은 머뭇거리며 그를 쳐다봤다.

초만녕은 조금 짜증이 나 있던 터라 퉁명스럽게 물었다.

"무슨 일입니까?"

"……선군은 밭일 안 하시오?"

고지식한 촌장 어른은 그의 물음에 곧바로 대답했다. 촌장은
흰 수염을 파르르 떨며 흰 눈썹 사이를 잔뜩 찌푸리고 물었다.

"선군은…… 감독하러 오신 거요?"

초만녕은 이렇게 난감하긴 또 처음이었다.

밭일이라…….

옆에서 묵연이 일하는 걸 지켜보기만 하면 된다고 설정옹이
그러지 않았나? 정말 일을 하라고?

……할 줄 모르는데 어떻게 하냐고!

촌장 어른은 더 하고 싶은 말을 삼키고 있다는 눈빛으로 그를 쳐다봤다. 그러자 옆에 있던 꼬마들과 노파들도 고개를 들어 옷차림이 말쑥하고 풍채가 멋스러운 남자를 곁눈질로 힐끔힐끔 봤다.

애들은 하고 싶은 말을 거리낌 없이 하는 법. 머리를 양쪽으로 틀어 올린 아이가 앳된 목소리로 물었다.

"할머니, 할머니, 저 도사님은 저렇게 새하얀 옷을 입고 어떻게 밭일을 해요?"

"옷소매 진짜 넓다……."

또 다른 아이가 중얼거렸다.

"신발도 완전 깨끗해……."

그 말을 들은 초만녕은 바늘방석에 앉은 것처럼 거북하고 불편했다. 잠시 제자리에 우두커니 서 있던 그는 도저히 한가하게 지켜보고 있을 수 없어 아무렇게나 낫을 하나 집어 들고는 신발도 벗지 않고 그대로 논으로 들어갔다. 발을 들여놓자마자 축축한 진흙이 발을 휘감고 차가운 물이 복사뼈를 적셨다. 초만녕은 몇 걸음 걸어 보다가 이내 그 찐득찐득한 느낌 때문에 미간을 잔뜩 찌푸렸다. 이어서 낫도 몇 번 휘둘러 봤는데 힘이 제대로 먹히지 않아 여간 굼뜨고 서툰 게 아니었다.

"……풉, 저 도장님 너무 둔하다."

뽕나무 아래에서 그를 지켜보던 어린아이 두 명이 저들끼리 키득거리며 그를 비웃었다.

초만녕은 어이가 없어 말이 나오지 않았다.

한참을 굳은 얼굴로 서 있던 그는 그들과 멀찍이 떨어진 자리로 옮겨 갔다. 초만녕은 진흙탕에서 걸음걸이를 똑바로 하려고 모진 애를 쓰며, 준수한 이목구비를 잔뜩 찡그린 채 저 멀리서 벼를 베는 데 열을 올리고 있는 남자를 향해 성큼성큼 걸어갔다.

묵연이 어떻게 베는지 몰래 훔쳐보려는 심산이었다.

세 사람이 길을 가면 그 가운데 반드시 내 스승이 있다고, 그는 몰래 배워 보기로 했다.

밭일은 묵연이 초만녕보다 훨씬 능숙했다. 작열하는 태양 아래에서 허리를 숙이고 춤추듯 낫을 휘날리면 황금 벼 이삭이 우르르 쓰러져 얌전하게 그의 드넓은 가슴에 쏙쏙 안겼다. 그는 한쪽 팔로 쓰러뜨린 벼 묶음을 안고 있다가 가득 차면 뒤에 있는 대바구니에 차곡차곡 넣었다.

묵연은 어찌나 열중했는지 초만녕이 다가온 줄도 모르고 그저 부지런하고 착실하게 부드러운 속눈썹을 아래로 늘어뜨리고 열심히 일하고 있었다. 날카로운 콧날에 희미한 그림자가 드리우고, 땀방울이 그의 얼굴을 타고 줄줄 흘러내렸다. 그는 야성에 가까운 거친 기운을 이글이글 격정적으로 뿜어냈다. 햇빛 아래 그의 피부는 뜨겁게 달군 쇳덩이처럼 불꽃이 반짝였고, 대장간처럼 쉭쉭 열기가 흘러넘쳤다. 그는 그토록 눈부시게 빛나고 있었다.

초만녕은 멀지도 가깝지도 않은 곳에서 한참을 감상했다. 그러다 문득 하려던 일이 생각나, 얼굴을 찡그리고 고개를 설레설레 저으며 뭐라 중얼거리더니 계속해서 굳은 얼굴로 앞으로 걸어갔다.

몰래 배우러 가던 참이었지!

묵연의 손이 어떻게 낫을 잡고 있는지, 낫이 얼마나 비스듬히 떨어져야 하는지 똑똑히 봐야 했다. 왜 자신의 손에서는 철사처럼 단단하던 벼 이삭들이 묵연의 손길만 닿으면 한 움큼 한 움큼 하늘하늘한 여자의 몸이 되어 기꺼이 그의 품을 파고드는지를 알아야 했다.

묵연의 손놀림에만 너무 집중하다 보니 초만녕은 발밑에 있는 개구리를 보지 못했다. 녀석은 퍽 하고 솟아올라 펄쩍펄쩍 논두렁으로 뛰어올랐다.

화들짝 놀란 초만녕은 냉큼 발을 빼서 피하려고 했지만, 발이 미끄러지고 말았다. 옥형 장로는 용감하고 씩씩한 개구리 한 마리 때문에 그대로 앞으로 꼬꾸라지고 말았다!

철퍼덕!

얼굴부터 흙탕물에 빠지게 생기자 초만녕은 미처 법술을 부릴 생각도 하지 못하고 앞에서 한창 바쁘게 움직이는 남자를 엉겁결에 덥석 잡았다.

그때, 처녀의 간드러진 노랫소리가 들려왔다.

"낭군님의 허리띠를 붙잡고 언제 돌아오나 물어보네."

공교롭게도 초만녕은 묵연의 허리띠를 움켜잡았다. 그는 비틀비틀 몇 걸음 간신히 버텨 내다가 뜨겁고 남자의 향기가 물씬 풍기는 드넓은 가슴으로 와락 넘어졌다. 단단한 팔뚝이 그를 턱석 받아 안았다.

134장 사존, 긴장 푸세요

멀쩡하게 벼를 베고 있는데 갑자기 뒤에서 어떤 손 하나가 허리띠를 잡아당겼다. 묵연은 깜짝 놀랐다.

돌아보니 초만녕, 그것도 넘어지기 직전의 초만녕이어서 그는 더욱 놀랐다.

묵연은 재빨리 낫을 버리고 돌아서서 그를 부축하려 했지만, 초만녕이 맹렬하게 덮쳐 와 몸의 절반이 당장 바닥에 닿을 것 같은 바람에 부축하는 걸로는 어림도 없어 보였다. 묵연은 결국 그를 받아 안기로 했다. 그는 은은한 해당화 향기와 함께 흰 옷자락을 흩날리며 묵연의 품속으로 거세게 쓰러졌다. 묵연은 더 생각할 틈도 없이 그를 껴안았다. 품에 끌어안고 있던 벼 이삭들이 바닥에 와르르 떨어졌다.

"사존, 언제 오셨어요?"

묵연은 놀란 가슴을 가라앉히지 못했다.

"깜짝 놀랐잖아요."

초만녕은 할 말을 찾고 있었다.

"논이 미끄러우니 조심하세요."

품에 안겨 있는 사람은 고개를 숙인 채 어색해서 한 마디도 하지 못했다. 그런데 처녀의 끝 모를 노랫소리가 아직도 들려왔다.

"낭군님의 허리띠를…… 붙잡고…… 아…… 언제 돌아오나 물어보네."

초만녕은 뭐에 찔린 것처럼 냉큼 묵연의 허리띠를 잡고 있던 손을 놓고 몸을 바로 세웠다. 그는 숨을 한번 고르더니 묵연을 확 밀쳐 냈다. 표정은 평온했지만 눈은 놀라울 정도로 반짝이고 물결이 출렁였다. 그는 분명 한껏 당황한 모습이었지만, 애써 침착한 척했다.

묵연은 그의 귓불이 대뜸 시뻘게지는 걸 보았다.

보기 좋은 색이었다. 발그레한 피부는 마치 나무에 탐스럽게 열린 복숭아 같았다. 그는 문득 전생에 그 귓불을 입으로 물었을 때 어떤 느낌이었는지를, 그럴 때마다 초만녕이 몸을 부르르 떨며 달가워하지 않다가도 결국 그의 품에서 벗어나지 못하고, 강철 같은 몸이 얼었던 땅이 녹는 것처럼 나른해지던 것을 떠올렸다.

묵연은 목울대를 움찔하더니 저도 모르게 눈빛이 그윽해졌다…….

그런데 초만녕은 누구에게 잔뜩 성이 났는지 이를 부득부득 갈며 고래고래 소리를 질렀다.

"뭘 보느냐! 뭐 볼 게 있다고!"

묵연은 문득 정신을 차렸다. 그의 마음이 서늘해졌다.

짐승만도 못한 새끼!

그놈의 욕망 때문에 사존에게 무슨 해서는 안 될 짓거리를 했던가? 사존처럼 대쪽 같은 성격에 어찌 기꺼이 굴복하려 하겠는가? 굴복은 고사하고 사존처럼 고결하여 범하기 어려운 사람들은 성욕도 얼토당토않은 것으로 생각하는데, 어찌 그런 도리에 어긋난 참혹한 짓을 계속 생각한단 말인가!

묵연은 발랑고를 흔들듯 연신 고개를 가로저었다.

초만녕이 또 버럭 화를 냈다.

"머리는 왜 촐랑거리느냐! 재밌어?"

묵연은 재깍 흔들던 것을 멈추고 그를 힐끔 봤다.

눈앞의 이 사람은 분명 부끄러우면서도 습관적으로 화난 가면을 꺼내 쓰고 있었다. 자세히 보니 눈빛의 차이점을 구분해 낼 수 있었다.

제자 앞에서 자빠진 게, 그것도 개굴개굴 울어 대는 개구리 한 마리 때문에 자빠진 게 몹시도 부끄러운 모양이었다.

귀엽다.

묵연은 저도 모르게 빙그레 미소를 지었다.

그런데 그 미소를 본 초만녕은 더 길길이 날뛰며 시커먼 눈썹을 확 추켜세우고는 머리끝까지 화를 내며 소리를 질러 댔다.

"왜 또 웃느냐? 그래, 난 곡식을 심을 줄도 모르고 밭갈이할 줄도 모른다. 그게 뭐가 웃겨!"

"아뇨, 아뇨. 안 웃겨요, 안 웃겨요."

묵연은 듣기 좋은 말로 달래며 웃음기를 싹 거두고 정색했다.

입가의 미소는 그런대로 가려졌지만 눈에 어린 웃음기는 어떻게 해도 감출 수 없었다. 그의 두 눈은 여전히 말할 수 없이 선명하게 빛났다.

겨우 웃음을 참고 넘어가나 싶었는데, 하필이면 논두렁에 무사히 폴짝 뛰어 올라간 그 개구리가 주둥이를 불룩하게 하고 시위라도 하듯이 거만하게 '개굴개굴' 하는 게 아닌가.

묵연은 결국 단번에 무너지고 말았다. 그는 웃음을 참지 못하고 고개를 돌려 손으로 입을 가리고는 헛기침으로 고비를 넘기려고 했다.

그런데 제대로 가리지 못하고 그만 '풉' 하고 웃음이 터져 버렸다.

초만녕은 화가 나서 미칠 지경이었다. 그가 첨벙첨벙 논두렁으로 올라가려는 그때, 묵연이 그를 불렀다.

두 사람은 상당히 가까웠다. 평소 같았으면 묵연은 바로 그를 잡았을 것이다. 그런데 오늘은 그러지 않았다. 그의 품에는 아직 초만녕의 온기가 남아 있고 코끝에는 초만녕의 옷에서 나는 해당화 향기가 감도는 듯했다.

그는 심장이 녹아내리는 것 같았다.

그런데도 감히 녹아내리게 놔두지 못했다. 눈앞의 이 사람이 너무 좋아서, 묵연은 그를 아끼고 떠받들고 신선처럼 존경하며, 자신의 야비함으로 그를 조금이라도 다치게 하고 싶지 않았다.

그래서 묵연은 그저 그를 불렀다.

"사존."

"왜, 더 웃으려고?"

초만녕이 그를 흘겨보았다.

묵연의 보조개는 참으로 보기 좋았다. 보조개 안에는 비웃음이 아닌 부드러움이 담겨 있었다.

"재미 삼아 배워 보실래요? 가르쳐 드릴게요. 사실 하나도 어렵지 않아요. 사촌은 총명하시니 금방 배울 거예요."

묵연이 몸소 그에게 어떻게 벼를 베는지 가르쳐 주었다. 초만녕은 속으로 생각했다. 분명 몰래 배우려고 온 건데 왜 묵연을 스승으로 모시게 됐지?

정말 엉망진창이네.

그런데 묵연은 꽤 진지하고 꼼꼼했다. 그의 서툰 손놀림을 보고도 비웃지 않았다.

묵연의 눈썹은 먹물을 풀어 놓은 것처럼 새까맣고, 이목구비는 젊었을 때보다 예리했다. 그는 원래 준수함 속에 난폭함이 묻어 있는 얼굴이었다. 그런데 지금은 눈빛이 부드럽고 감정을 드러내지 않아 무슨 걱정거리를 숨기고 있는 것 같았다. 어쩌면 단지 너무 부드러워서, 세월이 너무 많이 흘러서인지도 모른다.

"이렇게 힘을 쓸 때는 요령이 있어야 돼요. 아시겠어요?"

"……그래."

초만녕은 그가 가르쳐 준 대로 베어 봤지만, 여전히 그다지 민첩하지 못했다. 평소에 나무토막은 잘만 베었지만 흐늘거리는 벼 줄기 앞에선 오히려 속수무책이었다.

한참을 옆에서 지켜보던 묵연은 선이 매끈하고 근육이 단단한 팔을 뻗어 낫을 잡는 자세를 바로잡아 줬다.

살과 살이 맞닿는 건 그저 한순간이었다. 묵연은 감히 더 닿지 못했고, 초만녕도 더 닿게 내버려 두지 못했다.

분명 하나는 분출할 곳이 없는 거센 물살이고 하나는 말라붙은 못이라서, 한 사람이 다른 이에게로 흘러 들어가면 빈틈없이 서로를 채울 수 있었다. 즉, 한 사람은 출구를 찾지 못해 용솟음치지 않아도 되고, 남은 이는 관개를 받아 쩍쩍 갈라진 마른 땅을 촉촉하게 적실 수 있었다.

그런데 둘은 서로 피하고 멀리했다.

묵연은 초만녕의 등 뒤에서 가르쳤다.

"손가락을 좀 더 아래로 내려요. 베이지 않게 조심하세요."

초만녕은 더없이 무뚝뚝하게 말했다.

"알았다."

"긴장 푸세요. 이렇게 경직되어 있지 말고."

"……."

초만녕은 여전히 뻣뻣했고, 묵연은 다시금 그에게 말했다.

"긴장 푸세요."

그런데 묵연이 그렇게 말할수록 초만녕의 등은 더 꼿꼿해지고 손은 더 뻣뻣해졌다.

긴장 풀어라, 긴장 풀어라, 누구는 긴장하고 싶어서 긴장해? 말이 쉽지! 묵연은 바로 등 뒤에서 말하고 있었다. 그의 뜨겁고 묵직한 숨결이 남자 특유의 야성적인 냄새를 풍기며 귓등을 스치는데 어떻게 긴장을 풀라는 말인가?

머릿속에는 뜬금없이 또 그 수치스러운 꿈이 떠올랐다.

꿈에서도 비슷한 자세였다. 묵연은 바로 뒤에서, 귓불에 입술이 닿을락 말락 한 곳에 있었다.

그는 헐떡이며 말했었다.

'긴장 풀어……. 너무 조이지 마…….'

초만녕의 얼굴이 돌연 시뻘겋게 달아올랐다.

그는 애써 요상한 회상을 물리쳤지만 숨 돌릴 새도 없이 '수진계 청년 영웅호걸 크기 순위'가 떠올랐다.

초만녕은 머리가 터져 버릴 것 같았다.

도리어 묵연이 이상해하며 말했다.

"왜 이렇게 바짝 긴장하셨어요? 긴장 푸……."

"풀었다, 풀었다고!"

초만녕은 고개를 홱 돌려 그렁그렁하면서도 불꽃이 이글거리는 눈으로 그를 노려보았다. 닿을 것 같은 거리, 그 눈빛은 당장에라도 칼이 되어 묵연의 심장을 찌를 것만 같았다.

분명 둘의 심장이 북소리처럼 쿵쿵 울렸지만, 아무리 요란하게 두드려도 벽을 사이에 두고 서로의 소리를 듣지 못했다. 더 가까이 다가가면 모를까, 묵연의 가슴이 초만녕의 등에 닿으면 모를까, 묵연이 초만녕의 손을 잡고 그의 귀 끝을 깨물며 귓불을 입에 물고 헐떡이며 '긴장 풀어'라고 소곤거리면 또 모를까. 그래야만 서로 알아차릴 것 같았다.

그런데 묵연은 그러지 않을 것이고, 당연히 초만녕도 그러지 않을 것이다.

그리하여 무안해진 묵연은 손을 거두며 멋쩍은 듯 허리를 펴고 말했다.

"……그럼 사존, 혼자 한번 해 보실래요?"

"그래."

묵연은 그를 향해 웃더니 낫을 들고 멀지 않은 곳에서 벼를 베기 시작했다. 두어 번 베더니 뭐가 떠올랐는지 문득 고개를 돌렸다.

"사존."

"왜?"

초만녕이 굳은 얼굴로 물었다.

묵연이 그의 신발을 가리키며 말했다.

"신발을 벗으세요."

"싫다."

"안 벗으면 넘어져요."

묵연이 간곡하게 말했다.

"그 신발은 바닥이 미끄러워서 안 돼요. 넘어지실 때마다 제가 잡아 줄 수 있는 게 아니잖아요."

초만녕이 침울한 표정으로 잠시 생각하더니 결국 논두렁에 가서 신발을 벗어 풀 더미 옆에 놓았다. 그러고는 맨발로 논으로 돌아와 허리를 숙이고 벼를 베기 시작했다.

점심때가 되니 초만녕은 낫을 쓰는 게 숙련되어 동작이 유창하고 민첩해졌다. 묵연과 둘이 수확한 벼를 한데 모아 놓으니 하나의 높다란 황금 산이 되었다.

단숨에 논밭 모퉁이를 더 베고 나니 초만녕은 조금 노곤해져 허리를 펴고 한숨 돌리고는 소매로 땀을 닦았다. 부드러운 바람이 황금물결을 일으키며 상쾌한 기운을 몰고 왔다. 그가 재채기하자 묵연이 즉각 고개를 돌려 세심하게 물었다.

"추우세요?"

"아니."

초만녕이 고개를 저으며 말했다.

"코에 먼지가 들어가서."

묵연은 안심하며 웃었다. 뭔가를 말하려는데 멀리 뽕나무 밑에서 여자가 손을 모으고 외치는 소리가 들려왔다.

"새참이요, 새참 왔어요. 어서 와서 드세요!"

"아까 노래 부르던 그 여자인가?"

초만녕은 돌아보지도 않고 말했다.

묵연이 고개를 돌려 손을 눈썹 위에 얹고 멀리 내다보며 말했다.

"정말이네요. 어떻게 아셨어요?"

"밥 먹으라고 부르는 소리마저 저리 구슬픈 사람이 또 누가 있겠어."

초만녕은 마지막 벼 이삭 광주리를 곡식 더미 옆으로 옮겨 놓고는 어차피 더러워진 발, 신발도 신지 않은 채 뽕나무 아래로 걸어갔다. 묵연은 웃으며 고개를 설레설레 젓더니 그가 제자리에 놓고 간 신발을 들고 뒤따라갔다.

새참은 큰 가마에 한꺼번에 만들어 낸 것이었다. 아낙네 네다섯이 나무통 세 개를 들고 왔다. 뚜껑을 열어 보니, 하나는 김이 모락모락 나는 흰 쌀밥이고 하나는 배추돼지고기볶음, 하나는 두부청경채국이었다.

사실 하수진계는 백성들의 생활수준이 높은 편이 아니라서 일반 가정집에 고기는 사치였다. 그렇지만 사생지전의 선군들이 왔으니 촌장은 누가 뭐래도 풀떼기만 대접할 수 없다며 배추돼지고기볶음에 절인 삼겹살을 넉넉히 넣었다.

뚜껑을 열자마자 신체가 건장한 촌민들이 고기 냄새를 맡고 침을 꼴깍꼴깍 삼켰다.

"준비한 건 없지만 두 분 많이 드세요."

촌장 부인은 체격이 탄탄한 오십 대 아주머니였는데 목청이 크고 웃을 때는 입을 쩍 벌리며 시원시원하게 웃었다.

"저희가 직접 절인 고기에 직접 재배한 채소로 만든 거니까 마다하지 마세요."

묵연이 그럴 리가 있겠냐며 손사래를 치고는 밥을 두 그릇 담뿍 담아서 먼저 사촌에게 건네주고 자기도 한 그릇 챙겼다.

초만녕은 배추돼지고기볶음에 둥둥 떠 있는 고추를 보고 조금 겁을 먹었다. 그런데 하필이면 그 아주머니가 열성적으로 그를 불러서 뜨겁고 매운 양념을 한 국자 가득 담아 주고 고기도 듬뿍 담아 줬다.

매운맛을 좋아하는 쪽 사람에게는 둘이 먹다 하나가 죽어도 모를 맛있는 음식이겠지만, 초만녕은 먹으면 정말 죽을 수도 있는 음식이었다.

시골 사람의 친절을 거절하기 곤란해 그대로 굳어 있는데, 갑자기 어떤 손이 그에게 다른 그릇을 건네줬다.

그 그릇에는 두부청경채국이 끼얹어 있었다. 조금 담백하기는 하지만 초만녕은 좋아했다.

"저랑 바꿔요."

묵연이 말했다.

"……괜찮다, 걱정하지 말고 먹어."

초만녕은 받지 않았다.

그 광경을 지켜보던 아주머니가 얼떨떨해하더니 한참 만에야 알아채고 머리를 톡톡 치며 말했다.

"아이고, 선군은 매운 걸 못 드시나 보네요."

"아닙니다. 아예 못 먹지는 않습니다."

미안해하는 아주머니를 보며 초만녕은 고개를 젓고는 양념에 적신 밥을 한술 떠서 입으로 밀어 넣었다.

잠시 침묵이 흐른 끝에, 사람들이 지켜보는 가운데 초만녕의 얼굴이 점점 시뻘게졌다. 초만녕은 부르르 떨더니 결국 기침을 토해 냈다.

"……캑캑!"

기침이 멈추지 않았다.

세상에서 감출 수 없는 게 사랑과 가난과 재채기뿐이랴.

매운 고추도 있다.

초만녕은 자신을 과대평가했지만 매운 고추를 너무 얕잡아 봤다. 그의 얼굴이 순식간에 귀밑까지 빨개지고 말도 제대로 못하자, 주변에 있던 농부들은 모두 놀라서 어리둥절해했고 철없는 아이들은 어른들 뒤에 숨어 킥킥거리다가 머리를 맞았다.

묵연은 황급히 젓가락을 내려놓고 국을 새로 떠서 초만녕에게 건넸다. 국을 마신 초만녕은 그제야 조금 괜찮아졌지만, 뜨거운 국물에 매운맛이 더해지니 혓바닥이 너무 괴로워 고개를 들었을 때는 이미 얼굴이 새빨갛고 눈가에는 눈물이 고여 있었다. 그는 그렁그렁한 눈으로 묵연을 보며 잠긴 목소리로 말했다.

"더."

더.

초만녕은 분명 국을 더 달라는 뜻이었다. 그런데 묵연은 그 눈동자를, 나른한 그 얼굴을 보자 몸이 달아오르며 저도 모르게 다른 생각에 빠졌다.

그 순간 그는 전생에 자기 밑에 깔려 있던 그 남자를, 최음제와 욕망에 취해 헐떡거리며 풀어진 눈동자로 그를 바라보던 그 남자를, 가볍게 몸을 떨며 촉촉한 입술을 벌려 잠긴 목소리로 신음하던 그 남자를 보는 것 같았다.

"제발…… 더……."

135장 사존과 야외 취침

묵연의 손가락이 미세하게 떨렸고 심장 박동은 말도 안 되게 빨라졌다.

남자로 태어나 가장 서러운 것은 성욕이 이성으로 통제되지 않는다는 사실이다. 정말 원치 않았지만 그것은 기어코 단단하고 뜨겁게 달아올랐고, 몸은 근질근질해 죽을 지경이었다.

그는 자신을 향해 낮게 욕을 내뱉으며 다른 사람의 눈에 띄지 않도록 자세를 고쳐 앉았다. 그러고는 허리를 숙여 초만녕에게 줄 국을 떴다.

국그릇을 건넬 때, 그의 손가락에 초만녕의 손가락이 스쳤다. 그는 순간 흠칫 놀랐다. 전류가 흐르듯 찌릿한 감각이 등줄기까지 전해지는 것 같았다. 손가락을 움찔하자 국물이 살짝 흘렀다.

초만녕은 미간을 찌푸렸지만 거기까지 생각할 여유가 없었다. 그는 국을 마시며 아직도 입 안에 남아 있는 얼얼한 통증을 누그러뜨렸다. 묵연은 말없이 옆에서 그의 입술을 바라보았다. 너무 매웠던 나머지 그의 입술이 잎사귀 사이로 보이는 싱싱한 과일처럼, 가지에 활짝 핀 꽃처럼 붉게 물들어 있었다.

부드럽고, 따뜻하고, 촉촉한 입술에……

짝!

묵연이 자신의 뺨을 후려갈겼다.

모두가 깜짝 놀라 쥐 죽은 듯 조용히 그를 쳐다봤다.

그제야 정신이 든 묵연은 민망한 나머지 목소리를 가다듬으며 쉰 소리로 말했다.

"얼굴에 모기가 있어서요."

"어머나."

여자의 낭랑한 목소리였다. 별것 아닌 일인데 매우 놀란 듯한 말투였다.

"가을 모기가 제일 독한데. 피를 잔뜩 빨아 먹고 월동 준비를 하거든요. 초약고 가져오셨나요?"

"네?"

묵연은 순간 멍해져 소리가 나는 곳을 쳐다보았다. 말을 한 사람은 얼굴과 몸매가 아름답고 혼기가 꽉 찬 처녀였다. 새카맣고 윤이 나는 머리를 땋아 내렸고, 청록색 옷을 입고 있었다. 그림에서 막 걸어 나온 듯 아리따운 얼굴에 살결은 희고 보드라웠다. 그녀의 대담하던 눈빛은 묵연의 시선과 마주치자마자 기뻐서 어쩔 줄 몰랐다.

묵연은 처음엔 알아차리지 못했으나 이내 속으로 생각했다. 아, 조금 전에 노래 부르던 그 낭자구나.

둔한 묵연에 비해, 낭자 옆에 앉아 있던 아주머니는 눈치가 아주 빨랐다. 아이를 일곱이나 낳은 그녀는 처녀의 마음을 그 누구보다 훤히 알고 있었다. 그녀는 말이 청산유수였다.

"선군께선 여기 오래 계시지 않을 거야. 농번기가 지나면 바로 가실 텐데, 초약고를 가져오셨겠니? 룽아, 네가 선군께 하나 가져다드리렴."

룽아라 불린 처녀가 활짝 웃었다.

"알겠어요. 저녁때 제가 선군께 가져다드릴게요."

묵연이 끼어들 틈이 없었다. 불같은 열정을 가진 두 여인이 북 치고 장구 치며 모든 결정을 내리니, 묵연은 약간 어이가 없기까지 했다. 그는 고개를 돌려 초만녕을 보았다. 초만녕은 손수건을 꺼내 느긋하게 손에 묻은 국물을 닦는 중이었다. 표정에는 약간의 혐오스러움이 배어 있었다.

묵연은 여인을 대하는 데 익숙지 않아 작은 소리로 초만녕에게 말했다.

"제 손에도 국물이 묻었어요. 손수건 다 쓰고 나면 저도 좀 빌려주세요."

초만녕이 자신의 손수건을 묵연에게 건넸다. 여전히 해당화가 수놓인 그 손수건이었다.

묵연은 도화원에서 자신이 썼던 그 손수건을 기억하고 있었다. 초만녕은 매정하고 차가워 보여도 사실은 정이 많은 사람이었다. 묵연은 그의 의복 양식과 그가 집 안에 물건을 놓아둔 방식이 십 년, 이십 년이 지나도 큰 변화가 없다는 것을 전생에서부터 알고 있었다. 그런데 손수건까지 그럴 줄은 미처 생각하지 못했다.

긴 시간이 흘러 수놓인 그림이 이미 흐릿해졌는데도, 지난날을 그리워하는 이 사람은 여전히 손수건을 버리지 않고 있었다.

묵연은 손을 닦고 나서 손수건을 다시 자세히 살펴보았다. 그러다 문득 그 수놓인 꽃이 매우 정교하긴 하지만 바느질이 서툴다는 것을 깨달았다. 딱 봐도 이제 막 수놓는 것을 배운 사람이 만든 것이었다. 그는 멍해졌다.

설마 사존이 무료할 때 직접 만드신 건가. 진지한 표정의 사존이 작은 바늘로 해당화 모양의 수를 놓는 걸 상상하니, 묵연은 자기도 모르게 웃음이 나올 것 같았다……

다시 자세히 보려고 하던 찰나, 초만녕이 손수건을 도로 가져가 버렸다.

묵연이 말했다.

"가져가서 뭐 하시게요. 제가 빨아다 드릴게요."

"내가 빨면 된다."

초만녕이 말하며 다시 그릇과 젓가락을 들었다. 묵연은 그가 스스로 무덤 파는 걸 볼 수가 없어 황급히 그와 그릇을 바꾸며 말했다.

"이거 드세요. 저 안 건드렸어요."

촌장의 부인이 얼른 말했다.

"매운 거 못 드시면 그냥 드시지 마세요. 괜찮아요, 괜찮아."

초만녕이 입술을 오므리며 잠시 눈을 내리깔고 있다가 말했다.

"죄송합니다."

그는 묵연과 그릇을 바꾸었다. 초만녕의 그릇과 젓가락을 받아 이제 막 밥을 먹으려던 묵연은 문득 그 젓가락이 초만녕이 한 번 쓴 거라는 생각이 들었다. 그러자 갑자기 마음이 알 수 없이 두근거리기 시작했다.

초만녕은 살코기와 비계가 적당히 섞인 삼겹살을 집어 입으로 가져갔었다. 젓가락이 하얀 이에 물린 것 같기도 하고 아닌 것 같기도 했다. 그리고 입술에도 닿았다…….

전생에서 묵연의 방탕함이 극에 달했을 때는 초만녕과 온갖 도를 넘어서는 짓거리를 해 보지 않았던가? 그러나 이번 생에서는 그저 그가 썼던 젓가락, 그가 썼던 그릇과 잔을 핥는 게 다였다.

고작 그렇게 했을 뿐인데, 달아오른 몸의 열기를 감당하기가 힘들었다.

가혹하게 자신을 채찍질하고 경고해서 순결하고 청렴한 사존을 향한 음탕한 마음을 겨우 누그러뜨린다 해도, 심장은 결국 자신의 것이 아니었다. 그는 초만녕을 건드리지 않을 수는 있어도 생각하지 않을 수는 없었다.

초만녕을 향한 원망은 사라진 지 오래였다. 원망이 사라진 후, 사존에 대한 감정은 당연히 존경과 애정만 남은 줄 알았다.

그러나 아무래도 잘못 생각한 것 같았다. 미움이라는 시커먼 천이 벗겨지고 드러난 것은 축축한 감정과 뜨거운 애욕이었다…….
그는 욕망의 바다 깊은 곳에 가라앉아 있었다. 이성이라는 부목을 붙잡고 육지로 올라가고 싶었지만, 초만녕의 찰나의 눈빛과 별것 아니라는 듯한 말투는 그를 다시 욕망의 심연으로 끌어당겼다.

묵연은 정말 자신이 미쳤다고 생각했다.

초만녕은 남자를 좋아하지 않는다. 그래서 묵연은 자신이 죽는 한이 있어도 그의 몸에 손대지 않고 그를 욕보이지 않을 거라고 다짐했다.

그렇게 초만녕을 향한 욕망은 불바다로 변해 온 땅을 뒤덮었다. 그는 힘든 시련 속에서 다른 일은 다 잊어도 눈앞에 있는 이 고결한 사람만을, 자신의 고결하지 않은 마음속에 담아 두었다.

솔솔 불어오는 가을바람에 벼의 향이 실리고, 개구리가 울었다. 묵연은 초만녕 옆에 앉았다. 그는 문득 터무니없는 생각이 들었다. 초만녕과 이렇게 평생을 지낼 수 있다면 얼마나 좋을까. 예전에는 자신이 모든 게 부족하다고 여겨져 무엇이든 미친 듯이 빼앗는 데에 혈안이 되어 있었지만, 지금은 자신이 가지지 못한 게 뭐가 있는지 모르겠다는 생각이 들었다. 더 바랄 염치도 없었다.

농번기는 대략 보름이 좀 넘었다. 그동안 초만녕과 묵연은 옥량촌에 머물렀다.

이 작은 마을은 부유하지 않았지만 빈방 두 개를 찾는 것 정도는 어려운 일이 아니었다. 그저 환경이 조금 열악할 뿐이었다. 촌장 부인은 이를 악물고 용을 쓰며 두꺼운 요를 꺼내 왔다. 묵연과 초만녕에게 깔고 자라고 했지만 두 사람은 한목소리로 완곡히 거절했다.

초만녕이 말했다.

"볏짚을 깔고 자면 따뜻합니다. 아주머니 쓰시지요."

묵연도 웃으며 말했다.

"명색이 신선 수련자인데 이불을 빼앗으면 되나요."

촌장은 매우 미안해하며 연신 말했다.

"정말 죄송합니다. 예전엔 그래도 요가 많았는데, 작년에 귀신이 소란을 피운 후로 물난리가 나서 물건들이 전부……."

"괜찮습니다."

초만녕이 말했다.

몇 마디 더 위로의 말을 하고 나서야 촌장과 그의 부인은 휘청거리며 떠났다. 묵연은 초만녕을 도와 침상을 정리하고, 요 밑에 볏짚을 두껍게 깔았다. 어떻게든 잠자리를 더 푹신하게 하려는 거였는데, 마치 집 안으로 푹신한 베개와 요를 만들 재료들을 물고 오는 개 같았다.

탁자에 기대어 그 모습을 담담히 쳐다보던 초만녕이 말했다.

"그만하면 됐다. 더 깔다가는 내가 침상에서 자는 게 아니라 곡식 더미 위에서 자게 되겠어."

묵연은 약간 민망했던지 머리를 긁적이며 말했다.

"오늘만 이렇게 주무세요. 내일 제가 근처 시장에 가서 요를 하나 사 올게요."

"네가 요를 사러 가면 농사일은 다 내가 하라고?"

초만녕이 그를 노려보았다.

"이대로도 괜찮아. 아주 좋다."

그는 걸어가서 향을 맡았다.

"벼의 향이 나는군."

묵연이 말했다.

"안 돼요. 사존은 추위를 많이 타시잖아요. 혹시라도……."

"겨울은 아직 오지도 않았다."

초만녕이 미간을 찌푸렸다.

"우물쭈물하면서 무슨 말이 그렇게 많으냐. 얼른 네 방으로 가거라. 온종일 힘들어서 다리가 다 저리다. 자야겠어."

묵연이 얌전히 자기 방으로 갔다.

초만녕은 신발을 벗고 아무렇게나 물을 퍼다가 발에 끼얹은 다음 그의 볏짚 침상으로 올라갈 준비를 했다. 그런데 그때 문 두드리는 소리가 나더니 가던 길을 돌아온 묵연이 바깥에서 소리를 질렀다.

"사존, 저 들어갑니다!"

초만녕이 격노했다.

"내가 그 말 하지 말라고 하지 않았느냐!"

초만녕의 화난 목소리를 들은 묵연은 빙그레 웃으며 닫혀 있는 문을 머리로 밀어 열었다. 그는 문을 열 손이 없었다. 양팔의 소매를 팔꿈치까지 걷어붙이고는 선이 굵고 육감적인 구릿빛 팔뚝으로 물이 가득 든 통을 들고 있었기 때문이다. 물에선 김이 모락모락 났다.

젊은 남자의 눈은 물안개 속에서 유난히 밝게 빛났다.

자신을 바라보는 그의 눈빛에 초만녕은 심장이 두근거려 무슨 말을 해야 할지 알 수가 없었다.

묵연이 무거운 물통을 초만녕의 침상 옆에 내려놓았다. 얼굴에는 윤기가 돌고 보조개가 사랑스럽게 파였다. 그가 말했다.

"발 좀 담그세요. 종일 피곤하셨잖아요. 족욕이 끝나면 제가 안마해 드릴게요. 그다음에 주무세요."

"괜……."

"또 괜찮다고 하시려고요?"

묵연이 웃으며 말했다.

"하셔야 해요. 농사일을 처음 하면 허리가 쑤시고 등이 아프다고요. 제대로 못 쉬면 내일 일어나지도 못하실 텐데, 마을 아이들이 다 사존을 놀릴 거예요."

나무통 안의 물은 따뜻했고 약간 델 정도로 뜨겁기까지 했지만, 참기 힘들 정도는 아니었다.

초만녕이 맨발을 물속에 담갔다. 발가락은 매끄럽고 가늘었다. 복숭아뼈는 볼록 튀어나와 있었다. 발은 피부가 새하얬는데, 오랫동안 드러내지 않아서인지 거의 창백하다고 해도 될 정도였다.

묵연은 그의 발을 보자마자 초만녕의 피부가 정말 좋다고 생각했다. 보드랍고 매끄러우며 투명한 촉 땅 소녀들의 피부보다 훨씬 하얗고 깨끗했다.

가만있어 보자, 전생에서 아내로 맞았던 송추동도 초만녕을 더듬을 때의 느낌보다 좋진 않았지……. 아, 무슨 생각을 하는 거야.

초만녕이 족욕을 하는 동안 묵연은 맞은편의 탁자 옆에 앉아 책을 읽었다.

책은 묵연 자신이 가져온 것인데, 치료술에 관련된 약간 지루한 서적이었다. 방 안은 매우 조용했다. 너무 조용해서 두 사람 모두 자기도 모르게 숨소리를 낮출 정도였다. 상대방에게 들리게 하고 싶지 않았기 때문이다. 촛불 하나가 타고 있는 방 안에서는 초만녕의 두 발에 물이 찰랑거리는 소리만 이따금 들릴 뿐이었다.

"다 했다. 쑤시지도 않으니 넌 그만 가 보거라."

묵연은 여전히 단호했다. 그는 초만녕의 '아프지 않다'든지 '참을 만하다'라는 말들을 다시는 믿지 않을 작정이었다. 벌써 책을 내려놓고 초만녕의 침상 앞에 반쯤 몸을 구부리고 앉아 움츠러드는 초만녕의 한쪽 발을 잡아 들었다. 거절은 허용하지 않겠다는 눈빛이었다.

"다 주물러 드리고 나서 갈게요."

초만녕은 그를 냅다 걷어차 버리고 싶었다. 그가 벌러덩 나가떨어져 자신의 면전에서 제멋대로 입을 나불거리지 못하게 하고 싶었다.

그러나 그의 발을 잡은 손은 힘이 세고 거칠었다. 손바닥에 있는 굳은살이 그의 피부에 닿았다. 그의 발은 뜨거운 물에 불어서 아주 예민한 상태였다. 그는 갑자기 간지러운 느낌이 들어 웃음이 튀어나오려 했다. 그래서 모든 힘을 웃음을 참는 데에 집중했고, 결국 위엄을 세우고 묵연을 내쫓을 마지막 기회는 사라졌다.

반쯤 무릎을 꿇고 있던 묵연은 이미 그의 다리를 자신의 무릎에 올려놓고 있었다. 그러고는 눈을 아래로 내리깐 채 열심히 주무르기 시작했다.

"사존, 논이 좀 쌀쌀했죠?"

묵연이 주무르면서 물었다.

"그럭저럭."

"썩은 나뭇가지나 나뭇잎도 많았어요. 이것 보세요, 다 긁힌 상처예요."

초만녕이 자신의 오른쪽 다리 옆면을 살폈다. 아니나 다를까, 정말 작은 상처가 있었다.

"그저 작은 상처일 뿐이다. 아무 느낌도 없었어."

"제가 상처에 바르는 고약을 챙겨 왔어요. 잠깐만 기다리세요, 금방 가져와서 발라 드릴게요. 백모님이 만드신 거라 효과가 정말 좋아요. 바르고 하룻밤만 지나면 금세 낫는다니까요."

묵연이 방문을 나섰다. 그의 방은 초만녕의 방과 마주 보고 있었는데, 중간에 열 걸음 남짓한 크기의 뜰이 하나 있었다. 그가 재빨리 가서 고약을 들고 왔다.

"굳이 이렇게까지 할 필요가 있느냐?"

"이렇게까지라뇨. 고름이라도 생기면 더 귀찮아져요. 자, 사촌, 발 이리 주세요."

초만녕은 좀 난감했다. 지금까지 살면서 그에게 발은 아주 은밀한 부위였다. 평소엔 언제나 옷을 갖춰 입었기 때문에 당연히 맨발을 드러내고 왔다 갔다 하는 일은 없었다. 그의 발을 본 사람은 몇 되지 않았고, 발을 만진 사람은 더더욱 없었다.

무지하면 두려울 게 없다고, 조금 전 그는 다른 사람에게 발을 잡히는 게 어떤 느낌인지 몰랐다. 그런데 묵연이 몇 번 발을 주무르자 저릿하면서도 노곤한 느낌이 들었다. 마치 개미한테 물리는 기분이었다. 그래서 다시 발을 내밀어야 했을 때는 저절로 머뭇거리게 되었다.

묵연은 옷에 반쯤 가려진 창백한 사촌의 두 발을 보았다. 발은 따뜻한 물 덕분에 드디어 혈색이 돌고 있었다. 초만녕의 발가락은 가늘었고, 발톱은 마치 한겨울 남쪽 호수의 얼어붙은 얇은 얼음처럼 투명하고 영롱했다. 방금 물에 담갔던 발가락 끝은 연분홍빛으로 물들었다.

마치 얼음층에서 꽃을 막 피우려고 하는 해당화가 그대로 얼어 버린 것 같았다.

묵연은 다시 무릎을 꿇고 앉아 다정하고 예의 바르게 그 따뜻한 해당화를 손으로 받쳐 감쌌다.

그는 자신의 손 안에 든 해당화가 약간 떨리는 것을 느꼈다. 꽃잎이 살살 흔들렸다. 순간, 그는 당장 고개를 숙이고 몸을 굽혀 꽃에 입을 맞추고 싶었다. 망설이지 않도록, 무서워하지 않도록, 마음껏 활짝 피어나 꽃잎을 펼치도록.

"사존……."

"왜 그러느냐?"

그에겐 초만녕의 목소리가 약간 쉰 것처럼 들렸다. 잔뜩 쌓인 애욕의 이슬 때문에 꽃잎이 더는 참지 못할 정도였다. 이슬이 흙 위로 떨어질 것 같았다.

묵연이 고개를 확 들자, 촛불이 갑자기 '타탁' 하고 갈라지며 불꽃이 튀었다. 촛농이 천천히 흘러내렸다. 그의 시선이 초만녕의 시선과 만났다. 촛불에 비친 두 사람의 눈은 매우 반짝였고, 정욕의 불길이 일었고, 기세가 맹렬했다.

"너……."

초만녕이 눈을 내리깔아 시선을 피하며 냉랭하게 말했다.

"발이 간지러우니 빨리해라."

묵연의 얼굴이 갑자기 붉게 달아올랐다. 다행히 어두운 밤이라 잘 보이지 않았다. 그는 '아' 하고 중얼거리며 귀밑까지 빨개진 얼굴을 숙이고 고약을 발라 주었다.

그의 귓가에는 '빨리해라'라고 말하는 초만녕의 목소리가 맴돌았다.

목울대가 아래위로 움직였다. 그의 눈앞에 부드러운 살결이 있었다.

전생에서의 갖가지 일들이 떠올랐고, 점점 또렷해졌다. 무산전의 문란했던 잠자리가 생각났다. 핏빛 침상은 초만녕의 피부를 더욱 희어 보이게 했다. 두 사람은 궁지에 몰린 짐승처럼 뒤엉켜 가쁜 숨을 몰아쉬며 으르렁거렸다. 대전 안은 야성의 긴장감으로 가득했었다.

그는 초만녕의 조용한 신음이 생각났다. 얼음 같던 목소리가 애욕과 정욕으로 끓어올라 부드러운 물이 되었던 것이 떠올랐다.

– 쓸데없는 짓 하지 마라…… 아…….

초만녕의 목소리가 마치 그의 귓가를 맴도는 것만 같았다. 그는 모든 소리가 다 들리는 기분이었다.

묵연은 눈을 질끈 감고 미간을 있는 대로 찌푸렸다.

그는 마침내 한 가지를 확실히 깨달았다. 초만녕에게 잘해 주는 건 너무 어려운 일이라는 사실을.

멀어지면, 그를 제대로 보살피지 못할 것 같았다.

가까워지면, 마음속에서 일어나는 사악한 불길을 이겨 내지 못하고 아차 하는 순간 이성의 끈을 놓아 버릴 것 같았다. 선을 넘어 버릴지도 몰랐다.

그를 덮치고, 그를 가지고 싶었다. 심지어 지금 이 순간, 그는 자신이 정말 하고 싶은 건 이렇게 무릎 꿇고 앉아 초만녕의 발을 잡고 약이나 발라 주는 게 아니라고 생각했다. 이 사람은 지금 자신의 앞에, 침상에 앉아 있다. 지금 그의 실력은 과거와 큰 차이가 없었다. 초만녕은 그를 벗어날 수 없었다.

그는 간절히 초만녕을 점령하고 싶었다. 간절히 초만녕을 침상에 쓰러뜨리고 싶었다. 간절하게 끓어오르는 욕망으로 목이 바싹 마르고 머리가 아플 정도였다. 그는 초만녕에게 격렬하게 입맞춤하고 싶었다. 그는 간절히……

"사존, 다 발랐어요!"

그는 거의 소리를 질렀고, 그 소리에 초만녕은 깜짝 놀랐다.

묵연만이 자신의 등이 식은땀으로 축축해졌음을 알 뿐이었다.

그는 갑자기 너무 슬펐다. 왜 사존을 순수한 마음으로 잘 대할 수 없는지, 왜 거리낌 없이 잘해 줄 수 없는지, 왜 끓어오르는 욕망에서 벗어날 수 없는지.

초만녕, 초만녕……

그의 사존은 세상에서 가장 고고한 사람이었다. 자신의 제자가 이런 마음을 갖고 있다는 걸 알면 얼마나 미워하고 혐오할까?

두 번의 인생이다.

그는 사존이 다시는 자신을 경멸하게 하고 싶지 않았다.

초만녕은 버선과 신발을 다시 신었다. 그러는 동안 묵연은 줄곧 고개를 숙인 채 옆에서 말이 없었다. 마치 말 잘 듣는 온순한 개 같았다. 그러나 묵연은 자신의 마음속에 만족을 모르는 늑대가 잠들어 있다는 걸 똑똑히 알고 있었다.

한참이 지나고 나서야 묵연은 마음속에 일어난 불길을 간신히 억누르고 말했다.

"사존, 푹 쉬세요. 내일 어디 불편하시면 일하지 마시고요. 제가 두 사람 몫을 하면 되니까요."

초만녕이 미처 대답하기도 전에 바깥에서 애교 섞인 간드러진 목소리가 들렸다.

"묵 선군, 묵 선군, 안에 계세요?"

136장 사촌은 날 자극해 죽일 셈일까

초만녕은 눈꺼풀을 치켜뜨더니 흥미 없다는 듯 묵연을 쳐다보며 말했다.

"널 찾는군."

"……에? 이 시간에 누가 절 찾아요?"

지금 묵연의 눈에는 오로지 초만녕만 보였다. 낮에 마을 사람들과 무슨 말을 했는지 무슨 일을 했는지, 이미 까먹은 지 오래였다.

"낮에 노래 부르던."

초만녕이 대충 묘사했다.

"마을에서 제일 고운 그 낭자 말이다."

"그런가요……. 저는 왜 이 마을 여인들은 다 비슷비슷한 거 같죠……."

초만녕은 이 말을 듣고 잠자코 있다가 이내 입을 열었다.

"오 년 못 본 사이 장님이 된 것이냐?"

"……."

초만녕의 말투는 담담했다. 그러나 눈을 든 묵연은 그의 얼굴에 걸린 옅은 미소를 포착했다. 마치 한가롭게 그와 농담을 주고받는 것 같았다. 묵연의 마음에 기쁨과 놀라움이 교차했다. 갑자기 속이 후련해지는 기분이 들었다.

룽아라 불리는 그 낭자는 흰 꽃무늬가 있는 푸른색 보따리를 안고 고개를 쭉 뺀 채 묵연의 방 쪽을 향해 소리치고 있었다.

"묵 선군, 묵……."

"여기 있습니다."

갑자기 뒤에서 들리는 남자의 낮은 목소리에 룽아가 고개를 돌렸다. 묵연이 가림막을 반쯤 걷어 올리고 문에 기대어 그녀를 향해 웃었다.

"이렇게 늦은 시간에 무슨 일이십니까?"

깜짝 놀란 룽아는 이내 기뻐하며 그에게 다가갔다.

"다행히 아직 안 주무셨네요. 이거 드리려고요. 저희 셋째 숙모께서 낮에 말씀하셨던 거요. 이거…… 이거 써 보세요."

그녀가 품에 안고 있던 보따리를 그에게 건넸다.

묵연이 열어 보니, 진흙으로 만든 작은 병이 세 개 들어 있었다.

"이건?"

"초약고예요."

룽아는 열심히 설명했다. 그러면서 웃으며 자신의 볼을 가리켰다.

"낮에 논에서 모기에 물렸다고 하셔서……."

"아."

묵연은 그제야 알아차리고는 조금 민망해졌다. 그가 대충 얼버무리려고 댔던 핑계를 이 낭자는 순진하게도 곧이곧대로 믿었던 것이다. 게다가 정말로 그에게 초약고를 가져다주었다. 묵연은 갑자기 부끄러워 진땀이 났다.

옥량촌 사람들 정말 순박하네…….

"그래도 심각하게 물린 건 아닌가 봐요."

순간, 룽아가 까치발을 하고 열심히 묵연의 얼굴을 살피더니, 더욱 활짝 웃었다.

"물린 자국도 보이지 않네요."

묵연이 마른기침을 했다.

"아무래도 신선 수련자다 보니……."

룽아가 손뼉을 치며 웃었다.

"사생지전에서 오신 분들은 정말 재미있으신 것 같아요. 저도 재능이 있다면 신선 수련을 해 보고 싶지만, 아쉽게도 그럴 운명은 아닌 것 같아요."

두 사람은 몇 마디를 더 나누었다. 묵연은 그녀에게 감사의 인사를 전한 다음 초약고를 가지고 방으로 돌아왔다. 초만녕은 어느새 위치를 바꾸어 탁자 옆에 앉아 있었다. 그는 여유롭게 묵연이 두고 간 책을 이리저리 펼쳐 보다가 인기척을 느끼고는 고개를 들어 묵연을 쳐다보았다.

"초약고라."

묵연이 머쓱한 듯 중얼거렸다.

초만녕이 말했다.

"정말로 모기에 물린 거였느냐? 한번 보자."

등잔불 아래 묵연의 얼굴이 벌꿀처럼 노랗게 빛났다. 어둡게 그늘진 부분이 오히려 그의 눈빛을 더욱 빛나 보이게 했다. 초만녕이 그를 한참 응시하다 물었다.

"……물린 데는? 어디지?"

묵연은 겸연쩍은 듯 머리를 긁적였다.

"제 피부가 두껍잖아요. 진즉에 가라앉았어요."

그는 초약고 세 병을 초만녕의 탁자 위에 올려놓았다.

"전 안 쓰니까 여기에 둘게요. 사존은 모기에 잘 물리시잖아요."

초만녕은 긍정도 부정도 하지 않았다.

"금창약에 초약고에, 이러다간 내가 약국이라도 열 판이군."

묵연이 오뚝한 코를 만지며 웃었다. 웃음은 함축적이기도 했고 꾸밈없기도 했다. 초만녕은 그를 보다가 손을 뻗어 그의 이마를 쿡 찌르며 말했다.

"늦었다. 가서 쉬어라."

"예. 사존, 좋은 꿈 꾸세요."

"너도."

그러나 그날 밤, 열 걸음이면 닿을 수 있는 뜰을 사이에 둔 채 오래된 초가집에 각각 누운 두 사람은 서로를 향한 인사와는 달리 잠을 자지 못했다. 둘 다 이리저리 뒤척이며 좀처럼 잠을 이룰 수가 없었다.

초만녕은 당연한 이유에서였다. 그의 발바닥에서 저릿한 느낌이 가시질 않았다. 묵연의 손바닥에 있던 굳은살이 여전히 자신의 발을 문지르는 기분이었다.

묵연으로 말하자면 아주 복잡했다. 이리 뒤척 저리 뒤척 하다가 팔꿈치에 머리를 기댄 채 나무로 된 침상 틀의 벌어진 틈새를 계속 후벼 팠다. 마음속으로는 이런 말을 되뇌었다. 사존은 신이자 신선이다. 너무 고결해서 속세의 음식은 먹지 않는다. 전생에 무슨 일이 있었든, 이번 생에서는 절대 허튼짓해서는 안 된다. 절대 그를 범해선 안 된다. 절대 방탕해서는 안 된다…….

게다가 사매도 있잖아.

참, 난 사매를 더 많이 생각해야 하잖아. 사매를…….

갑자기 골치가 더 아파졌다.

사실 사생지전에 돌아와 사매를 다시 만난 후부터 그는 사매를 향한 자신의 열정이 예전 같지 않다고 생각해 오고 있었다.

사매를 좋아하고 보호하는 건, 마치 생각할 필요가 없는 일종의 습관이 된 것 같았다. 늘 이렇게 해 왔는데, 그럼 앞으로는?

오 년 전의 사매는 친근했다. 그러나 오 년 후의 그 아름다운 남자는, 왠지 모를 생경함이 느껴졌다.

이 생경함 때문에 그는 어떻게 해야 할지 혼란스러웠다. 문득 자신이 왜 이러는지, 어찌해야 좋을지마저 떠오르지 않았다.

다음 날, 초만녕은 아침 댓바람부터 눈을 떴다.

바깥으로 나가니 마침 묵연도 가림막을 걷어 올리며 나오고 있었다. 두 사람이 정면으로 마주쳤다.

묵연이 말했다.

"사존, 잘 주무셨어요?"

"그래."

초만녕이 그를 쳐다봤다.

"……잠을 설친 게냐?"

묵연이 억지웃음을 지어 보였다.

"잠자리가 낯설어서요. 괜찮아요, 낮에 조금 쉬면 괜찮아질 거예요."

그들은 함께 논으로 갔다. 새벽바람에는 초목의 싱그러운 달콤함이 가득 실려 있었다. 사방이 고요했고, 어쩌다 가끔 개구리나 가을 매미의 울음소리가 들려왔다.

초만녕은 나른한 듯 하품을 했다. 그러다 갑자기 뭔가를 발견하곤 자기도 모르게 웃음을 터트렸다.

"묵연."

"네?"

손이 쑥 다가오더니 묵연의 귀밑머리를 스쳤다. 초만녕이 그의 머리카락에서 볏짚을 한 뭉텅이 떼어 내며 옅게 웃었다.

"침상 위에서 계속 굴러다니기라도 했느냐? 머리가 온통 볏짚 투성이다."

묵연이 해명을 하려던 차에, 초만녕의 머리카락에도 볏짚이 있는 게 보였다. 그래서 그 역시 초만녕을 따라 웃었다.

"사존도 굴러다니셨나 보군요."

그는 말을 하면서 초만녕의 머리에 붙어 있던 금색 풀을 떼어 냈다.

해가 동쪽에서 떠오르고 있었다. 스승과 제자 두 사람은 맹렬한 기세로 떠오르는 눈부신 태양 속에서 서로를 바라보았다. 여전히 한 사람은 고개를 살짝 숙이고 있었고, 다른 한 사람은 약간 고개를 들고 있었다.

오 년 전만 해도, 내려다보는 사람은 초만녕이었고 올려다보는 사람은 묵연이었다. 지금은 시간이 바뀌었다. 묵미우는 이제 소년이 아니었다. 세월은 마침내 켜켜이 쌓이기로 작정한 것 같았다. 따뜻한 아침 햇살 속에서 묵연이 느닷없이 논으로 뛰어들더니, 두 팔을 벌리며 논두렁 위에 있는 사람을 향해 웃으며 말했다.

"사존, 내려오세요. 제가 잡아 드릴게요."

초만녕은 사람 키의 반도 안 되는 논두렁을 쳐다보며 말했다.

"미쳤느냐."

"하하하."

그는 신과 버선을 벗고 가뿐히 논으로 뛰어들었다. 물결이 넘실거렸다. 발바닥에서 약간의 한기가 느껴졌다. 초만녕이 넓은 소매를 휘두르며 위엄 있는 동작으로 너른 논 위에 자신의 범위를 그었다.

"여기까지 다 내 것이다. 어제는 너보다 적게 벴지만, 오늘은 기필코 네가 패배를 인정할 수밖에 없게 만들 것이다."

묵연은 뻗었던 양팔을 모아 머리를 긁적이며 입꼬리를 당겼다. 싱그러운 미소가 그의 얼굴에 나타났다.

"좋아요. 만약 제가 지면, 사존께 연꽃과자랑 해분사자두를 엄청 많이 만들어 드릴게요."

초만녕이 말했다.

"거기에 계화연근조림도 많이 추가하거라."

"예! 그럼 사존이 지면요?"

맑은 물에 반사된 묵연의 얼굴이 별처럼 빛났다.

"어떻게 하실 거예요?"

초만녕이 무덤덤하게 그를 흘겨보았다.

"어떻게 했으면 좋겠는데?"

묵연은 입술을 오므리고 한참을 생각하다가 마침내 입을 열었다.

"사존이 지면, 제가 만든 연꽃과자와 해분사자두를 엄청 많이 드셔야 해요."

잠시 뜸을 들이다, 더 부드러운 목소리가 시원한 바람을 타고 울렸다.

"엄청 많은 계화연근조림도요."

이기든 지든, 난 그저 어떻게든 잘해 주고 싶어요.

초만녕은 벼 베기에 금방 익숙해졌다. 승부욕이 강한 그는 어제는 남들에게 놀림거리가 되었을지언정 오늘은 절대 무시당할 수 없었다. 그래서 마음속으로 숨을 한번 훅 들이쉰 후, 머리를 숙이고 열심히 일에 집중했다. 정오가 되자 그가 벤 벼는 이미 묵연이 벤 벼보다 훨씬 많았다.

뽕나무 밑에 앉아 밥을 먹을 때 그는 득의양양한 듯 보였다. 말을 한 것도 아니고 표정으로 드러나지도 않았지만, 그의 두 눈은 계속 평지로 향했고 자신이 베고 높이 쌓아 금빛 산을 이룬 벼를 끊임없이 바라보았다.

"릉아, 선군께 밥 좀 더 드리렴."

모두가 둘러앉아 밥을 먹고 있었다. 밥을 순식간에 쓸어 넣은 묵연의 그릇이 금방 바닥을 보이자 아주머니가 급히 말했다.

그러나 묵연은 그릇과 젓가락을 내려놓고 매우 조급한 듯 웃으며 말했다.

"아닙니다, 배불러요. 저는 일이 있어서 마을 밖에 좀 나갔다 오겠습니다. 천천히 드십시오."

룽아는 깜짝 놀라더니 불안한 표정을 지어 보였다.

"이렇게 조금밖에 안 드신다고요? 음식이 입에 안 맞으세요? 혹시 입에 안 맞으시면…… 제가…… 다른 걸 좀 만들어서……."

"아닙니다. 정말 맛있습니다."

묵연은 당연히 그 아가씨의 속마음을 알아차리지 못하고 시원스럽게 웃으며 손을 내저었다. 그러고는 성큼성큼 마구간 쪽으로 걸어갔다.

초만녕이 그에게 물었다.

"어딜 가느냐?"

묵연이 고개를 반쯤 돌린 채 웃었다.

"뭐 좀 사려고요. 금방 올 거예요."

"선군……."

"괜찮아요. 그냥 두십시오."

초만녕이 두부구이를 집으며 냉랭하게 말했다.

두 선군은 함께 왔으나 누가 높은 사람이고 누가 낮은 사람인지, 누구의 말이 더 무게감이 있는지, 눈썰미가 있는 사람이라면 누구든 쉽게 알아차릴 수 있었다. 게다가 초만녕의 얼굴은 태생적으로 엄숙하고 차가웠으므로, 그가 입을 열자 마을 사람들도 더 묻기가 민망하여 묵연을 그냥 가게 두었다.

식사를 마친 후, 사람들은 삼삼오오 모여 잎담배를 피우거나 눈을 가늘게 뜨고 졸면서 일광욕을 했다. 아낙네들은 함께 둘러앉아 방한용 옷을 짜고, 아이들은 죽마를 타고 놀며 재잘재잘 떠들었다. 비쩍 마른 집고양이 한 마리가 잔뜩 기대를 안고 바닥에서 냄새를 맡고 있었다. 분홍색 코를 벌렁벌렁하며 귀를 쫑긋 세웠다. 사람들이 먹다 남은 음식 찌꺼기 속에서 배불리 먹을 만한 먹잇감을 찾는 것 같았다.

초만녕은 뜨겁게 데운 차를 들고 곡식 더미 옆에 앉아 쉬다가 거죽밖에 남지 않은 고양이를 발견했다. 그는 먹을 것을 좀 주고 싶은 마음에 불쌍한 고양이를 향해 손짓했다. 하지만 아쉽게도 고양이는 낯선 사람에 대한 경계심이 강해서, 초만녕이 손을 들어 올린 게 자신을 때리려는 것으로 생각하고는 날카로운 소리만 내지르며 냅다 도망을 가 버렸다.

내가 그렇게 무섭게 생겼나? 고양이도 싫어할 정도로?

침울한 표정으로 턱을 괴고 생각에 빠져 있는데, 갑자기 놋판 같은 것이 뎅그렁거리는 소리가 들려왔다. 신나는 표정의 릉아가 차 한 잔을 들고 초만녕의 옆에 와 앉았다.

고개를 돌린 초만녕이 표정 없는 얼굴로 그녀를 바라보았다.

매우 아름다운 소녀였다. 게다가 여위고 허약하지도 않은, 두메산골에서 보기 힘든 육감적인 몸매의 여인이었다. 그녀는 자신을 잘 가꿀 줄 알았다. 장신구를 살 여윳돈이 없어서, 놋이나 쇳조각 같은 것을 주워다 깨끗이 씻은 다음 윤이 나도록 잘 갈아서 고리로 만들어 옷 앞쪽에 달았다. 그래서 그녀가 걸을 때면 뎅그렁뎅그렁하는 소리가 났고, 고리들은 햇살에 눈부신 빛을 반사했다.

"선군."

그녀가 낭랑한 목소리로 그를 불렀다. 목소리가 마치 잘 익어 과즙이 가득한 과일 같았다.

초만녕이 말했다.

"무슨 일이오?"

그의 목소리는 차가운 안개 같았다.

릉아는 그의 냉담한 태도에 약간 멈칫했으나, 곧 온화한 얼굴로 웃으며 말했다.

"그냥요. 선군 혼자 앉아 계시니 무료할 것 같아서, 말동무라도 해 드리려고 왔어요."

초만녕은 자신이 상냥한 얼굴은 아니란 걸 알고 있었다. 아까 그 고양이가 가장 확실한 증거였다. 그러나 사람과 고양이는 분명 달랐다. 고양이는 머리를 굴리지 않지만, 사람은 다른 꿍꿍이가 있기 마련이었다.

아니나 다를까, 릉아는 그에게 온갖 쓸데없는 말을 늘어놓다가 지나가는 말처럼 질문을 던졌다.

"선군, 사생지전 말이에요…… 어떤 사람을 제자로 받아 주나요? 저 같은 사람도…… 들어갈 수 있나요?"

초만녕이 말했다.

"손 좀 이리 줘 보십시오."

"아……."

그녀는 눈을 크게 뜨더니 이내 들뜬 표정으로 그의 말대로 했다. 초만녕은 손가락 끝으로 가볍게 그녀의 맥박을 짚어 보았다. 잠시 후 그가 손가락을 떼며 말했다.

"안 받습니다."

룽아의 얼굴이 금세 새빨개졌다.

"저, 저에겐 총명한 자질이 없나요?"

"제가 손을 내밀어 보라고 했을 때, 낭자는 이미 제가 낭자의 영핵을 짚어 볼 거라는 걸 알고 계셨습니다. 예전에도 다른 사람에게 물어보신 적이 있다는 뜻일 테지요."

초만녕이 말했다.

"낭자는 수련과는 연이 없습니다. 노인이 될 때까지 수련해도 기본기조차 다지기 힘들 거예요. 밑 빠진 독에 물 붓는 격이니, 희망은 품지 않는 게 좋습니다."

룽아는 말없이 고개를 떨구었다. 실망이 큰 모양이었다. 한참이 지나고 나서야 입술을 떼고 작은 소리로 말했다.

"알려 주셔서 감사합니다."

"아닙니다."

그녀는 조용히 일어섰다. 초만녕은 그녀의 뒷모습을 보며 마음속이 복잡해졌다. 하수진계에는 선문에 들어가길 간절히 원하는 사람이 상수진계보다 많았다. 상수진계 사람들에게 신선 수련은 그저 가문을 빛내고 명예를 떨치기 위한 수단에 불과했기 때문이다.

그러나 하수진계 사람들에게는, 때로는 목숨을 지키기 위한 일이었다.

초만녕은 곡식 더미에 기대어 또 차를 마셨다. 날씨가 쌀쌀해져서 잠깐만 놔두어도 차가 금방 식어 버렸다. 그는 몇 모금 만에 차를 다 마시고는 눈을 감고 잠깐 쉬려 했다. 그러나 어젯밤 너무 늦게 잠이 들었고 오늘 오전 내내 바빴던 터라 눈을 감자마자 깊은 잠에 빠져 버렸다. 눈 깜박할 사이 반나절이 지나갔다.

그가 잠에서 깼을 때는 이미 하늘이 핏빛으로 물든 후였다. 나뭇가지 끝에서는 까마귀가 울었고, 논두렁 사이에는 가지런히 놓인 볏단과 흩날리는 곡식 부스러기만 남아 있을 뿐이었다.

깜짝 놀란 초만녕이 눈을 번쩍 떴다.

곡식 더미에 기대어 황혼 무렵까지 자 버린 건 아마도 그의 신분 때문일 터였다. 농부들은 그를 깨우기가 난처했을 것이다. 그래서 그를 계속 자게 두었을 뿐 아니라 누군가는 그가 추울까 봐 옷까지 덮어 주었다.

웬 옷이…….

초만녕이 일어나 앉으려는데, 코끝에 갑자기 익숙한 냄새가 스쳤다. 정신이 든 그는 덮고 있던 겉옷을 내려다보았다. 옷감은 거칠지만 깨끗하게 빨아 입은 옷이었고, 바느질 틈새에는 쥐엄나무의 맑고 상쾌한 향이 어려 있었다.

묵연의 옷이었다.

이유는 알 수 없었지만, 이 사실을 알게 된 초만녕은 일어나 앉으려던 생각을 바꿔 다시 편하게 드러누웠다. 얼굴의 반이 장포에 가려져 맑게 빛나는 두 눈만 내민 채였다. 가늘게 뜬 눈은 말로 표현할 수 없는 감정을 숨기고 있었다.

정말 미쳤군.

초만녕은 얇고 부드러운 속눈썹을 실눈 위에 얹고 논에서 그 사람의 행방을 살폈다. 그는 금방 그 사람을 찾아냈다. 지금의 묵연은 큰 키와 잘생긴 얼굴 덕분에 어디에 있든 금방 눈에 띄었다.

젊은 남자는 촌장을 비롯한 농부들을 도와 벼를 달구지에 싣고 있었다. 그는 초만녕을 등지고 있었는데, 종일 일을 해서 더웠는지 다른 농부들과 마찬가지로 장포와 윗옷을 몽땅 벗고 건장하고 윤이 나는 등을 드러내고 있었다.

저무는 석양 아래, 그의 넓은 등에는 열기가 스며 있었다. 땀방울이 근육의 움직임을 따라 허리 보조개까지 천천히 흘러내리더니, 튼튼한 허리선까지 구불구불 이어졌다…….

그는 뜨겁게 달궈진 쇠처럼, 아궁이 속의 숯처럼, 모든 따뜻한 마음을 펄펄 끓는 수컷의 욕망으로 불살라 버렸다. 초만녕은 멀리서 그를 바라보고 있었다. 눈앞에 펼쳐진 다른 풍경은 전부 흐릿하게 사라지고, 아름다운 외모의 그 남자만 남았다. 표범처럼 늘씬하게 뻗은 근육, 촌장과 이야기를 나누며 웃는 얼굴 반쪽, 사랑스러운 보조개, 선량한 눈빛, 그 준수한 외모는 사람의 혼을 쏙 빼 놓았다.

등 뒤의 시선을 느꼈는지 묵연이 고개를 돌렸다. 초만녕은 황급히 눈을 감고 자는 척을 했다.

심장은 마치 소나기가 내리듯 미친 듯이 뛰었고, 귓가에는 맹렬하게 돌고 있는 혈액의 소리가 들렸다.

한참이 지난 후, 그는 살그머니 실눈을 떠 속눈썹 사이로 주위를 살폈다. 묵연은 이미 몸을 다시 돌렸고, 룽아가 논두렁 위에서부터 그를 향해 걸어가더니 수줍음이 섞인 눈빛으로 손수건을 건넸다.

"선군, 이걸로 땀 닦으세요."

묵연은 볏단을 한 아름 안아 달구지로 옮기던 중이었다. 그가 웃으며 말했다.

"너무 바빠서 조금 이따 닦겠습니다."

룽아는 기분이 좋아 보였다. 그녀는 옆에서 그를 지켜보며 이따금 손을 내밀어 볏단을 받아 주었다. 묵연은 이 낭자의 친절이 꽤 의외라고 생각하며 말했다.

"고맙습니다."

그녀는 더욱 기뻐했다. 기골이 장대한 이 남자는 손만 뻗으면 잡을 수 있는 강인한 남성미를 내뿜고 있었다. 그녀는 그의 숨소리를 들으며 적절하게 수축과 이완을 반복하는 팔뚝을 바라보다가, 자기도 모르게 얼굴이 달아올랐다. 그러고는 남녀칠세부동석 같은 말 따위도 잊었는지 손수건을 쥐고 상냥하게 말했다.

"선군, 지금 닦지 않으면 눈으로 들어가겠어요."

묵연이 급히 말했다.

"손이 없어요, 손이."

"제가 닦아 드릴……."

그녀는 말을 마치기도 전에 등이 서늘해지는 기분을 느꼈다.

어느 틈엔가 초만녕이 그들의 뒤에 서 있었다. 그는 여전히 묵연의 두꺼운 검은색 장포를 어깨에 두르고 있었는데, 상당히 지친 기색이었다. 방금 깨어난 사람의 까칠함을 있는 대로 드러내며 그가 말했다.

"묵연."

"네?"

쉴 새 없이 바빴던 묵연은 재빨리 벼를 내려놓고 코를 문지르며 고개를 돌렸다. 그러고는 초만녕을 보자마자 활짝 웃었다.

"드디어 일어나셨네요."

초만녕은 그를 아래위로 훑어보았다.

"안 추우냐?"

묵연이 웃으며 말했다.

"더워요."

그가 말하자마자 새카만 눈썹 사이에 모여 있던 땀방울이 주르륵 흐르더니 금세 눈으로 들어갔다. 그는 '앗' 하는 소리와 함께 한쪽 눈을 감으면서도 반대쪽 눈으로는 여전히 초만녕을 고집스럽게 바라보고 있었다. 그는 여인에게 손수건을 빌리기가 겸연쩍어 초만녕에게 부탁했다.

"사존, 제 눈 좀……."

"내 손수건은 빨아 놓았다."

룽아가 얼른 말했다.

"그럼 제 것을……."

초만녕은 그녀를 못 본 척하며 곧장 앞으로 걸어갔다. 그는 담담한 표정으로 허리를 쫙 펴고 고개를 꼿꼿이 든 채, 순백색 소매를 들어 소맷부리를 쥐고 묵연의 눈썹과 눈을 꼼꼼히 닦아 주었다.

137장 사존, 좋은 꿈 꾸세요

묵연은 순간 온몸이 굳어 버렸다.

숨을 들이마시자 익숙한 해당화 향이 느껴졌다. 초만녕의 얼굴에는 아무 표정이 없었다. 그러나 묵연의 눈꺼풀에 닿은 그의 옷소매는 부드러웠고, 땀을 닦는 손길도 섬세했다. 중요한 건, 눈처럼 새하얀 옷을 입은 이 남자가 지금 자신과 너무 가까이 있다는 점이었다. 초만녕의 입술 주름까지 똑똑히 보일 정도였고, 조금만 고개를 숙이면 곧장 그 입술에 자신의 입을 맞추고 부드러운 꽃망울을 이 사이로 밀어 넣을 수 있을 정도였다.

"네가 이겼다. 하지만 날 깨우지 않았으니 이건 영광 없는 승리야."

그의 눈가에 흐른 땀을 다 닦은 초만녕이 느닷없이 이렇게 말했다.

묵연은 멍해졌으나 이내 웃었다.

"제가 졌어요. 이긴 사람은 사촌이지요."

"오후에는 벼를 안 베었느냐?"

"네, 남은 게 별로 없었어요. 시장 가서 월동에 필요한 것들 좀 사느라 여기저기 돌아다녔더니 시간이 좀 늦어졌어요."

묵연이 말했다.

"사촌이 벤 벼가 제 것보다 많아요."

초만녕은 무미건조하게 흥, 하고 콧방귀를 뀌었다. 만족스러운 눈치였다.

잠시 후 그가 물었다.

"시장에 가서 뭘 샀다고? 침상 깔개?"

묵연이 입을 열기도 전에 옆에 서 있던 룽아가 더는 가만히 있지 않고 웃으며 끼어들었다.

"선군께서 물건을 정말 많이 사셨더라고요. 짐을 싣고 온 말이 아주 힘들었겠어요."

"많은 것도 아니에요. 숯불이랑 고기 좀 사고, 간식거리도 좀 샀어요."

"더 있잖아요."

룽아가 말했다.

"집마다 요를 하나씩 사 주셨잖아요. 솜 타는 그 노부인이 직접 수레를 끌고 같이 마을까지 오셨지 뭐예요. 수레에 짐을 한가득 싣고서는."

초만녕은 의아했다.

"그렇게 많은 돈이 어디서 났길래?"

"평소에 조금씩 모았죠."

묵연이 웃으며 말했다.

"다 저렴한 거예요. 상수진계보다 훨씬 싸더라고요."

"그럼 고기는?"

"그냥 샀어요. 촌장님한테 드려서 내일 다 같이 구워 먹으려고요."

초만녕은 얼굴색 하나 변하지 않고 또 물었다.

"그럼 간식은?"

룽아가 손바닥을 치며 웃었다.

"그거야 당연히 마을 아이들 주려고 사신 거죠. 묵 선군께서 오자마자 아이들에게 나눠 주셨거든요. 엿도 있고 계화꽃떡도 있고. 이런 간식들은 구경도 못 해 본 아이들이 대부분이라, 다들 얼마나 좋아하던지요."

그녀는 잠깐 뜸을 들이더니 아주 유쾌하게 말했다.

"저한테도 조금 주셨고요."

낭자는 붙임성 있는 성격이라 말이 아주 자연스러웠다. 초만녕은 처음 그녀가 몇 마디 거들었을 때는 별로 개의치 않았지만, 이 말이 끝나고 나자 눈동자를 굴리며 냉담하게 그녀를 흘겨보았다.

"맛있었습니까?"

룽아는 솔직하게 말했다.

"맛있었죠. 아주 달던데요."

초만녕은 냉소를 짓는 것 같았다.

"그럼 많이 드시지요."

그는 이렇게 말하고는 소매를 펄럭이며 가 버렸다. 묵연은 그가 불쾌해하는 이유를 알 수가 없었다. 그를 따라가려는데, 순간 눈앞이 깜깜해졌다. 초만녕이 두르고 있던 장포를 그의 얼굴에 던진 것이었다. 묵연은 옷을 집어 끌고 가면서 초조하게 초만녕을 바라보았다.

"사존?"

"벌거벗은 몸을 드러내는 게 말이 되느냐! 너는 안 추워도, 보는 내가 춥다!"

초만녕이 큰 소리로 말했다.

"입거라!"

묵연은 매우 더웠지만, 초만녕이 이렇게까지 말하자 군말 없이 옷을 입었다. 땀에 옷이 붙고 축축해서 영 느낌이 별로였다. 그는 파르르 떨리는 속눈썹을 들어 올리며 망연히 상대를 바라보았다.

초만녕이 날카로운 눈썹을 찌푸렸다.

"옷섶을 여며! 다 풀어 헤쳐서 누구 보여 주려는 게냐! 예의범절도 모르는 녀석 같으니!"

묵연은 말없이 옷섶을 여몄다. 옷깃도 높고 단단하게 잘 접었다. 조금의 살갗도 드러내지 않았다. 그런데 이제는 오히려 금욕적인 아름다움이 돋보였다. 이에 초만녕은 알 수 없는 화가 더 치밀어 올라 나지막이 욕을 하고 소매를 휘적거리며 가 버렸다. 묵연만 혼자 멍청한 개처럼 그 자리에 멍하니 남아 있었다.

옆에서 지켜보던 촌장 부부와 룽아는 당최 영문을 알 수가 없었다. 룽아가 걱정하며 말했다.

"저 선군은…… 정말 무섭네요……. 저렇게 괴팍하신 분은 처음 봤어요⋯⋯."

그녀는 약간 동정하는 말투로 묵연의 기분을 맞춰 주려는 듯 작게 말했다.

"사존께서 너무하시네요. 그나마 선군이 착하시니 참는 거지, 아니었으면⋯⋯."

투덜거리며 고개를 돌린 그녀의 눈이 묵연의 시선과 마주쳤다. 끝맺지 못한 말은 그녀의 입에서 나오지 못했다. 줄곧 사람 좋게 웃던 묵 선군의 얼굴에 화가 이글거렸고, 그의 눈빛에는 이리의 이빨 같은 살벌함이 스쳤기 때문이다.

그녀는 입을 딱 다물었다. 묵연도 얼른 고개를 돌렸고, 빛의 각도가 달라졌다. 그래서 그의 표정의 의미를 파악하기가 어려워졌다. 릉아의 심장이 쿵쾅쿵쾅 뛰었다. 조금 전 자신이 본 것이 착각이었는지, 아니면 산처럼 듬직하고 너그러운 이 남자가 순간적으로 맹수 같은 또 다른 얼굴을 드러낸 건지 알 수가 없었다.

묵연이 작은 소리로 말했다.

"죄송합니다. 일들 보십시오, 전 걱정돼서 사존께 가 봐야겠습니다."

그는 이렇게 말하고 성큼성큼 멀어졌다.

초만녕은 강가에 서 있었다. 하늘에는 갈대꽃이 흩날렸고, 석양빛이 반짝이는 물결에 반쯤 잠겨 불꽃이 물속에서 타오르는 듯한 풍경을 자아냈다.

묵연이 급히 뛰어와 그의 뒤에 서서 가쁜 숨을 내쉬었다.

"사존."

"……."

그가 초조한 목소리로 물었다.

"제가 뭘 잘못했나요?"

초만녕이 말했다.

"아니다."

"그럼 왜 기분이 나쁘신 거예요?"

"내 맘이지."

묵연은 당황했다.

"네?"

초만녕이 고개를 돌리더니 음울하게 말했다.

"내 맘이라고."

묵연은 초만녕과 말장난을 할 생각이 없었다. 그는 초만녕의 표정을 자세히 살피다 문득 떠오르는 게 있어 그만 웃고 말았다.

"사존의 기분이 왜 나쁜지 알겠어요."

초만녕은 넓은 소매 안에서 주먹을 꽉 쥐었다. 어깨는 알아챌 수 없을 정도로 희미하게 떨렸다. 그러나 표정만은 침착했다.

"아니라고 말하지 않았느냐……."

묵연이 다가와 나무 아래에 섰다. 그는 빙그레 웃으며 뒷짐을 지고 있었다. 강가의 늙은 고무나무가 두껍고 튼튼한 뿌리를 땅 위에 드러내고 있었다. 강한 혈관이 천천히 토양의 깊은 곳으로 뻗어 들어가는 듯한 모양이었다.

그는 툭 불거져 나온 뿌리 위에 섰다. 키가 더 커 보였다.

초만녕은 문득 경계심이 생겨 기분이 언짢았다.

"내려와라."

"네."

묵연은 가뿐하게 뛰어내렸다. 그의 발끝이 툭 뛰어나온 옹이를 떠나 초만녕 앞에 착지했다. 구불구불하게 누워 있는 용 같은 나무였다. 줄기가 굵지 않은 부분은 초만녕이 서 있는 좁은 땅이 전부였다. 묵연이 높은 곳에 서지 않으려면 그에게 가까이 다가설 수밖에 없었다.

고개를 숙인 묵연의 숨결에 초만녕의 속눈썹이 휘날릴 정도였다. 결국 견디기 힘들었던 초만녕이 정색하고 말했다.

"올라가라."

묵연은 웃음을 참을 수 없었다.

"올라가라 내려와라, 올라가라 내려와라, 사존 지금 저랑 장난치시는 거예요?"

초만녕도 자신이 홧김에 쓸데없는 고집을 부린다는 것을 알고 있었다. 자신의 속내가 까발려졌으니, 아예 표정을 굳히고 입을 다물어 버렸다.

묵연이 뒤에서 손을 내밀었다. 어디서 나왔는지, 종이에 싸인 현란한 색의 사탕들이 손바닥 위에 달콤한 산처럼 쌓여 있었다.

"화내지 마세요. 사존 것은 남겨 놨어요."

초만녕은 더욱 화가 났다. 정말 피를 토할 정도로 노발대발하고 싶었으나, 겨우 화를 억누르며 말했다.

"묵미우!"

"예!"

묵연이 얼른 똑바로 섰다.

"누가 사탕 먹고 싶다 했느냐? 지금 나를 서너 살 어린애나 젊은 처자처럼 달래려 하는 것이야? 나는 전혀…… 읍!"

사탕이 입술에 닿더니 입 안으로 쑥 들어왔다.

초만녕은 깜짝 놀라 어리둥절해졌다.

순간 귓불이 시뻘게지고 얼굴도 달아올랐다. 수치심인지 분노인지 알 수가 없었다. 동그랗게 뜬 봉안은 분노와 놀람이 교차하는 눈빛을 머금고 눈앞에서 활짝 웃고 있는 그 남자를 노려보았다.

"우유 맛이에요."

묵연이 말했다.

"사존이 가장 좋아하시는 맛이요."

초만녕은 갑자기 말문이 막히고 힘이 빠졌다. 마치 발톱 빠진 고양이처럼, 이빨과 발톱을 드러내고 털을 세우며 하던 위협이 무용지물이 된 것 같았다.

우유 맛 사탕을 입에 문 그의 관자놀이 옆으로, 급히 걷느라 삐져나온 잔머리가 있었다. 잔머리는 바람에 살랑살랑 흔들렸고, 풀잎처럼 부드럽게 날렸다. 이를 본 묵연은 그 몇 가닥의 머리카락을 넘겨 주고 싶어 근질근질했다.

그는 착실한 사람을 좋아해.

이렇게 생각하며 정말로 손을 뻗었다.

묵연이 웃으며 말했다.

"마을 사람들 모두에게 간식을 사 줬어요. 하지만 가장 맛있는 건 사존 몫이요. 사탕은 제가 전부 소매에 몰래 감춰 놨어요. 떡은 사존 방에 갖다 놨으니까 저녁에 조용히 드세요. 아이들한테 들키지 마시고요. 연꽃과자는 너무 예뻐서 걔들이 보면 분명 달라고 사존을 괴롭힐 거예요."

초만녕은 말이 없었다. 한참이 지나서야 녹기 시작한 우유 맛 사탕을 혀끝으로 굴리며 눈을 들었다. 그는 갈대꽃이 흐드러진 가운데 늙은 고무나무 아래 서 있는 그 남자를 바라보았다.

잠시 뒤 갑자기 초만녕이 밑도 끝도 없이 한마디를 내뱉었다.

"계화연근조림."

묵연이 웃었다.

"샀죠."

"해분사자두."

"그것도 샀지요."

초만녕은 고개를 갸우뚱했다. 오늘 자신의 위엄이 떨어져도 한참 떨어진다고 생각했다. 그는 떨어진 위엄을 주워 들어 먼지를 탈탈 털어 내고 싶었다. 그래서 작심을 하고 자세를 고친 다음 턱을 살짝 들어 올렸다.

"하지만 이화백주가 빠졌구나."

턱을 들어 올린 자신의 모습이 매우 엄하고 진지할 것이라 여겼다.

그러나 그것은 옛날, 묵연이 소년이었을 때, 키가 자신만큼 크지 않았을 때의 얘기였다.

아무리 이렇게 행동한들, 선이 고운 턱 선과 목울대 그리고 백자처럼 뽀얀 목을 묵연에게 보여 줄 뿐이라는 것을 초만녕은 상상도 하지 못했다.

그는 마치 자신의 가장 약한 부분을 늑대의 이빨 앞에 들이밀 며 거만하게 굴면서도 전혀 깨닫지 못하는 자신만만한 고양이 같았다. 자신이 범과 이리에게 위협적인 존재라고만 여길 뿐, 범과 이리가 주둥이로 그의 목을 물어 혀로 핥고 삼켜 버릴 생각밖에 없다는 건 알지 못했다.

바보.

묵연은 엄청난 의지력을 발휘해 겨우 초만녕의 턱에서 시선을 옮겼다. 다시 눈앞에 서 있는 그를 봤을 때, 눈빛은 깊었고 목소리는 조금 낮았다.

그는 억지로 웃으며 자신은 군자임을, 그리고 유하혜#14임을 되뇌었다. 그가 말했다.

"있어요."

초만녕은 깨닫지 못한 듯 미간을 찌푸렸다.

"뭐라고?"

"이화백주요."

묵연은 변함없는 표정으로 한숨을 쉬며 마음속의 욕망을 누르고는 쉰 목소리로 말했다.

"이화백주, 있다고요."

"……."

"시장에 가다가 생각하니, 왠지 사존이 드시고 싶으실 것 같아서요. 다행히 샀어요."

초만녕은 열심히 자신의 기분을 맞추려는 제자를 바라보다가, 순간 아무 말도 할 수가 없었다. 갑자기 투정을 부리는 자신이 부끄러웠고 일부러 딱딱하고 차가운 척 행동하는 것도 무안했다.

그는 마침내 잔뜩 힘을 주고 있던 몸에서 긴장을 풀고는, 늙

#14 유하혜 柳下惠. 춘추 시대 노나라의 현자. 집 없는 낯선 여인을 측은히 여겨 데리고 와 자신의 품 안에서 하룻밤을 재웠는데 음란한 행동을 하지 않아서 지조 있는 남자라고 불림

은 고무나무에 등을 기댄 채 묵연을 훑어보고 말했다.

"묵연."

"예."

"많이 변했구나."

말을 마친 그는 어째서 묵연의 표정에서 희미한 불안이 스치는지 알 수가 없었다. 묵연이 길고 짙은 속눈썹을 깜박거리며 말했다.

"변한 모습이 맘에 드시나요?"

초만녕은 잠시 침묵하다 말했다.

"나쁘진 않다."

그는 갑자기 뭔가 떠올랐는지 다시 몸을 똑바로 세우고는 손을 들어 올렸다. 허공에서 잠시 머뭇거리던 손이 묵연의 허리에 닿았다.

순간, 묵연의 몸이 훅 떨렸다. 그는 영문도 모른 채 불안한 눈으로 초만녕을 내려다보았다.

"책에서 네가 황하의 한발[#15]과 악전고투를 벌인 얘기를 읽었다."

초만녕이 말했다.

"다친 곳이 여기지?"

"……예."

초만녕은 알아차릴 수 없을 정도로 작게 한숨을 내쉬며 묵연의 어깨를 두드렸다.

"요즘 아주 잘하고 있구나. 묵 종사라 불려도 되겠어."

"제가 어찌 감히요."

#15 한발 旱魃 가뭄을 일으키는 전설상의 괴물

초만녕이 희미하게 웃으며 손가락으로 묵연의 미간을 쿡 찔렀다.

"하긴, 온종일 옷도 제대로 입지 않고 이리저리 뛰어다니는 게 종사의 모습은 아니지. 가자, 해도 넘어가는데 얼른 가서 쉬자꾸나. 내일은 뭘 해야 하지?"

묵연이 생각하더니 대답했다.

"쌀밥을 지어 떡을 만든다고 했던 것 같아요."

초만녕이 고개를 끄덕이다가 불쑥 말했다.

"다시는 옷을 아무렇게나 벗어 던지지 말거라."

묵연의 얼굴이 빨개졌다.

"예."

"더우면 쉬어라."

"알겠어요."

초만녕이 잠시 생각하다 말을 이었다.

"손수건을 몸에 지니고 다니거라. 특별한 용건이 없으면 굳이 출가도 하지 않은 처자와 같이 있지 말고. 손수건은 있느냐?"

"……아니요."

묵연은 민망했다.

"……그럼 평소에 뭐로 얼굴을 닦는…….."

"……옷소매로요."

묵연은 자신의 섬세하지 못한 면 때문에 더욱 민망해졌다.

초만녕은 어이가 없었다. 한참 후 그가 말했다.

"내가 하나 만들어 주마."

묵연의 눈이 반짝거렸다.

"저 주신다고요?"

"그래."

묵연은 뛸 듯이 기뻤다.

"너무 좋아요! 언제 만들어 주실 거예요?"

초만녕은 미간을 찌푸렸다.

"……지금 바쁜 게 끝나야 하겠지."

"그럼 저도…… 해당화가 있는 걸로 갖고 싶은데, 그래도 되나요?"

"……노력해 보마."

초만녕의 대답에 묵연은 저녁 내내 기분이 좋았다. 사탕 한 움큼으로 손수건을 얻었다는 기쁨에 취해 새로 바꾼 이불을 덮고 이리저리 뒤척였다.

오 년이었다. 그는 오 년 내내 자나 깨나 고통 속에 살아왔다.

오늘은 처음으로 너무 기뻐서 잠을 이루기 힘든 밤이었다.

빠르게 뛰는 심장이 도통 진정되지 않았다. 결국 그는 참지 못하고 침상에서 일어났다. 그의 방 창문은 초만녕이 묵는 방 창문과 마주 보고 있었다. 그는 창가에 기대 엎드렸다. 살짝 열려 있는 틈 사이로 너른 들판이 펼쳐진 시골 밤의 시원한 공기가 들어와 코끝을 간지럽혔다. 눈앞에는 작은 뜰이 있고, 뜰의 저편에는 촛불이 타고 있었다.

초만녕도 아직 안 자고 있었다.

뭘 하는 걸까?

손수건을 어떻게 만들지 생각하고 있나? 아니면 내가 준 연꽃 과자를 먹고 있나?

묵연은 맞은편 창문에서 새어 나오는 따스한 노란 불빛을 한참 동안 바라보았다. 그렇게 맞은편의 불이 꺼지고, 초만녕이 잠자리에 든 후에야 그는 아쉬운 듯 작은 소리로 말했다.

"사존, 좋은 꿈 꾸세요."

또 한마디 말이 마음속 깊은 곳에 묻혀 있었다. 듣는 이가 없어도 감히 입 밖으로 낼 수 없는 말.

만녕.

좋은 꿈 꿔.

138장 사존, 뒤집어 주세요

묵연의 기원 때문인지, 이날 밤 초만녕은 또 꿈을 꾸었다. 그러나 아쉽게도 좋은 꿈은 아니었다.

꿈속에서 그는 채접진의 하늘이 갈라지던 때로 돌아갔다. 다만, 그와 함께 천열을 보완하는 사람은 사매였다.

잿빛 하늘은 눈을 퍼붓고 있었다. 더는 버틸 수 없었던 사매는 요괴에게 심장을 찔린 뒤 반룡 기둥에서 끝이 보이지 않는 눈 덮인 땅으로 떨어졌다. 묵연이 달려와 피가 줄줄 흐르는 사매를 안고 그의 발치에 무릎을 꿇었다. 그러고는 도와 달라고, 당신의 제자를 구해 달라고 애원했다.

그도 구해 주고 싶었다. 그러나 쌍생 결계 때문에 그 역시 사매와 마찬가지로 중상을 입은 상태였다. 그는 창백한 얼굴로 아무 말도 하지 않았다. 입을 열면 피가 뿜어져 나올 테고, 그러면 주위의 귀신들이 달려들어 그들을 갈기갈기 찢어 버릴 터였다.

"사촌…… 제발요……. 제발……."

묵연은 울면서 연신 그에게 머리를 조아렸다.

초만녕은 눈을 감았다. 결국, 그는 그곳에서 도망쳤다…….

사매가 죽었다.

묵연은 절대 그를 용서하지 않았다.

꿈에서 그는 사생지전 내하교에 있었다. 꽃샘추위가 찾아왔고, 비가 내렸다. 봄날에 싹틔운 모든 초목이 비에 촉촉이 젖었다. 발아래 청석 길은 끝이 보이지 않았다. 그는 우산을 들고 혼자 걷고 있었다.

그때, 그는 다리 맞은편 먼 곳에서부터 걸어오는 누군가를 발견했다. 검은 옷을 입고 우산은 쓰지 않은 채, 유지(油紙)로 싼 책들을 한 아름 안고 그가 있는 쪽으로 걸어오고 있었다. 초만녕은 자기도 모르게 걷는 속도를 늦췄다.

그 사람도 초만녕을 본 게 분명했지만 그 사람의 발걸음은 전혀 느려지지 않았다. 그는 비에 푹 젖은 속눈썹을 들고 차갑게 그를 흘겨보았다.

초만녕은 그를 불러 세우고 싶었다. 묵…….

그는 초만녕에게 말할 기회 같은 건 주지 않았다. 책을 안고 내하교의 왼쪽 가장자리를 따라 걸었는데, 한 발짝만 더 왼쪽으로 가면 바로 강으로 떨어질 정도였다. 오른쪽에서 걷고 있는 사촌과 멀리, 더 멀리 떨어지기 위해서였다.

그들은 다리의 중간 지점에서 만났다.

비가 오면 늘 우산을 쓰던 사람이 빗속을 걷고 있었다. 비가 와도 우산을 안 쓰는 사람도 빗속을 걷고 있었다.

그렇게 그들은 스쳐 지나갔다.

비에 젖은 사람은 고개 한번 돌리지 않고 멀어졌고, 우산을 쓴 사람은 발걸음을 멈추고 그 자리에 서 있었다.

빗방울이 토독토독 우산을 두드렸다. 초만녕은 다리에 감각이 사라질 때까지 한참을 우두커니 서 있었다. 촉 땅의 축축한 한기가 뼛속까지 파고들었다.

갑자기 극심한 피로를 느낀 그는 그 자리에서 한 발자국도 움직일 수가 없었다.

꿈속 풍경이 어두워졌다.

무겁고 추웠다.

비가 오는 날처럼 추웠고, 두 다리를 움직이지 못할 정도로 무거웠다.

초만녕은 잠결에 몸을 뒤집어 잔뜩 몸을 웅크렸다. 눈가에서 뭔가가 흘러내려 베개를 적셨다. 문득, 그는 이것이 그저 꿈에 불과하다는 것을 알아차렸지만 어찌나 생생한지 묵연의 미움, 묵연의 실망, 묵연의 단호함을 너무나도 또렷하게 느낄 수 있었다.

그런데…… 이게 다인가?

이렇게 끝이 나는 건가?

기분이 찝찝했다. 그의 아쉬운 마음을 달래듯 다시 주위가 밝아졌다.

여전히 꿈속이었다. 사매가 세상을 떠난 지 몇 달이 지난 후였다.

묵연은 날이 갈수록 우울해 보였고 말수도 줄었다. 모든 수행 과목에 출석했지만, 그저 듣기만 할 뿐 초만녕과 말을 나누진 않았다.

초만녕도 그때 왜 사명정을 구하지 않았는지 해명하지 않았다. 묵연의 태도로 보아, 일이 이렇게 된 마당에 무슨 말을 해도 소용이 없어 보였다.

그날의 수행에서 묵연은 사촌이 시키는 대로 소나무의 가장 높은 가지 위에 서서 영력을 모으는 연습을 하고 있었다.

그런데 무슨 이유에서인지, 갑자기 몸이 꼿꼿해져서는 그대로 곤두박질쳤다. 초만녕은 생각할 겨를도 없이 몸을 날려 그를 안아 받으려 했지만, 너무 순식간이라 법술을 쓸 시간도 없었다. 결국 두 사람은 바닥에 세게 떨어져 버렸다.

다행히 바닥의 흙이 무른 데다 솔잎이 두껍게 깔려 있어 둘 다 다치진 않았다. 그러나 날카로운 나뭇가지가 긁고 지나간 초만녕의 손목에는 긴 상처가 나 버렸고, 피가 줄줄 흘렀다.

묵연이 그의 상처를 보더니 몇 달 만에 처음으로 고개를 들었다. 그러고는 숨김없는 표정으로 초만녕의 얼굴을 이리저리 살폈다.

마침내 묵연이 말했다.

"사촌, 피 나요."

무미건조한 말투였지만 그래도 어쨌든 따뜻한 말이었다.

"제 건곤낭에 연고와 붕대가 있어요. 처치를 좀 해야겠네요."

그들은 울창한 침엽수림에 앉았다. 소나무의 시원한 향이 공기 가득 퍼졌다. 초만녕은 말없이 고개를 숙여 자신에게 붕대를 한 바퀴 또 한 바퀴 감아 주는 묵연을 조용히 바라보았다.

소년의 속눈썹이 파르르 떨리고 있었다. 초만녕은 그의 표정을 제대로 볼 수가 없었다. 순간, 그는 갑자기 엄청난 용기를 내묻고 싶었다.

묵연, 정녕 나를 그리도 미워하는 것이냐?

그러나 바람은 너무 부드러웠고, 햇살은 너무 따사로웠다. 새와 곤충들이 나뭇잎 사이를 돌아다니며 노래했다. 그의 다친 손에 붕대가 잘 감겼다. 모든 게 평온하고 고요했다.

그는 결국 묻지 못했다. 이 평화를 깰 수 없었다.

문득, 그는 답이 그리 중요한 게 아니라는 생각이 들었다. 정말 중요한 것은 꿈속에서 사매가 죽고 난 후, 그의 피와 상처가 그래도 어느 정도는 묵연의 감각과 새털만큼의 온화함이라도 되찾아 주었다는 점이었다.

다음 날, 잠에서 깬 초만녕은 여전히 얼떨떨했다.

침상에 누운 그는 팔의 희미한 통증을 느낄 수 있었고, 온기마저 남아 있는 것 같았다. 한참이 지나고 나서야 피곤함에 절어 있는 얼굴을 문지르며 정말 웃기는 꿈이라고 생각했다.

내가 지금 무슨 말도 안 되는 꿈을 꾼 거지?

깨어 있을 때 하던 생각들이 밤에 꿈으로 나타난다고들 하던데, 설마 내가 사매의 잘생긴 얼굴 때문에 기분이 찜찜해서 꿈이라도 꿨다는 말인가. 그렇다고 사매가 죽다니…….

정말 황당한 노릇이었다.

그는 일어나 옷을 입고 세수를 한 뒤 머리를 묶었다. 그러고는 지난밤의 자질구레한 꿈들을 금세 머릿속에서 지워 버렸다.

오늘 촌장과 마을 사람들은 떡을 친다고 했다.

설달 그믐날이 되면 하수진계 사람들은 무조건 떡을 먹었다. 그래야 행운이 온다고 믿었기 때문이다. 멥쌀과 찹쌀을 첫날 저녁에 잘 갈고, 아낙들과 노인들이 아궁이에 불을 지핀 다음 갈아 놓은 멥쌀과 찹쌀을 냄비에 넣고 찐다. 시간은 오래 걸려도 젊고 힘센 남자들이 굳이 필요하지는 않았다. 그래서 초만녕이 느지막이 일어나 천천히 간다고 해도 아무 문제가 없었다.

그가 도착하니 넓은 곡식 건조장에 큰 솥이 걸려 있었다. 사람 허리 높이 정도 되는 나무통이 물 위에서 끓으며 모락모락 뜨거운 김을 계속 내뿜었다. 촌장 부인은 낮은 의자 위에 서서 수시로 그 안에 쌀가루를 부었다. 몇몇 아이들은 불 주위를 뛰어다니며 와자지껄 떠들었고, 이따금 불 속에서 구운 땅콩 꼬치나 옥수수 같은 것들을 쇠꼬챙이로 꺼냈다.

초만녕이 조금 놀랐던 것은 묵연이 평상시와 같이 일찍 일어났다는 점이다. 묵연은 촌장 부인을 도와 불을 살피고 있었다. 이때, 한 아이가 까르르 웃으며 급히 뛰어오다가 비틀거리며 넘어지더니, 몇 번 훌쩍거리다 대성통곡하기 시작했다.

"어쩌다 넘어졌니?"

묵연이 아이를 일으키며 옷에 묻은 흙을 털어 주었다.

"긁힌 덴 없고?"

"손……."

여자아이는 울면서 자그맣고 거무튀튀한 손을 묵연에게 내밀었다.

묵연은 아이를 안아 들고 우물가로 갔다. 그러고는 깨끗한 물을 한 통 퍼 올려 아이의 손을 씻어 주었다. 초만녕은 멀리 떨어져 있어서 그와 아이가 무슨 말을 하는지 들리지 않았다. 그런데 눈물을 글썽이며 훌쩍이던 아이가 잠시 후 울음을 그치더니, 조금 더 지나자 울던 눈으로 웃는 게 아닌가. 아이는 콧물이 흐르는 조그만 얼굴로 묵연을 올려다보며 재잘재잘 떠들었다.

초만녕은 모퉁이에 서서 말없이 그를 바라보았다. 아이를 달래는 그를, 아이를 다시 안고 불 근처로 가는 그를 보았다. 그리고 활활 타는 불 속에서 고구마 하나를 꺼내 껍질을 잘 벗긴 다음 꼬마 아가씨의 손에 쥐여 주는 그를 보았다.

초만녕은, 그를 그렇게 바라보았다.

묵미우의 지난 오 년을 보는 것 같았다.

"어, 사존 오셨어요?"

"음."

초만녕은 한참이 지나서야 묵연의 곁에 다가와 앉았다. 그는 아궁이 속에서 활활 타오르는 불을 잠시 쳐다보다가 입을 열었다.

"안에 굽고 있는 게 다 무엇이냐?"

"땅콩, 고구마, 옥수수예요."

묵연이 말했다.

"사존이 오셨으니, 제가 사탕을 하나 구워 드릴게요."

"……사탕을 굽는다고?"

"사존은 못 해요. 몽땅 태워 버릴걸요."

묵연이 웃으며 말했다.

"그래도 제가 좀 낫죠."

그는 주머니에서 우유 맛 사탕 한 개를 꺼내 껍질을 벗긴 다음, 부집게로 집어 불 속에 넣고 살살 뒤집어 가며 굽다가 얼른 꺼냈다.

"쓰읍, 뜨거워요."

그는 후후 불어서 초만녕의 입가로 가져갔다.

"드셔 보세요."

초만녕은 다른 사람이 뭔가를 먹여 주는 것에 익숙지 않았다. 그래서 손으로 구운 사탕을 받아 들었다. 열에 의해 살짝 말랑해진 우윳빛의 하얀 사탕을 씹으니 우유 향이 입 안 가득 퍼졌다. 초만녕이 말했다.

"맛있구나. 하나 더 구워 보거라."

묵연은 또 하나를 구웠고, 초만녕은 또 손으로 받아 스스로 먹었다.

"하나 더."

묵연은 연달아 여덟 개를 구웠다. 아홉 개째 굽고 있을 때, 한 아이가 뛰어와 묵연에게 고구마를 꺼내 달라고 말했다. 묵연은 손이 없어 결국 초만녕이 꺼내 줄 수밖에 없었다.

초만녕이 또 다른 부집게로 제일 큰 고구마 하나를 꺼냈다. 그걸 본 묵연이 말했다.

"이건 다시 넣고, 옆에 있는 저 작은 거 꺼내 주세요."

"큰 게 맛있지."

"큰 건 안 익었어요."

묵연이 웃으며 말했다.

초만녕은 인정하지 않았다.

"네가 익었는지 안 익었는지 어찌 아느냐?"

"절 믿으세요. 전 밖에서 많이 구워 먹어 봤어요. 거기 그 작은 걸로 주세요. 작은 게 달아요."

초만녕은 결국 작은 고구마를 꺼냈다. 아이는 초만녕이 수진 계에서 얼마나 대단한 인물인지 전혀 알지 못했지만, 그가 자신에게 고구마를 꺼내 주는 걸 보고는 바싹 달라붙더니 작은 목소리로 말했다.

"큰형아, 저는 저 큰 게 먹고 싶어요."

"저 큰형아한테 가서 말해 보거라."

초만녕이 말했다.

"저 큰형아가 아직 안 익었다고 주지 말라는구나."

아이는 정말로 묵연에게 뛰어갔다.

"묵연 형아, 저는 큰 게 먹고 싶어요."

묵연이 말했다.

"큰 거 먹으려면 조금 더 기다려야 해."

"얼마나요?"

"1부터 100까지 세렴."

"전 1부터 10까지밖에 못 세는데요……."

아이가 억울하다는 듯 말했다.

묵연이 웃었다.

"그럼 어쩔 수 없이 작은 걸 먹어야겠네."

다른 방법이 없던 꼬마는 가벼운 한숨을 내뱉으며 불공평한 자신의 운명을 받아들일 수밖에 없었다. 아이가 고개를 푹 떨군 채 말했다.

"알겠어요. 꼬마는 작은 걸 먹어야겠죠."

초만녕이 고구마의 껍질을 깠다. 거의 다 깠을 무렵, 묵연의 사탕도 가장 말랑한 상태로 구워지고 있었다. 당장 먹지 않으면 금방이라도 녹아내릴 기세였다. 묵연은 황급히 사탕을 꺼내 초만녕에게 건넸다.

"사존, 자, 입 벌리세요……."

손에는 아직도 고구마를 쥐고 있었다. 초만녕은 무심결에 자연스럽게 입을 벌렸고, 묵연은 말랑하고 따뜻한 우유 사탕을 그의 입 안에 넣어 주었다. 묵연의 거칠거칠한 손끝이 그의 입가를 스쳤다. 초만녕은 그제야 제자가 자신의 입에 직접 사탕을 넣어 주었다는 걸 깨닫고 순식간에 귀까지 빨개졌다.

"더 드실래요?"

초만녕은 가볍게 헛기침을 했다. 다행히 따뜻한 불빛이 그의 얼굴을 비추어 달아오른 낯빛을 숨겨 주었다. 그가 말했다.

"됐다."

묵연이 웃으며 말했다.

"딱 맞게 사존을 배불리 먹였네요. 마지막 한 개가 남았어요. 이게 끝이에요."

긴장이 풀린 그는 말에 거리낌이 없었고, 생각을 거치지 않은 말들이 입에서 튀어나왔다.

그래서 자기도 모르게 '배불리 먹였다'라는 말이 나온 것이다. 물론, 제자는 절대로 스승에게 이런 말을 해서는 안 되었다. 이 말은 강자가 누군가를 끔찍하게 아낀다는 느낌을 너무 많이 풍기기 때문이다. 마치 주인은 애완동물을 먹이고, 군주는 아내와 첩들을 먹이듯 말이다. 침실에 적용하자면, 위에 있는 정복자가 뜨겁게 달아오른 몸으로 아래에서 자신에게 굴복한 채 신음하고 있는 몸을 배불리 먹인다고 할 수도 있었다.

초만녕은 이 사납고 거친 말에 사로잡혀 한참을 멍하니 있었다.

쌀을 찐 후에는 반죽해야 했다. 힘이 있어야 하는 일이었으므로, 마을의 건장한 남자들은 모두 나무로 된 떡메를 휘둘러 떡을 치는 데 동원되었다. 촌장은 묵연에게 깨끗한 무명천을 감싼 나무 떡메를 건넸다. 초만녕에게도 하나 건네려는데, 묵연이 그를 막았다.

묵연이 웃으며 말했다.

"촌장님, 제 사촌은 이런 일을 해 보신 적이 없어서 서툴러요."

옆에 서 있는 초만녕은 아무 말이 없었다.

그는 영 기분이 찜찜했다. 심지어 약간 화가 났다. 산에서 나와서부터 지금까지, 그 누구도 자신을 '서툴다'라는 단어와 연결한 적은 없었기 때문이다.

주변으로부터 들었던 건 언제나 간청이자 부탁이었고 '선군, 이렇게 저렇게 좀 도와주시면 안 될까요'와 같은 말이었다.

누군가 자신을 뒤에 숨기며 '이분은 할 줄 몰라요, 서툴러요'라는 말을 하는 건 처음이었다.

초만녕은 화가 났다. 소매를 펄럭이며 소리치고 싶었다. 서툰 건 네놈이다!

그러나 그는 참고 또 참았다.

묵연의 말이 사실이었기 때문이다. 그는 정말 서툴렀다.

촌장은 그들을 돌절구가 있는 곳으로 안내했다. 잘 쪄진 쌀가루가 절구 안에서 뜨거운 김을 펄펄 내뿜고 있었다.

묵연이 말했다.

"사존, 제가 떡을 치기 시작하면 세 번 칠 때마다 사존이 떡을 반대로 뒤집어 주세요. 손 데지 않게 조심하시고요. 너무 급하면 안 돼요, 제 떡메에 맞을 수도 있으니까요."

"……떡메 하나도 제대로 못 다뤄서 내 손을 박살 내면, 너는 신선 수련에 소질이 없는 것이니 고향으로 가 농사나 짓는 게 나을 게다."

묵연이 웃었다.

"혹시나 해서 말씀드리는 거예요. 만일을 대비하자는 거죠."

초만녕은 그와 더는 말을 섞고 싶지 않았다. 옆에서 벌써 다른 두 사람이 한 조가 되어 떡메를 휘두르기 시작했고, 그는 뒤처지기 싫었다. 그래서 돌절구 옆에 서서 말했다.

"시작하자."

묵연이 나무 떡메를 휘둘렀다. 한 번만 휘둘렀는데도 힘이 너무 센지 부드럽고 뜨거운 쌀 반죽이 푹 들어갔다. 쌀 반죽이 떡메를 감쌌다. 그는 세 번을 내리친 후 반짝이는 눈을 들고 초만녕에게 말했다.

"사존, 뒤집어 주세요."

초만녕은 쌀 반죽을 뒤집었고, 묵연은 다시 떡메를 휘둘렀다.

몇 번을 반복하고 나니, 두 사람은 찰떡같은 호흡을 자랑하게 되었다. 묵연이 세 번 내리친 후 고개를 들면 초만녕이 재빨리 반죽을 뒤집었고, 손을 치우면 묵연이 다시 떡메를 내리쳤다. 떡을 치는 일은 보기엔 간단해 보여도 힘을 잘 조절해야 했고, 내리치는 사람의 넘치는 힘과 정력은 필수조건이었다. 이렇게 한참을 반복한 후, 쌀 반죽에 찰기가 생겨 끈적끈적하게 달라붙어야 떡을 치는 과정이 끝나는 것이었다.

한참을 열심히 했지만 묵연은 얼굴이 달아오르지도, 심장이 빨리 뛰지도 않았다. 오히려 옆에 있는 농부들은 힘에 부치는 듯 굵은 목소리를 내기 시작했다.

"하나, 둘, 셋…… 하나, 둘, 셋……."

그들은 떡메를 내리치는 박자에 맞춰 소리쳤다. 그것이 재미있어 보였던 묵연도 그들의 박자에 맞춰 같이 떡메를 내리쳤다. 반죽에 반쯤 찰기가 생겼을 때, 옆에 있는 사람들은 거친 숨을 몰아쉬고 있었다. 그러나 묵연은 별다른 기색 없이 초만녕에게 웃어 보였다.

"또 해요."

초만녕이 그를 힐끔 보았다. 온통 땀범벅이 된 젊은 남자의 이마가 햇살 아래 반짝거리고 있었다. 꿀을 연상케 하는 색이었다. 그의 입술은 약간 벌어져 있었고, 다른 사람들처럼 힘들어서 거친 숨을 내쉬진 않았지만 호흡이 약간 가쁜 듯 가슴이 오르락내리락했다.

자신을 바라보는 초만녕을 본 그가 어리둥절해하며 소매로 얼굴을 닦았다. 별처럼 반짝이는 두 눈으로 그가 웃었다.

"왜요? 얼굴에 반죽이 묻었나요?"

"아니."

"그럼……."

더워서 땀으로 흠뻑 젖은 그가 목 끝까지 옷을 꼭꼭 여며 입은 걸 보니 초만녕은 갑자기 그가 안쓰러웠다. 초만녕이 물었다.

"안 더우냐?"

어제는 '안 추우냐' 하고 묻더니 오늘은 '안 더우냐'라고 묻고 있었다. 묵연은 곤혹스러웠다. 어제와 오늘의 온도는 큰 차이가 없었다. 그는 잠시 멍하니 있다가 입을 열었다.

"괜찮아요."

"더우면 옷을 벗어라."

"사존께서 싫어하시잖아요. 안 벗을게요."

"……."

초만녕이 잠시 뒤 말했다.

"온몸이 땀으로 젖은 게 더 싫다."

사존이 이렇게 말하자마자 진즉부터 옷이 몸에 붙어 참기가 힘들었던 묵연은 장포와 윗도리를 벗어 옆에 있는 석묵[#16] 위에 던져 놓았다. 초만녕의 눈빛은 차가웠지만 정작 가슴은 점점 뜨겁게 달아올랐다. 그는 석묵 옆에서 넓은 등과 튼튼한 어깨를 드러내고 있는 묵연을 바라보았다. 그가 가장 안에 입었던 속옷을 벗을 때는 혹 밀려오는 뜨거운 열기까지 느껴졌다. 땀이 줄줄 흐르는 묵연의 몸은 태양 아래 촉촉하고 매끄러운 광택을 내고 있었다. 물 밖으로 나온 인어 같은 그가 몸을 돌려 초만녕을 보며 웃었다. 잘생긴 얼굴은 보는 사람의 마음을 어지럽게 했다.

"선군들, 물 좀 드시겠어요?"

촌장 부인이 차를 들고 왔다.

묵연은 돌절구 앞으로 돌아가 떡메를 다시 집어 들고는 웃으며 말했다.

#16 석묵 石墨. 흑연

"괜찮습니다. 전 아직 목이 안 마릅니다."

손 하나가 쑥 나오더니 쟁반 위의 찻잔을 가져갔다.

초만녕은 두 사람의 의아한 눈빛을 받으며 꿀꺽꿀꺽 차 한 잔을 다 마셔 버렸다. 그러고는 다시 찻잔을 촌장 부인에게 내밀었다.

"한 잔 더 부탁드립니다."

"……사존, 갈증이 많이 나세요?"

이 말에 뜨끔했는지, 초만녕이 갑자기 고개를 홱 들었다. 이글거리는 눈빛에 경계심이 잔뜩 실려 있었다.

"갈증? ……아니, 갈증 같은 거 안 난다."

그러고는 또 꿀꺽꿀꺽 한 잔을 비웠다.

묵연은 그를 바라보며 의아해했다. 언제부터 갈증마저 말하기 꺼릴 정도로 자존심이 더 세진 거지?

139장 사존, 벗지 마세요!

물을 마신 후, 두 사람은 다시 일을 시작했다. 그런데 묵연이 떡메를 휘두르자마자 초만녕은 불길한 예감이 들었다.

크게 휘두르는 동작은 젊은 남자의 육체를 더욱 탄력 있고 힘이 넘쳐 보이게 했다. 황금빛 햇살이 폭포처럼 그의 몸 위로 쏟아져 육감적인 근육을 따라 흘러내렸다. 그가 팔을 들 때는 어깨가 더욱 활짝 벌어졌다. 부드럽고 탄탄한 가슴은 햇볕을 받아 뜨거워진 바위처럼 어마어마한 열기와 힘을 머금고 있었다.

돌절구 안을 향해 힘껏 내리친 나무 떡메에 촉촉하고 부드러운 쌀 반죽이 빈틈없이 엉겨 붙었다. 다시 들어 올리자 하얀 찹쌀이 끈적끈적하게 달라붙었다.

그는 매번 내리칠 때마다 온 힘을 다 쏟았다. 무시무시한 그의 힘을 보며, 초만녕은 만약 자신의 불길함이 적중해서 묵연의 떡메에 맞기라도 한다면, 자신은 완전히 가루가 되어 부스러기만 남게 될 거라는 생각을 하기에 이르렀다. 몰두한 표정의 묵연은 약하게 숨을 몰아쉬었다. 가슴이 심장의 움직임을 따라 오르락내리락했다. 새카만 그의 눈썹에는 땀이 맺혔고, 목울대는 이따금 미세하게 떨렸다. 팔뚝의 근육은 수축과 이완을 반복했다. 초만녕은 그의 움직임을 보며 돌연 자신이 반복해서 꾸었던 그 꿈이 생각났다.

꿈속에서 그는 묵연의 침상 위에 있었다. 이 돌절구 안의 떡처럼 유린당했고 괴롭힘당했고 굴욕당하다 끝내 뼈가 으스러져 흙이 될 것만 같았다……. 그는 넋이 나간 채 묵연이 그를 부를 때까지 멍하니 있었다.

"사존."

이미 몇 번은 부른 것 같다.

"사존, 사존?"

그는 그제야 정신이 번쩍 들었다. 그의 심장이 마구 날뛰고 있었다. 표정은 아련했고, 목울대가 움직였으며, 눈빛은 약간 초점이 나간 상태였다.

"음?"

묵연의 맑고 시원한 눈이 그를 내려다보고 있었다. 더위 때문인지 더욱 이글거리는 눈이었다. 묵연이 말했다.

"사존, 자, 뒤집어 주세요."

초만녕은 묵연의 시선과 말 때문에 꿈과 현실이 계속 겹쳐 보였다. 갑자기 조금 어지러웠다. 눈앞에 주홍빛이 스친 것 같았다. 그는 황금색 봉황과 날아오르는 용이 수놓인 붉은색 요 위에 뒤엉켜 있는 두 사람을 보았다. 건장한 체격의 남자가 다른 남자를 누르고 있었다. 휘몰아치는 욕망의 바다 위, 붉은 파도가 넘실거렸다. 아래에 있는 남자의 발가락 끝에 잔뜩 힘이 모였다. 종아리에선 이따금 경련이 일어났다.

'사존, 이제 뒤집어요……'

마치 그 남자의 뜨거운 숨소리가 들린 것 같았다. 그것도 귓가에서 말이다.

'당신 얼굴을 보면서 하고 싶으니까.'

초만녕은 갑작스레 눈앞에 펼쳐진 허상 때문에 깜짝 놀라 몸서리를 쳤다. 그는 눈을 꽉 감으며 고개를 저었다. 어떻게 된 거지? 환각인가? 아니면 그 꿈을 너무 자세히 기억하고 있는 건가?

두려움이 엄습했다. 뜨거운 피가 솟구치고 식은땀이 흘러내렸다.

그가 이상하다는 걸 눈치챈 묵연은 나무 떡메를 내려놓고 그에게 다가갔다.

"사존, 왜 그러세요? 어디 편찮으세요?"

"아니."

묵연의 목소리에 초만녕의 마음은 벌레에 물린 것처럼 찌릿했다. 초만녕은 거칠게 그를 밀치고 수치심으로 화가 난 봉안을 치켜떴다. 눈꼬리에 붉은색이 옅게 스며 있었다. 그는 낮게 숨을 몰아쉬며 자신의 혼란스러운 마음을 증오했다.

"햇빛이 너무 강해 눈이 부신 것뿐이다. 내게서 좀 떨어지거라. 온통 땀이지 않으냐."

묵연이 자신의 몸을 내려다보았다. 아니나 다를까, 마음이 불안했다. 초만녕이 늘 깔끔한 걸 좋아한다는 점을 알고 있는 묵연은 얼른 옆으로 비켜섰다. 그러나 시선만은 그 사람을 좇으며 잠시도 다른 곳에 한눈팔지 않았다.

그 후 초만녕은 줄곧 말이 없었다. 떡이 다 익은 후 모두가 둘러앉아 떡을 나눌 때 그는 이미 거기에 없었다.

"아, 초 선군이요? 머리가 좀 아프다고 방으로 쉬러 가셨는데."

촌장이 말했다.

"갈 때 보니까 얼굴이 좀 붉었어요. 열이 나는 거 아닌지 몰라."

이 말을 들을 묵연은 너무 걱정되어 떡 나누는 것도 돕지 않고 서둘러 두 사람이 묵고 있는 작은 뜰로 달려갔다.

문을 열었는데 침상 위에 사람이 보이지 않자 그는 더욱 초조해졌다. 갑자기 부엌에서 물소리가 들렸다. 묵연은 급히 발을 걷어 올려 뛰어 들어갔다.

그때, 옷을 벗은 초만녕이 눈에 들어왔다. 그는 물이 가득 든 나무통을 들고는 맨발로 적갈색 바닥에 서서 물을 끼얹고 있었다.

10월 말, 서리도 내린 후였다.

초만녕…… 찬물을 끼얹었다니 지금 제정신이야?

묵연은 깜짝 놀라 할 말을 잃었다. 붉으락푸르락한 얼굴로 실오라기 하나 걸치지 않은 나체의 사존을 쳐다보았다. 전당강이 솟구치듯 우르릉거리며 빠르게 도는 혈액의 소리 외에는 아무것도 들리지 않았다.

내가 뭘 본 거지…….

그가 환생한 후 분명히, 똑똑히, 제대로 초만녕의 몸을 본 건 이게 처음이었다. 안개도, 가림막도, 그 무엇도 없이 오직 그 익숙한 몸만 있었다. 그 몸은 묵연이 쌓아 올린 성벽과 단단히 걸어 잠근 기억의 수문을 무너뜨렸다. 그는 온몸의 피가 살을 뚫고 나와 분출하려는 용암처럼 펄펄 끓어오르는 것을 느꼈다.

모든 것이 그가 기억하는 것과 똑같았다. 아무것도 변한 게 없었다.

그는 문득 자신이 가쁜 숨을 몰아쉬고 있다는 걸 깨달았다.

초만녕의 어깨를 바라보았다. 조화로운 곡선과 힘은 마치 적당히 당겨진 활시위가 준비를 마치고 대기하는 것 같았다. 그는 살얼음처럼 부드럽고 매끄러운 피부 아래서 움직이는 초만녕의 견갑골을 바라보았다.

그다음, 그는 물살을 따라, 그렇다, 그의 시선이 물살을 따랐다. 물살은 그의 시선을 씻어 내리며 아래쪽으로 끌고 갔다. 초만녕의 힘 있으면서도 얇고 가녀린 허리가 눈에 들어왔다. 뒤에는 두 개의 얕은 허리 보조개가 있었다. 거기에 술을 따라 그를 탐하는 자를 독살할 것만 같았다.

더 아래로 내려가니, 가을날 탐스럽게 익은 달콤한 과일처럼 튼튼하게 올라붙은 엉덩이가 보였다. 묵연은 거기에 살이 닿을 때 얼마나 황홀한지를 잘 알고 있었다. 그와 한 몸이 되어 느끼는 쾌감은 전율을 일으켰다. 마치 영혼이 당장에라도 찢길 것만 같았고, 그 순간부터는 아래에 누워 있는 사람과 살을 맞댄 채 이미 알아 버린 그 맛을 절대 끊지 못하는 것이다…….

"묵 선군!"

그때, 누군가가 그를 불렀다.

"묵 선군, 계세요?"

묵연이 깜짝 놀라 뒤를 돌아보았다. 미처 막기도 전에 발이 걷히더니 룽아가 들어왔다. 그녀가 다가오면서 말했다.

"왜 그리 급하게 뛰어가셨어요? 저희 어머니께서 떡 드시게 모시고 오라 하셔서요. 묵 선……."

그녀는 목욕하는 초만녕을 발견하자마자 말을 멈췄다.

"……."

"……."

"아악!"

낭자는 비명을 지르며 황급히 눈을 가렸다. 초만녕도 사색이 되어 허둥지둥 옷을 가지러 갔다. 자신의 방으로 돌아와 물을 끼얹는 동안 불청객이 둘이나 들이닥칠 거라고 상상이나 할 수 있었겠는가. 정말 귀신이 곡할 노릇이었다!

그는 늘 하던 대로 옷을 방 입구에 벗어 던져 놓았다. 설마 지금 알몸 상태로 부엌을 지나 다 큰 처자 앞에서 옷을 주우러 가야 한단 말인가?

매우 곤란한 상황에서 아무런 대책도 세울 수 없는 와중에, 묵연이 곧장 그에게 다가가 팔로 벽을 짚고는 그를 품에 안고 가렸다.

묵연이 고개를 돌려 릉아에게 말했다.

"나가십시오."

"아! 네, 네!"

너무 놀란 낭자는 우두커니 서 있다가 겨우 비틀거리며 문밖으로 나갔다. 그러고는 황급히 멀리 달아났다.

안색이 어두워진 묵연은 그녀가 멀리 갔다는 것을 확인한 후에야 안도의 한숨을 내쉬며 고개를 돌렸다.

코앞에 초만녕의 냉랭한 얼굴이 있었다.

그는 그제야 자신의 행동이 먹이를 지키려는 나쁜 짐승 같았다는 것을 깨달았다. 이빨을 드러내고 침입자를 위협해서 쫓아낸 다음, 다시 으르렁거리며 몸을 돌리고는 어렵게 잡은 먹이를 핥는 나쁜 짐승 말이다.

그의 손은 여전히 벽을 짚고 있었다. 초만녕을 완벽히 가리기 위해 그는 상대에게 아주 가까이 붙어 있었다. 초만녕의 체취를 금방이라도 맡을 수 있을 정도였다. 그는 자기도 모르게 온몸이 굳어 버렸다.

머리가 뜨거웠다. 어지러웠다.

냄새는 사람의 기억과 욕망을 가장 쉽게 불러일으켰다. 고기 냄새를 맡으면 배가 고파지고, 매화 향기를 맡으면 겨울의 눈이 생각나는 것처럼 말이다.

정욕도 마찬가지였다.

묵연은 마음이 울렁거렸다. 겨우 쌓아 올린 의지의 성벽이 여기서 무너져 내릴 것만 같았다. 초만녕의 체취라는 아주 작은 불꽃이 그의 메마른 가슴에 떨어져 야성에 불을 지폈고, 그를 불살라 버리려 하고 있었다.

평소에 초만녕이 옷을 다 갖춰 입고 가까이 서 있어도 그의 심장은 여지없이 쿵쾅거렸다. 그런데 지금 눈앞에 있는 사람은 실오라기 하나 걸치지 않은 상태였다.

그는 너무나 간절히, 물방울이 묻어 있는 초만녕의 차가운 손목을 잡고 싶었다. 그런 다음 그의 몸을 돌려 벽에 밀어붙이고, 곧장 자신의 옷을 벗어 던져 그와 살을 맞대고 싶었다. 그를 안고 그의 등에 자신의 가슴을 밀착한 다음 난폭하고 거칠게 자신을 집어넣고 싶었다. 전생에서와 마찬가지로, 생사의 문제는 땀과 숨결 속에서 정욕으로 승화되었다.

더는 안 되겠어……. 너무 갖고 싶어.

묵연의 호흡이 갑자기 거칠어졌다.

그는 말이 없었고, 초만녕도 입을 열지 않았다.

두 사람은 그렇게 벽에 붙은 채 가까이 서 있었다. 그들은 금방이라도 부딪칠 것 같았지만, 묵연의 팽팽하게 당겨진 팔 근육과 튀어나온 혈관이 미세하게 떨리면서 악차같이 버티는 중이었다.

그를 만져선 안 돼. 그를 건드려선 안 돼.

그를 존경하고 사랑해야 해.

다시는 사존을 속이고 가문을 욕되게 하는 허튼짓을 해선 안 돼. 그럴 수 없어.

묵연은 기계적으로 자기 자신에게 되뇌었다.

날씨는 매우 추웠지만 그의 이마는 온통 땀범벅이었다.

안 돼…… 안 돼……. 묵연, 안 돼……. 쓸데없는 생각 하지 마…….

그는 침을 꿀꺽 삼켰다. 떨리는 눈을 감고 타오르는 눈빛을 눈꺼풀 아래에 감췄다. 그러나 얼굴에는 이미 아득한 표정이 어려 있었다.

평소의 초만녕이었다면 묵연의 이상한 모습을 눈치채지 못했을 리가 없다.

그러나 지금 그의 상황은 절대 묵연보다 낫지 않았다. 오히려 더 나빴다.

겉보기엔 냉랭했지만, 그가 얼마나 대단한 의지력을 발휘해 이 상태를 유지하고 침착한 척을 하는지 오로지 하늘만이 아실 일이었다.

남자만의 강한 기운이 스며 있는 묵연의 호흡은 뜨겁고 거칠었다. 잘못하다간 그의 숨결에 델 정도였다. 벽을 짚고 있는 양팔은 튼튼하고 두꺼웠으며 강인했다. 그는 다시 태어난 후 묵연과 무예를 겨뤄 본 적이 없었다. 그러나 법술을 제외하고 힘으로만 따진다면, 자신은 이 팔뚝 앞에서 뼈도 못 추릴 거란 사실을 알고 있었다.

그는 묵연의 눈을 보고 싶지 않아 시선을 아래로 내리깔았다. 묵연의 가슴이 눈에 들어왔다.

그들은 완전히 밀착된 건 아니었지만, 아주 좁은 틈을 사이에 두고 붙어 있었다. 그는 뜨거운 가슴에서 뿜어져 나오는 광활하고도 작열하는 수컷의 긴장감을 똑똑히 느낄 수 있었다.

마치 세상에서 가장 차가운 단단한 얼음도 봄날의 따뜻한 물로 녹여 버릴 기세였다.

"사존……."

젊은 남자가 갑자기 그를 불렀다. 자신의 착각이었는지는 몰라도, 상대의 목소리는 축축한 정욕과 열기를 품은 채 약간 쉰 것 같았다.

묵연은 사존을 수도 없이 불렀다. 평범하게, 공손하게, 화난 목소리로, 장난치듯이, 그 외에도 셀 수 없이 많았다.

그런데 이번엔 완전히 다른 '사존'이었다. 입술 사이에 정욕의 비릿한 향이 섞여 있어 불결하면서도 고혹적이었다. 초만녕은 뼈까지 저릿했다.

불가능해. 묵연이 날 이렇게 부르는 건 불가능해.

잘못 들은 걸 거야. 내가 너무 생각이 많아서 그런 거야.

불결한 건 묵연이 아니라 내 마음이야.

그는 무의식적으로 뒤로 물러났다. 벌거벗은 등이 차가운 벽에 닿자, 자기도 모르게 몸서리쳤다. 떨리는 입술이 살짝 벌어져 어찌해야 좋을지 모르겠다는 표정이었다.

묵연의 눈빛이 더욱 어두워졌다.

그는 촉촉하고 흐릿한 입술을 바라보며, 아무 움직임 없이 머릿속으로 끝없는 상상을 하고 있었다. 고개를 숙여 입을 맞춘 다음 초만녕의 입을 비틀어 열고, 아무도 점령한 적 없는 금단의 영역을 뜨거운 혀로 거칠게 공격하는 상상. 그는 또 자신의 손으로 초만녕의 허리를 꽉 잡고 힘껏 문질러서 그 피부에 포악한 학대의 흔적을 남기는 장면을 상상했다.

아무리 억제하려 해도, 묵연의 혈관을 타고 솟구치는 것은 여전히 맹렬한 야성의 피였다.

그가 분출하는 성욕은 언제나 이글이글 타올랐고 난폭했다. 심지어 그와 함께 잠자리를 가진 사람을 침상 위에서 갈기갈기 찢어 버리려 했고, 상대의 속부터 바깥까지 깨끗하게 먹어 치워 마지막 한 방울의 피와 한 점의 살덩어리까지 남기지 않으려 했다.

그는 살생을 멈출 수 없었다.

눈을 감고 가슴속에서 끓어오르는 용암을 눌렀다. 자신이 심상치 않다는 걸 느낀 그는 남자의 욕망이 고개를 들면 야수와 다를 바 없다는 걸 알고 있었다. 그래서 자신의 욕정을 억제할 수 없는 상황이 오기 전에 아무것도 모르는 토끼를 달아나게 하려 했다.

손을 거둔 그가 쉰 목소리로 입을 열었다.

"사존, 제가 가서…… 옷을 가져올게요."

거친 숨결이 초만녕의 속눈썹을 스쳤다.

묵연은 몸을 돌려 성큼성큼 문가로 가더니 초만녕이 벗어 놓은 옷을 집어 들었다.

여전히 벽에 기대 있던 초만녕은 장거리 달리기라도 한 것처럼 온몸에서 힘이 빠졌고, 숨이 가빴다. 그는 봉안을 가늘게 떴다. 묵연이 자신을 등진 채 자신이 벗어 놓은 옷을 뒤적거리고 있었다. 문득, 자신의 아래쪽 상태를 깨달은 그는 몇 초간 멍하니 있다가 번뜩 제정신이 들었다!

묵연이 들어왔을 때, 자신은 그를 등진 채 물을 끼얹고 있었다. 그러다 몸을 돌렸을 때 아주 가까이 다가오긴 했지만 아래를 내려다보진 않았다. 그래서 그의 꼿꼿한 욕망을 알아차리지 못했다.

그런데 만약 지금 묵연이 옷을 들고 돌아온다면, 옥형 장로가 평생 쌓아 온 고고하고 청렴한 명성이, 초만녕이 오랫동안 고수해 온 깨끗하고 금욕적인 형상이 한순간에 와르르 무너져 재가 되어 버릴 수 있었다.

그는 갑자기 초조해졌다.

묵연은 이미 겉옷과 바지를 잘 정리해서 손에 들었다. 그리고 곧 고개를 돌리려 하고 있었다…….

초만녕의 눈앞에는 두 개의 선택지가 있었다.

첫째, 갑자기 다리가 아픈 척을 하며 주저앉는다.

둘째, 묵연의 눈을 찌른다.

두 가지 엉터리 선택지 중에 뭘 고를지 아직 결정하지 못했는데, 묵연은 이미 몸을 돌려 그에게 말을 하고 있었다.

"사존, 혹시……."

혹시 뭐?

묵연은 말을 끝맺지 않았다.

남은 말은, 그가 눈앞의 광경을 본 순간 입 안으로 다시 삼켜졌다. 남은 말은, 깊은 늪에 빠져 다시는 세상 빛을 보지 못했다.

140장 사존, 이건 너무 가혹해요

묵연이 고개를 돌리는 일촉즉발의 상황에서 초만녕의 머리를 스치는 생각이 있었다. 그는 돌연 몸을 홱 돌리고 두 팔을 교차해 벽을 짚은 다음 상대에게 힘세고 강인한 등을 보여 주었다.

이렇게 하니 묵연은 그의 앞모습을 볼 수 없게 됐다. 초만녕은 자신의 기민한 머리에 감탄했다.

이 멍청이는 육감적이고 움푹 팬 허리 보조개와 튼실한 엉덩이와 힘 있고 길게 뻗은 다리를 묵연에게 구경시켜 주고 있다는 사실은 전혀 깨닫지 못했다……. 그는 마치 스스로 살갗을 벗긴, 노릇하고 바싹하게 불에 구워진 토끼 같았다. '마음껏 드세요, 감사합니다'라는 말만 하지 않았을 뿐이었다.

묵연은 목구멍이 바싹 타들어 가고 눈에는 핏발이 서는 것 같았다. 한참을 꾹 참다가 겨우 입을 열었다.

"사존, 지금…… 뭐 하시는 거예요?"

뭐 하는 거냐고?

……음…… 이상해 보이는 자세이긴 하지. 뭐라고 말해야 아무렇지 않게 얼버무릴 수 있을까…….

초만녕은 얼굴을 반쯤 돌렸다. 표정은 엄숙했으나 감추려 할수록 진심은 더 드러났다.

묵연은 이미 옷을 내려놓고 그를 향해 다가오고 있었다. 역광 때문일까. 묵연의 표정이 무언가 소름 끼쳤다. 묵연은 오랫동안 굶주리다 신선하고 부드러운 고기를 발견한 숲속의 이리 같았다. 그러나 고기는 사냥용 꼬치에 걸려 있었다. 이리는 머뭇거렸다. 배고픔과 이성이 격렬한 교전을 벌였다. 전쟁의 불길은 몸에서부터 눈으로 번져 나갔다. 묵연의 맑고 까만 눈에서 어두운 빛이 뿜어져 나왔다.

초만녕은 마침내 뭔가 이상하다는 것을 알아챘다. 그래서 한마디 말을 활시위에 걸었다. 냉랭한 말투가 이 기괴한 적막을 가로질러 날아갔다.

"등 좀 밀어라."

"……네?"

묵연의 촉촉한 목소리가 목구멍에 걸려 비음이 섞여 나왔다. 매력적인 목소리였다.

"뭐라고요?"

이건 초만녕이 너무 조급한 나머지 꺼내 든 핑계였다. 그러나 이미 말은 입 밖으로 나와 버렸고, 도망갈 수도 없는 상황이었으니 결국 침착한 척할 수밖에 없었다.

"이왕 왔으니 등 좀 밀어 주고 가라고."

그러곤 재빨리 덧붙였다.

"며칠 바쁘게 움직였더니 온몸에 땀이 나서 불쾌하다."

초만녕은 최선을 다해 아무렇지 않고 담담해 보이려고 애썼다.

"문질러 씻어야 깨끗해질 것 아니냐."

그는 묵연이 정말 속아 넘어가고는 있는지, 자신의 거짓말이 자연스러운지 도통 알 길이 없었다.

어쨌거나 묵연은 그의 말을 들었다. 얌전히 수건을 가져와 따뜻한 물에 적신 다음, 초만녕의 등을 밀어 주었다.

옥형은 언제나 현명했다. 하지만 지금 이 일은 그가 한 모든 일 중에 가장 멍청한 짓이었다.

이 세상에서 가장 고통스러운 것은 무엇일까?

열렬히 사랑하는 사람이 자신의 뒤에 서서 거칠거칠한 수건 하나를 사이에 둔 채 넓고 두꺼운 두 손으로 자신의 온몸을 문지르는 것이었다. 수건이 지나간 자리마다 마치 배가 봄의 강물을 가르고 지나간 듯 붉은 자국이 남았다. 묵연은 힘을 주지 않았지만 그래도 여전히 힘이 느껴졌다. 게다가 그의 피부는 한 번도 남에게 이런 식으로 닦여 본 적이 없었으니, 그의 모든 근육이 전율하는 것만 같았다. 결국 그는 몸에 잔뜩 힘을 주어 억지로 그 자세를 유지했다. 등 뒤에 있는 사람에게 평소와 다른 모습을 보이지 않기 위한 필사적인 노력이었다.

그는 이마를 벽에 기대고 있었다. 묵연의 시선이 닿지 않는 곳에서 입술을 꽉 깨물었다. 봉안 끝이 붉게 물들었다. 욕망은 그렇게 단단하고 뜨겁게 불타올랐다. 심지어 나뭇가지 위의 이슬이 점점 진해지더니 서서히 촉촉해지기 시작했다.

그는 아직 한 번도 잠자리를 가져 본 적이 없었다. 그런데 지금, 깊이 사랑하는 사람 앞에서 이런 자극을 참아 가며 고고한 척을 하는 건 또 어떤가.

참기 힘든 고통이었다.

그러나 묵연에게 같은 질문을 한다면? 이 세상에서 가장 고통스러운 것은 무엇일까?

아마 완전히 다른 답일 것이다. 사랑하는 사람이 실오라기 하나 걸치지 않고서 손으로 벽을 짚고 등을 내보이고 있으면서도, 자신을 전혀 의심하지 않고 담담하게 자신에게 모든 것을 맡기는 것이다. 그렇게 자신은 거치적거리는 수건을 사이에 둔 채 추악한 생각을 품고서 끓어오르는 손으로 그의 온몸을 문지르는 것이다.

물론 그는 자신이 사존의 등을 밀고 있다는 걸 인지하고 있었다. 그러나 조금만 힘을 줘도 사존의 피부가 붉게 일어나 마치 학대를 당한 것처럼 자극적인 매력이 느껴졌다.

그의 손이 사존의 견갑골을 지나 허리를 감쌀 때, 자기도 모르게 힘이 점점 세게 들어갔다. 그는 아래에 있는 사람의 희미한 떨림을 느꼈지만, 자신의 착각인지 확신할 수 없었다. 그는 뽀얀 허리에 시선을 고정한 채 눈에 핏발이 가득 찰 때까지 자신을 억눌렀다. 다행히 수건을 걷어 버리고 곧장 손으로 그를 잡아 정신을 쏙 빼 놓는 손바닥 자국을 남기는 상황은 일어나지 않았다.

그는 진즉에 눈앞에 있는 사람이 혼을 빼 놓는 기분을 제대로 느껴 봤다. 그런데 지금 그 사람 앞에서 억지로 침 삼키는 소리를 죽이며 군자 행세를 하는 건 또 어떤가.

참기 힘든 고통이었다.

두 사람은 각자 그렇게 한참이나 고통을 견뎠다. 등을 더 밀었다가는 등에 불이 붙을 지경이었다.

견디다 못한 초만녕이 쉰 목소리로 말했다.

"됐다, 그만 가 보거라. 나머진 내가 할 수 있으니까."

묵연은 순간 안도의 숨을 내쉬었다. 그의 이마에 송골송골 땀이 맺혀 있었다.

그가 낮은 소리로 말했다.

"예…… 사존……."

문발이 올라갔다가 내려지며 묵연이 나갔다.

초만녕은 한참이나 정신을 차릴 수가 없었다. 그는 여전히 벽을 짚은 채 이마를 벽에 대고 있었다. 귀는 밀린 등의 붉은 자국처럼 새빨갛게 달아오른 상태였다. 묵연이 발견했는지는 알 수 없는 노릇이었다.

그가 슬며시 봉안을 떴다. 굴욕적이라는 듯 아랫입술을 깨물고 한참을 주저하다가, 결국 손을 뻗어 부풀 대로 부푼 자신의 욕망을 움켜쥐었다.

그가 물을 끼얹으러 달려온 것은 사실 이 더러운 감정을 누르기 위함이었다.

그런데 사람 일이라는 게 계획대로 되지 않는다더니, 하필 그때 묵연이 자신을 더 깊은 욕망의 바다에 밀어 넣을 줄 누가 알았겠는가. 줄곧 청심 심법으로 본능을 억제해 온 초만녕이 드디어 바로 이날, 더는 견디지 못하고 가장 평범하고 가장 거북한 속인의 방식으로 흘러넘치기 직전의 애욕을 풀기 시작한 것이다.

입술이 약간 벌어졌고 봉안은 반쯤 감겼다. 표정은 가련하기도 했고 억울하기도 했다.

얼음처럼 차가운 벽에 대고 있음에도 그의 이마는 불타올랐다. 아름다운 어깨가 오르락내리락했다. 떨리는 목젖은 낮은 숨소리와 신음을 삼키고 있었다.

너무나 죄악스러웠지만, 또 너무나 아름다웠다.

마치 거미줄에 걸린 흰 호랑나비처럼, 헤어 나올 수 없는 정욕의 늪에 빠져 무력하게 날개를 흔들어 보지만 아무리, 아무리, 아무리 해도 벗어날 수가 없었다.

그는 결국 더러워졌다.

뼛속까지 더러워진 모습은 비참했다. 그런데 그 모습은 동정심을 일으켰고, 범하고 싶게 만들었고, 중독성이 있었다.

마지막에 초만녕은 거의 분노하는 지경에 이르러 주먹으로 벽을 부쉈다. 그는 화가 났고, 분노했고, 기분이 더러웠다. 결국 벽을 너무 세게 친 나머지 손가락뼈에 살가죽이 짓눌려 피가 흘렀다.

"나쁜 자식."

자신을 향한 욕인지, 묵연을 향한 욕인지 알 수 없었다.

초만녕의 눈시울이 촉촉해졌다. 사랑과 증오가 어린 눈빛이 아득히 멍해졌다.

눈 깜짝할 사이에 그들이 옥량촌에 온 지도 벌써 보름이 되었다. 농번기도 거의 막바지에 접어들고 있었다.

등을 밀어 달라고 한 그날부터, 초만녕은 묵연을 맹수 피하듯 했다. 묵연의 태도가 변한 것은 눈치채지 못했지만, 참을 수 없는 건 자신의 변화였다.

고고하고 깨끗한 생활을 오래한 사람은 체면 때문에 거드름을 피우기가 쉬웠다. 그렇지 않고서야 초만녕이 걸핏하면 함께 수련하는 도사 연인들을 그렇게 싫어할 이유가 뭐란 말인가? 질투가 아니었다. 옥형 장로는 이를 혐오했고 싫어했으며 참을 수 없어 했다.

그는 춘화를 보지 않았다. 보고 싶지 않은 척을 하는 게 아니라 정말 보고 싶지 않았다. '좋아한다', '입 맞춘다'와 같은 일들은 그래도 받아들일 수 있었다. 그러나 애무, 삽입과 같이 조금만 수위가 올라가면 그는 곧바로 얼굴이 새파래지며 견디기 힘들었다.

이는 흡사 늘 채식만 하던 사람에게 몰래 돼지기름을 넣은 음식을 주었을 때와 같다. 맛있다고 느끼겠지만, 겉이 노릇하게 구워진 피비린내 나는 고기를 주면 속이 참을 수 없이 메스꺼워지는 것과 같은 이치다.

그날 정신이 혼미할 정도로 욕망을 분출한 후, 초만녕은 정신이 또렷해졌다. 그는 가쁜 숨을 몰아쉬며 자신의 손에 묻은 끈끈한 것을 쳐다보았다. 누군가 끼얹은 차가운 물에 흠뻑 젖어 버린 기분이었다.

얼굴이 새파래졌다.

내가 지금 뭘 한 거지? 갓 스무 살이 넘은 어린 녀석한테 스스로 제어할 수 없을 정도로 자극받아서 겨우 자위 따위로 흥분을 가라앉히다니.

등에 소름이 좍 돋았다. 그 후, 그는 묵연을 마주칠 때마다 3척만큼 멀어졌다. 아차 하는 순간 또 마음속 맹수가 튀어나와 후회할 일을 저지를까 봐 겁이 났기 때문이다.

그는 물러섰고, 묵연도 물러섰다.

묵연도 정말 두려웠다. 그 역시 초만녕에 대한 자신의 갈망이 생각보다 더 강하다는 것을 알아차렸다. 그가 쌓아 뒀던 제방으로는 그 세찬 물줄기를 더는 막지 못할 것 같았다. 깊은 곳에 잠들어 있는 뜨거운 마음이 언제든지 튀어나올 준비를 하고 있었다.

그는 인간의 본성과 야만성이 종이 한 장 차이라는 것을 너무나도 잘 알았다. 그 종이 한 장의 차이 때문에 또다시 초만녕을 다치게 하고 싶지 않았다. 그래서 그 역시 무의식적으로 초만녕을 피하고 있었다.

두 사람의 거리가 멀어지자, 예의 바른 제자와 자비로운 스승의 모습으로 보였다.

아무 일 없이 평온한 날들이 흘러갔다.

어느 날, 마을의 사냥꾼이 살이 통통하게 오른 노루 한 마리를 잡아 왔다. 마을 사람들은 저녁에 마을 입구의 곡식 말리는 곳에서 모닥불을 피우고 함께 먹자고 제안했다.

그래서 집마다 모두 약간의 음식이나 간식거리, 육포 등을 들고나왔다. 촌장은 고량주 두 항아리도 땄다. 모두가 시끌벅적하게 모닥불을 중심으로 둘러앉아 노루 구이의 기름 향을 맡으며 먹고 마시니, 너무나 즐거웠다. 초만녕과 묵연은 같이 앉지 않고 조금 멀리 떨어져 있었다. 모닥불을 사이에 두고 서로를 마주 보는 자리에 있었지만, 상대방을 바라보고 있다는 걸 들키고 싶진 않았다.

두 사람은 몰래 서로를 흘끔거렸지만 두 쌍의 눈이 자꾸만 중간에서 마주쳤다. 그래서 그저 훑어보다 마주친 척 아무렇지 않은 듯 시선을 떨궜다. 그러다 시간이 조금 지나 상대가 무방비 상태일 때 또 몰래 상대의 얼굴을 훔쳐보는 것이었다.

주황색 불빛이 일렁이고 장작이 타다타다 소리를 냈다.

주위에선 웃음소리가 끊이지 않았고, 흥겹게 술잔이 오갔다. 그러나 아무도 듣지도 보지도 못했다. 오로지 하늘에 걸린 달만 두 사람의 마음을 비출 뿐이었다.

촌장이 딴 술은 금방 동이 나 버렸는데, 마을 사람들은 아직 충분히 즐기지 못한 것 같았다.

묵연은 자신의 방에 있는 최고급 이화백주 한 병이 떠올라 사람들에게 얘기한 후 술을 가지러 갔다.

반쯤 걸어갔을 때 뒤에서 인기척이 느껴졌다.

그가 고개를 돌렸다.

"누구십니까?"

바스락거리는 발소리가 멈추더니, 노란 꽃이 수놓인 초록색 신이 모퉁이에서 천천히 등장했다.

묵연은 잠시 멈칫했다.

"룽아 낭자? 낭자였군요."

룽아는 술을 꽤 많이 마신 것 같았다. 백옥 같던 얼굴이 술기운에 발그레했고, 입술은 더욱 도톰하고 붉었다. 그녀는 달빛 아래 서서 애정 어린 눈으로 그를 보았다. 조금 빨라진 호흡을 따라 풍만한 가슴이 오르락내리락했다. 그녀가 말했다.

"묵 선군, 잠시만요. 선군께 할 얘기가 있어요."

二哈和他的白猫师尊

바보 허스키와 그의 흰 고양이 사존 5

1판 1쇄 발행 2021년 10월 8일
1판 2쇄 발행 2023년 4월 20일
지은이 육포부흘육 **옮긴이** 어썸스토리 **감수** 치치
펴낸이 신현호
편집부장 김승신 **편집** 원서은
본문조판 양우연 **마케팅** 김민원
펴낸곳 (주)디앤씨미디어 **출판등록** 2002년 4월 25일 제20-260호
주소 서울시 구로구 디지털로 26길 111 제이앤케이디지털타워 503호
전화번호 02.333.2513
B-Lab 공식 트위터 twitter.com/B_lab_BL/

ISBN 979-11-278-6157-5 04820
ISBN 979-11-278-6152-0 (세트)

정가 13,000원

WWW.JJWXC.NET

* 잘못 만들어진 책은 구매처에서 바꾸어 드립니다.